JEAN-LOUIS QUEREILLAHC

ROUGE EST MA TERRE

TROIS SILLONS DE TERRE ROUGE

De Borée
Terre de poche

Rouge est ma terre

À André Malraux, en hommage à La Condition humaine.

ROUGE EST MA TERRE dans les feux du soleil couchant. Lorsque je remonte la longue pente d'Emmanuel, aux commandes de mon D4, c'est toujours la même réflexion qui me vient à l'esprit... Lorsque le soleil va sombrer derrière les cyprès du cimetière, près de la vieille église, il jette ses derniers rayons dans un ciel qu'il empourpre d'un rouge violent. Alors les labours aux veines d'argile rouge s'ensanglantent de ses feux du soir et il me semble vraiment, durant de brèves minutes, que ma terre saigne. Ma Terre... Celle que je préfère, parmi toutes celles de mon petit royaume, la terre lourde et grasse d'Emmanuel. La tombe de Xavier est là, au ras de ce petit mur qui le sépare du grand champ que je viens de quitter. Ce champ qu'il m'avait aidé à défricher, il y a... mon Dieu ! plus de vingt ans ! Déjà !... Il va être tard maintenant. La nuit tombe vite en septembre. Il est temps de regagner le Couloumé... Voilà. Le chenillard s'est arrêté sur ses gros madriers de chêne. Un coup d'œil sur le compteur d'heures et je m'aperçois qu'il faut faire la vidange du moteur. Le moteur est bien chaud et l'huile s'égouttera toute la nuit. Je note sur le calendrier : « 18-9-70 vidange du D4 »... Un brin de toilette dans le cabinet rustique aménagé au fond du hangar... C'est l'exigence de Sylvie.

Sylvie !... Elle a eu la folie des transformations. En premier, elle a décidé de déloger Maria et Joseph du rez-de-chaussée qu'ils occupaient depuis quarante ans et de les installer au fond de la cour du comte. Maria a bien supporté le choc, mais pas Joseph... Ce qui a fait le plus défaut à Joseph, c'est le coin de sa grande cheminée où il se tenait accroupi, tassé sur son banc de bois, le béret tiré en pointe sur les yeux, son éternel mégot au coin des lèvres. Sylvie n'a jamais voulu admettre, malgré mes démonstrations, qu'à l'âge de Joseph il faut peu de chose pour vivre, mais il suffit aussi de très peu de chose pour mourir... Le Couloumé a drôlement changé. La façade refaite a vu disparaître les deux escaliers de pierre. Moi, j'y tenais à ces escaliers, surtout celui qui donnait accès à l'appartement de mon oncle et sur lequel j'aimais m'asseoir, enfant, pour suivre entre les pierres disjointes les processions interminables de fourmis noires... Le rez-de-chaussée ? Un immense hall dallé que Sylvie a artistement décoré de vieux meubles, de tableaux, de trophées de chasse et de portraits de famille... Au premier, tout notre appartement. Quelle révolution !

Une révolution perpétuelle... Mais il m'a fallu freiner les ambitions d'architecte-décorateur de mon épouse.

« Sylvie, tu sais que les colzas et les blés n'ont pas donné ce que je croyais et j'ai de gros retards à la Coopérative et au Crédit Agricole. Il me faudra même faire un emprunt à court terme pour couvrir mes échéances de matériel et d'approvisionnements... Et il nous faut vivre... J'ai voulu t'expliquer que je ne pouvais plus continuer à financer, c'est tout. »

Un mur en face de moi. Puis en rentrant après une journée bien crevante, j'ai trouvé sur mon courrier une feuille de cahier :

Ne t'inquiète pas pour moi et les enfants. Nous allons à Sénesco, où je les laisserai pour le dimanche. Moi, je vais chez une amie qui m'attend.

Et voilà ! Histoire de me passer les nerfs, j'ai passé mon samedi et mon dimanche sur le D4 à défricher la vieille lande du lac au scarificateur, je suis rentré le dimanche soir crevé et abruti, pour me retrouver devant le plus joli sourire de Sylvie...

« J'ai décidé de travailler. Je suis d'ailleurs déjà embauchée. Je rentre le 1er octobre au même collège que Paul et Pascal. Mon diplôme d'assistante sociale me donne une équivalence pour faire les cours de législation sociale et familiale. Je compléterai par des cours d'enseignement ménager... Je pourrai même amener les enfants le lundi matin et les ramener le vendredi soir...

– Et moi, dans tout ça ? Je vais rester tout seul comme un vieux con dans mon Couloumé ?

– Je fais le sacrifice de travailler, tu peux bien en faire quelques-uns ! »

... Durant ces dix années, je n'ai vraiment jamais su si Sylvie m'avait aimé d'amour. J'ai cru, comme tous les hommes croient, que je l'aimais vraiment et qu'elle était heureuse d'avoir près d'elle un homme solide qui était le père de ses enfants et qui lui donnait le bonheur d'un foyer uni...

I

On a frappé à la porte du hall d'entrée. Autrefois, par habitude, je criais : « Entrez », d'une voix si forte que ça foutait Sylvie en rogne à cause des enfants, auxquels je ne pensais pas et que, bien sûr, je réveillais. Maintenant, je me penche à la fenêtre du couloir pour voir à qui j'ai affaire, bien que je sache d'avance que depuis que j'occupe mes fonctions de maire, je n'ai plus le droit de refuser ma porte à personne. À ma grande surprise, c'est Xavier qui est là, Xavier junior bien sûr. Je lui avais donné ce surnom lorsqu'il était petit, pour ne pas le confondre avec son père et il me disait, alors, fièrement, en zézayant un peu comme tous les gosses :

« C'est moi, zunior ! »

Et maintenant, c'est à un grand garçon de seize ans que j'ouvre la porte, un grand et beau garçon planté droit comme son père, les épaules larges, la tête couronnée par des cheveux châtains, crépus et frisés qui lui retombent sur la nuque et deux yeux rieurs clairs qui ont hérité de la gouaille moqueuse de son cher papa disparu.

« Bonjour, parrain... »

C'est vrai que je suis aussi son parrain, comme la vieille Maria est sa marraine. Les deux seuls volontaires que l'on ait alors trouvés pour la cérémonie... comme c'est loin tout ça !...

« Je viens pour Maria...

– Pour Maria ?

– Oui, en rentrant de Riscle, de mon cours de perfectionnement agricole, je me suis arrêté chez elle pour l'embrasser et voir si elle n'avait besoin de rien... j'ai frappé et, comme personne ne répondait, j'ai poussé la porte ; et alors, en face de moi, j'ai vu Maria affalée sur la table, qui gémissait. Je me suis précipité, je lui ai soulevé la tête, elle ne m'a pas reconnu, elle a vomi sur elle et elle gémit tout le temps... Il doit y avoir un sacré bout de temps qu'elle est comme ça. Parrain, il faut faire quelque chose...

– Oui, bien sûr, et tout de suite. Reviens auprès d'elle, je téléphone au toubib et je te rejoins... »

Cinq minutes après, je suis déjà au chevet de Maria. Bien sûr, je n'ai pas pu avoir le toubib ; il est parti en tournée vers le Couloumé, mais il doit téléphoner chez lui avant de rentrer, on le préviendra et il passera.

Maria gémit doucement. Elle ne me reconnaît pas. Son front est brûlant et elle est agitée d'un tremblement nerveux qui secoue son pauvre vieux corps ratatiné.

« D'abord, la sortir de la chaise ; fais comme moi, tu passes ton bras droit sous l'aisselle et l'autre bras sous la jambe... Là, bien, doucement... Tu es costaud, n'aie pas peur, elle ne pèse pas beaucoup... À tous les deux, on va la porter sur son lit... Attends ! mon Dieu ! Laisse-moi d'abord ouvrir la porte de la chambre et défaire le lit... »

Nous installons Maria, tout doucement, la tête très haute sur deux oreillers.

« Tu n'as pas peur, petit ?

– Peur ? peur de quoi ?

– Je craignais que la vue de tout ça ne t'impressionne, c'est tout. »

Non, Xavier est de la trempe de son père et de sa mère. Il n'a pas peur. Pas peur de cette pauvre vieille qui se plaint sans cesse, pas peur de cette salissure qui souille la robe noire et le corsage, pas peur de la mort qu'il sent, comme moi, rôder autour de ce vieux corps au bout de son rouleau de vie. Il m'aide même avec beaucoup de sérieux et d'attention à déshabiller Maria.

« Junior, tu peux te retirer maintenant, je ferai bien seul, il vaut mieux que tu ailles prévenir ta mère...

– Mais non, parrain, il n'y a pas de raison, tu as besoin de moi, je vois bien que tu ne peux pas faire seul, alors je reste, je partirai lorsque le docteur sera passé, comme ça je serai fixé pour moi et pour maman.

– Comme tu voudras... »

Il faut des précautions infinies pour déshabiller un pauvre pantin raide qui vous tombe sur les bras dès qu'on veut retirer une manche de robe. Je parle à Maria, tout doucement, elle me regarde parfois mais je crois, à son regard vide, qu'elle ne me voit pas ; mais elle m'entend, elle me comprend, c'est sûr, car à chacune de mes paroles ou de mes phrases, elle gémit doucement comme pour acquiescer.

« N'aie pas peur, Maria, ma vieille Maria, c'est moi, Christophe, je suis là, ne t'inquiète pas ; Xavier aussi est là, à côté de toi, ne t'inquiète pas, on va te tirer de là... Le docteur est prévenu, il va venir... En attendant, nous allons bien t'installer et je vais rester auprès de toi ; aie confiance, Maria, tu sais que je ne t'abandonnerai pas. »

Son pauvre corps est nu maintenant, tout nu sur le drap grossier de lin écru. Xavier, qui a compris mon regard, est allé chercher une cuvette d'eau et nous lui faisons une toilette qu'elle cherche à empêcher de ses pauvres mains qui tremblent et qui refusent au nom d'une pudeur qui doit remonter du fond des âges. Une pudeur qui aurait voulu nous cacher tous ces dessous misérables et patiemment raccommodés et ce pauvre corps voué, de toute éternité, non aux joies de la vie et de l'Amour mais à la peine, au travail et à toutes les servitudes de la femme-esclave, consentante de l'effort quotidien et des humbles et lourdes tâches qui font la trame d'une vie de vieille paysanne jusqu'à sa mort.

Nous lui avons mis une belle chemise de nuit. Une longue chemise de nuit, raide comme une camisole de moinesse avec des manches brodées de dentelle et une petite lie de soie pour diminuer la large échancrure des épaules...

« Comme tu es belle, ma vieille Maria, maintenant... Te voilà toute belle pour recevoir le docteur qui va venir... et qui va te remonter bien comme il faut... Tu vas voir, ma belle vieille Maria, ce ne sera qu'un mauvais souvenir... »

Je lui ai ramassé ses cheveux blancs qui étaient sortis, épars, de sa vieille coiffe noire, et je les ai noués sur la nuque avec un bout de lie.

« Junior, va me chercher un peu d'eau fraîche à la cuisine. Je vais lui faire des compresses, puis monte chez moi, à la cuisine, prends les glaçons du Frigidaire et porte-les-moi. »

Au contact de la serviette mouillée, Maria a tressailli et, peu à peu, ses traits se sont décrispés, puis sa main a saisi ma main et elle m'a tiré vers elle doucement mais fermement, sa bouche a essayé de dire quelque chose mais aucun mot n'est sorti. Alors, sans doute, devant son impuissance à se faire comprendre, elle m'a tiré plus près encore de son visage et elle m'a donné un baiser qui était, pour elle, le seul moyen d'exprimer sa reconnaissance du fond terrible de sa solitude et de sa détresse.

Le toubib est passé à la nuit tombée. Junior n'avait pas attendu ; il devait rentrer pour s'occuper des petites bêtes de basse-cour, car sa mère (il s'en était souvenu après) était allée à Auch régler des affaires à la Mutualité Sociale agricole et elle ne devait rentrer que très tard.

« Tu as compris que c'était une attaque ? eh ? me glisse Petitbon après l'avoir rapidement examinée. Je vais lui faire une piqûre, mais elle a le côté gauche pris ; elle ne parle pas et elle ne voit pas...

– C'est foutu ?

– Non, pas forcément. Elle est mal en point c'est sûr, mais c'est une nature saine et robuste sous des dehors frêles et chétifs. Elle peut très bien s'en sortir... et même récupérer... à moins...

– À moins ?

– À moins qu'elle n'ait une seconde attaque d'ici quelques heures ou d'ici quelques jours, ce qui amènerait alors une issue fatale...

– Ce qui serait encore le mieux pour elle...

– Sans doute, mais n'anticipons pas... En attendant, il faut rester près d'elle, changer ses compresses de glace et la veiller bien sûr... Et qui va faire ça ?

– Qui ? Moi, bien sûr. Qui veux-tu qui le fasse, il n'y a plus que moi sur le Couloumé. Nous sommes lundi soir et Sylvie et les enfants sont partis au collège jusqu'à vendredi prochain... Tu penses bien que je ne vais pas lui téléphoner de rentrer... Je connais d'avance sa réponse : "Maria ? Qu'est-ce que tu veux que j'y fasse, colle-la à l'hôpital ; il n'est pas fait pour les chiens !" »

Petitbon n'a rien dit. C'est un copain, Petitbon. Il y a longtemps que nous nous connaissons, depuis le collège où nous avons fait nos études ensemble. Plus qu'un copain, un frère. Puis il a fait sa médecine, puis l'Algérie. Pourquoi l'Algérie ? Va savoir ? La Vie. Elle est comme ça la vie. Elle vous promène, elle vous balade au gré de son putain de vent... l'Algérie, où il s'est marié et réussissait très bien et puis... Merde ! la guerre, les fellous, la confiance folle, le désarroi, l'abandon, le repli et puis on se retrouve sans rien, sans tout ce qu'on a perdu et aussi avec ce qu'on a acquis, c'est-à-dire femme et enfants... À pied, auprès de son vieux père docteur... Et voilà. À quarante ans, on repart de zéro et on recommence. Un sacré dur, Petitbon, sous ses dehors très doux. Pas un bavard. Il n'a pas, pour moi, de paroles inutiles et lorsque je le raccompagne à la porte et que je le remercie, il me serre longuement la main et il m'embrasse... J'en ai les larmes aux yeux. Bien sûr qu'il a compris Petitbon. Il a compris tout ce qui me sépare de Sylvie mais il a compris surtout que je ne me séparerai pas de Maria.

Abandonner Maria ! Mon Dieu ! Mais Maria, c'est tout ce qui me reste du Couloumé. Après mon vieil oncle, après Joseph, c'est la seule survivante de ceux qui m'ont accueilli lorsque, dans mon désarroi, je m'étais réfugié ici comme dans mon dernier salut...

Maria ? Elle a été à la fois ma mère, ma grand-mère, ma vieille et fidèle servante et tout cela à la fois, avec cette manière de m'écouter et de me servir où l'affection le disputait toujours à l'obéissance. Bien sûr, elle ne m'appelait pas « petit » comme Joseph, elle ne m'appelait que « Christophe », mais j'avais tellement pris l'habitude de rire avec elle, de la câliner, de l'entourer de mes bras qu'elle acceptait tout cela comme les preuves d'une affection qu'elle n'avait jamais reçue, n'ayant jamais eu le bonheur d'avoir d'enfant à elle. Et puis il y avait cette vieille cuisine. Cette vieille cuisine du Couloumé, la vieille cuisine de Maria, ce vieux et antique royaume où elle régnait au milieu de ses casseroles, de ses poêles, de ses assiettes et de ses plats, toujours prête à sortir de là quelques miracles culinaires avec rien ou trois fois rien... Des œufs au lard, une omelette aux chanterelles ou aux mousserons, un poulet sauté à l'ail et au persil... que sais-je encore ? Trésors innombrables d'un estomac de trente ans toujours insatisfait et toujours affamé. Ce vieux royaume qui allait de la vieille armoire à linge au vaisselier en passant par le banc de bois, les chaises rustiques, jusqu'à l'énorme table au plateau de frêne massif qui barrait la pièce de sa longueur imposante... Ce vieux royaume de quinze ans de délices et de bonheur partagés que Sylvie, d'un coup de baguette autoritaire, avait jeté bas...

Mon Dieu ! Comme un homme, surtout un homme de la Terre, vit de rêves et de souvenirs étroitement mêlés... Je ne m'en étais jamais rendu compte comme ce soir... Ce soir où je suis seul, étonnamment seul et où, cependant, tout se meuble autour de moi d'étranges et pourtant souriants fantômes... Oui, souriants, malgré les drames qu'ils ont vécus et qu'ils m'ont fait partager dans cette vie que j'avais choisie, sur cette terre du Couloumé où la rude bataille des hommes continue, sans fin...

Maria me paraît plus calme. La piqûre a dû faire son effet. Je change la glace de sa compresse. Ses lèvres remuent faiblement, sans doute veut-elle me dire quelque chose ? Je lui serre la main et elle répond à la pression de mes doigts...

« Je suis là, ma vieille Maria. Je suis auprès de toi, je ne te quitte pas... Reste calme... Tout va aller bien maintenant... »

Elle ne lâche pas ma main ; elle m'attire à nouveau vers elle ; vers ses lèvres qui remuent... Je me penche et j'entends nettement :

« Trinquette ? »

Je souris... Allons, elle parle faiblement mais elle parle.

« Ne t'inquiète pas. Elle va venir. Sois calme et essaye de dormir. »

Je sors quelques instants pour respirer l'air doux de la nuit... Le ciel est serein, et la lune nouvelle inonde la terre de sa clarté tranquille, j'oublie un peu Maria, mais je pense à Joseph. Il me semble entendre sa voix : « *Quan la luo tourno au bèt, qu'an la ployo lou cinq ou sèt.* »[1]

Je n'ai pas sommeil. J'allume une cigarette en faisant quelques pas, puis je m'assieds sur le banc de pierre. Je fume et je rêve, il me semble que si je ne pense plus à Maria et au présent, mes souvenirs, eux, me reviennent... À cause d'elle sans doute ?

---

1. *Quand la lune tourne au beau*
La pluie vient cinq à sept jours après.

II

DURANT L'HIVER DE 1960 qui suivit le décès de Xavier, je ne revis pratiquement pas Trinquette. Je ne veux pas dire qu'elle me fuyait, mais je ne la vis que très peu. Sans doute y avait-il chez elle un peu de cette réserve qu'elle m'avait témoignée le jour des obsèques de son mari. Il y avait sans doute aussi, chez Trinquette, ce sentiment profond, cet instinct de femme qui veut que, lorsqu'un homme est à une autre, il n'est pas utile d'entretenir d'équivoque. Sylvie était enceinte de Paul et je l'entourais de toute ma tendresse et de mon affection. Trinquette savait cela et elle ne tenait pas à provoquer et ensuite à entretenir des sentiments que, dans sa sagesse mûrie par les épreuves, elle savait, elle, être d'une époque révolue... Sylvie, de son côté, était certainement heureuse de cette tournure des choses ; elle avait su mes relations avec Trinquette que les potins du village avaient montées en épingle et grossies beaucoup plus que la réalité, elle m'avait même avoué au moment de son retour :

« Tu sais, après tout, c'est pas pour Trinquette ; Trinquette, je m'en fous... »

Elle me savait gré cependant, lorsque nous remontions d'Emmanuel vers les prés du lac, de ne jamais prendre l'allée qui conduisait à Lassalle, et comme elle ne me proposait pas d'y aller, je n'y allais pas.

On se voyait, donc, Trinquette et moi, au hasard des rencontres, sur le marché de Plaisance ou bien à l'occasion d'un papier de mairie ou d'une déclaration de récolte.

« Ça va ?

– Ça va.

– Pas trop de boulot ?

– Oh ! si. Du boulot, il y en a et je fais face comme je peux...

– Si tu as besoin d'un coup de main, n'hésite pas ? On est là pour ça... Une corvée pour les vignes ou pour les semailles en retard, n'hésite pas ; je serais fâché à mort que tu m'oublies au point de ne pouvoir me demander un service en souvenir de Xavier... »

Mais non, je savais par Lafontan, son voisin, et par Ludovic, mon maître-valet, que tout allait bien chez elle. D'abord, elle avait touché, à la mort de Xavier, une forte assurance vie qui la mettait à l'abri des surprises, et je la savais assez économe, d'une économie qui frisait même l'avarice, pour penser qu'elle ne toucherait pas à cet argent et qu'elle se débrouillerait par tous les moyens pour ne pas y toucher. Elle avait monté un élevage d'oies grises et elle gavait ses oies par bandes de vingt-cinq, ce qui lui faisait commencer sa journée à 4 heures le matin et la finir à 10 heures le soir. Les foies d'oie se vendaient de dix à douze mille anciens francs le kilo durant cet hiver 60-61, et comme elle devait en produire cent cinquante kilos de décembre à fin janvier, elle pouvait espérer une somme coquette.

« Oui, mais il faut voir le boulot, patron !... soliloquait Trinquet, son père, rencontré au bistrot un jour de marché... Vous auriez-t-y cru ça, patron ? Gaveur d'oies que je suis devenu, patron ! Un travail de femelle que je fais maintenant, patron ! Je suis plus capable de faire autre chose ; le cœur va pas fort, les jambes ne sont plus costaudes alors la fille m'a dit comme ça : "Allez, tu vas m'aider à gaver les oies... Je vais pas te nourrir à rien foutre, tout de même ! Et si je travaille, moi, c'est que je peux pas faire la dame." Alors, voilà patron, j'ai fini de tailler la vigne, de faire le bois, et, maintenant, je gave les oies...

– Tu bois bien une chopine[1] quand même ?

1. *Demi-bouteille de vin blanc.*

– Ah ! c'est pas de refus monsieur le Maire ! Si c'est monsieur le Maire qui régale pour sûr que j'en suis !... Un bon coup de pinard, ça se refuse jamais surtout qu'ils sont rares, au jour d'aujourd'hui, ceux qui vous offrent quelque chose !... À votre santé, monsieur le Maire ! »

Il est vrai que si je ne voyais pas Trinquette et si je rencontrais rarement son père hors des cafés du chef-lieu, je voyais de temps en temps le petit, Junior comme je l'appelais. Il allait sur ses onze ans maintenant et ne manquait jamais l'occasion, au retour de l'école, de venir embrasser son parrain de maire...

« Bonjour, Junior...

– Bonjour, parrain, et vous, ça va ? Pas trop fatigué avec tout ce travail ?

– Non, pas trop. Et toi, Junior, l'école ? Tu as de bonnes notes ?

– Ça doit aller puisqu'on ne me punit pas !

– Et qu'est-ce que tu veux faire plus tard ?

– Vous me le demandez, mais vous le savez déjà : Paysan.

– Même si tu réussis en classe ? Et que tu puisses entrer à l'École normale ?...

– Ça m'est égal ; je veux revenir chez moi, avec maman et grand-père.

– Et pourquoi pas réussir dans la vie, si tu es intelligent ? Hein ? Devenir postier, militaire... est-ce que je sais ?

– Ça, je m'en fous... Je veux revenir chez moi. Je suis bien chez moi et je saurai me débrouiller bien avec mes tracteurs et mes machines que je conduis déjà... Comme papa dont maman me parle souvent et que vous avez bien connu. »

Drôle de petit homme... Têtu dans le fond, et volontaire comme l'était Xavier, son père, j'en étais sûr. Bon sang ne mentirait pas... Je l'avais déjà rencontré en train de préparer les labours sur son Ferguson, dans la grande pièce de Lassalle qui longe la vigne du lac ; je faisais semblant de ne pas le voir mais je l'observais en douce pour voir comment il s'y prenait pour manœuvrer, en bout de champ, son pulvériseur à disques et croiser ses passages... Il s'en tirait bien, le bougre ! Et une chose m'avait ému au plus haut point... Il chantait. Oh ! bien sûr, ce n'était pas une chanson d'autrefois, c'était sûrement un air à la mode, appris sur son transistor ou à la radio... Mais il chantait et j'entendais dans le soir, parmi les ronronnements saccadés du moteur, cette voix fraîche et claire qui traduisait sa joie de vivre et de travailler... J'ai souvent pensé, plus tard, que ce chant de petit homme était le vrai signe d'une vocation de terrien et d'homme libre.

* *
*

... L'hiver déroulait toujours ses semaines et ses mois sur un rythme lent qui n'en finissait pas. Pour me donner du courage, je disais toujours : « Fin décembre, les jours allongent ; *a Nadau, d'un saut de brau*[1]. » N'était-ce que pour contrarier Joseph qui, à mon affirmation, hochait la tête pour me répondre : « *L'hiuer n'es pas bastard, se n'ey de d'ore, qu'ey de tard*[2]. »

Il en était allé ainsi de celui de 60-61. Passé la Saint-Sylvestre, le froid vif avait commencé et en trois jours le thermomètre était descendu à – 10 °C. Malgré le soleil d'après-midi, la glace ne quittait guère les flaques de la cour du comte, ni les abreuvoirs des bêtes... Que faire par ce temps froid ? « Rien », disait Joseph qui m'accompagnait réviser les clôtures et faire le tour du propriétaire. Il semblait tout ratatiné, Joseph... plié en deux sous la longue pèlerine noire qui lui battait les mollets et tirant à coups précipités sur sa cigarette dont le seul mérite était de lui réchauffer le nez.

Une après-midi de promenade qui nous avait conduits aux étables de Lasserre, il me dit à brûle-pourpoint :

« Patron, et si on allait jeter un coup d'œil à vos maïs du Midour ? Je sais que ça ne vous fait pas plaisir qu'on vous en parle à cause de la perte que

1. *À Noël, d'un saut de veau.*
2. *L'hiver n'est pas bâtard, il faut qu'il vienne tôt ou tard.*

vous y avez... mais je suis sûr qu'avec ce temps froid, on pourrait peut-être en ramasser une partie... »

Je l'avais suivi à regret bien que Marcillac m'ait fait, quelques jours plus tôt, la même réflexion et affirmé que si mes maïs étaient debout, il n'y avait aucune raison qu'ils soient perdus en totalité.

« L'essentiel, c'est que le grain soit sec... Or, en novembre, il était sec... les épis ont la tête en bas, ils ne sont sûrement pas tombés des tiges et si le sol tient bon, tu peux tenter la moissonneuse-batteuse. »

J'avais suivi Joseph presque à regret, je ne voulais pas subir une nouvelle déception. Évidemment, Joseph n'envisageait pas, lui, la moissonneuse-batteuse ! Il voyait tout le village en corvée pour aider le maire ! Il y tenait à son idée de corvée !...

Effectivement, le maïs avait tenu le coup, hormis les premiers sillons que le Midour, en débordant, avait pris en écharpe ; les autres sillons, un peu bousculés de droite et de gauche, n'étaient pas tombés à terre ; les épis, la tête en bas, étaient intacts à part ceux que les corbeaux avaient entamés. Le grain était sec, plus sec même qu'en novembre. Il y a ainsi de ces miracles à la Terre, des miracles auxquels on ne croit plus et, souvent, lorsque tout semble perdu, survient une petite lueur d'espoir et le courage se trouve alors récompensé. Oui, mais voilà... vingt hectares de maïs, ce n'est pas une paille à rentrer et il fallait tout de suite abandonner l'idée de corvée de Joseph.

« Eh bien, petit, tu verras que c'est Joseph qui aura raison et que ton machin américain, il ne ramassera pas la moitié de tes grains et qu'il faudra qu'on suive par-derrière pour ramasser ce qu'il laissera ! »

Paul Daudignon, mon beau-frère, s'était tout de suite proposé.

« T'inquiète pas, je viendrai avec tout mon matériel. L'important c'est que tu m'assures l'évacuation des grains avec des remorques étanches vers la Coopérative. »

La corvée avait bien eu lieu, mais pas tout à fait selon les prévisions de Joseph. Freddo et Henri étaient venus avec tracteurs et remorques et le corn-sheller avait attaqué le premier sillon. Le sol restait ferme sous les roues de la machine, même dans les souquets[1] et les cueilleurs ramassaient les épis sauf ceux, bien sûr, des tiges collées à terre qu'ils n'arrivaient pas à relever. Évidemment, le chantier n'était pas rapide et on était loin de l'hectare à l'heure ! À la nuit tombée, la plus mauvaise partie du chantier était terminée, celle qui avait le

1. *Fossés pour l'écoulement des eaux qui coupent les labours.*

plus souffert de l'inondation et si de trop nombreux épis étaient restés au sol, deux cents quintaux de grains avaient quand même rejoint les silos.

« Que ça tienne quatre jours comme ça, et je réponds du chantier, exultait Paul. Tu auras été verni non ? Il faut penser à ton mariage et au baptême de mon futur neveu ! »

Ça avait tenu. Sec et froid jusqu'au dimanche... le thermomètre était même descendu à – 14 °C. Les conducteurs gelaient sur les sièges. Paul conduisait la machine avec canadienne, mitaines et passe-montagne... et je devais le remplacer, toutes les heures, aidé de Freddo, qui était un bien meilleur chauffeur que moi et qui relevait les tiges avec une sûreté de mains étonnante. Au bout du champ, près du tertre du Midour, Joseph avait allumé et entretenait un grand feu, une *haille* comme on dit chez nous en patois, qu'il alimentait avec d'énormes paquets d'aubépine que Trinquet, venu prêter main-forte pour la circonstance, taillait dans les haies du tertre à grands coups de *bezouilh*[1]...

J'étais heureux. Non seulement de ce sauvetage inespéré mais aussi de ces retrouvailles, car c'est une vraie et belle tradition de la Terre que de travailler ensemble, même si le matériel moderne

1. Outil tranchant en forme de croissant et manche très long pour être manœuvré « à la volée ».

vous donne plus souvent l'occasion de faire presque tout, seul, avec des machines... L'individualisme forcené qui avait succédé à la guerre avait séparé ceux de la Terre en deux clans : les riches avec leurs tracteurs et les autres ; cet individualisme-là a disparu, vraiment. D'abord maintenant, tout le monde a son tracteur et, à de rares exceptions près, chacun a retrouvé le chemin de l'entraide et du gros travail en commun. Qu'aurais-je fait, seul, sur ce chantier du maïs ?... même avec le matériel perfectionné de Paul ? Certainement pas le quart de ce que je venais de sauver : huit cents quintaux de grains !

« La moitié de ce que tu escomptais en novembre, conclut Marcillac. Ce n'est pas mal tout de même et ça te permet de mieux envisager l'avenir. Je ne te cache pas que je te voyais mal parti avec tes dettes sur avance de récolte. Ton grain est excellent et il titre 22 d'humidité, tous frais déduits, on va te le payer dans les cinquante-deux francs... Il te rentrera une bonne petite somme pour ton mariage !... »

* *
*

... C'est vrai qu'il y avait eu le mariage. Sans doute étais-je devenu un vrai terrien car mes soucis et mon travail de tous les jours avaient fait de moi un piètre amoureux. Peut-être était-ce aussi l'âge que l'on nomme « de raison » ?... J'avais beau avoir gardé l'esprit jeune et sportif, et aussi une allure alerte et dégagée ; j'avais beau m'habiller jeune et affecter d'être à la mode, même dans mes habits de travail, je sentais bien qu'en dépit de mes efforts bien des choses changeaient non seulement autour de moi, mais en moi... Passé, fini, foutu le cavaleur de filles !... Fini le Couloumé de l'aventure, celui qui avait été le Couloumé héroïque ; le Couloumé du Far West où j'avais joué le rôle du justicier ou du bandit bien aimé... Rien n'avait manqué au décor d'alors... Ni le vieil oncle Solignac, victime innocente dépouillée et enfermée par les brigands Ville et Thorre, ni les filles de petite vertu, amoureuses du héros du jour, Annette et Trinquette... Oui, tout cela avait un air vieillot de western-à-la-manque auquel il ne manquait plus qu'un air de banjo...

Maintenant, c'était du sérieux qui me faisait un peu peur... Je m'établissais. À mon tour, j'allais créer un foyer, avoir des enfants, les lancer dans la vie... et petit à petit devenir une ombre qui disparaîtrait à son tour suivant l'ordre immuable des choses... J'aimais l'image du Couloumé-western parce qu'elle était celle de ma jeunesse, de mon aventure, la vraie, la seule ou peut-être la dernière venant après celle des bagnes nazis et de l'enfer d'Indochine... Oui, c'était certainement cela ; je venais de vivre mon dernier western, mais alors que les films du Far West se terminent toujours sur le baiser du héros et de sa blonde partenaire, moi, maintenant, j'allais commencer un autre film par un baiser aussi, mais ce film, que serait-il ?...

... Je m'étais souvent interrogé sur l'amour de Sylvie pour moi, car, comme tous les hommes, j'étais un monstre d'égoïsme, persuadé d'inspirer un amour fatal à toutes les filles que je rencontrais. Non, Sylvie était gentille, sans plus. Primesautière, gaie, espiègle même et elle adorait me provoquer, me mettre en colère en prenant régulièrement le contre-pied de tout ce que je disais pour aussitôt après, voyant que je me fâchais, venir se blottir contre moi et m'embrasser.

« Mais non, gros bête... Comment tu es ? Tu vois bien que je fais exprès ! Tu es vieux, tiens ! »

On a toujours une certaine pudeur à parler de son mariage, alors que c'est toujours marrant de parler de celui des autres. Il semble que les gens ou les copains que l'on invite ce jour-là soient faits pour mettre de l'ambiance et de la gaieté autour des mariés qui, en général, sont heureux d'un autre bonheur qui n'est pas celui des chansons, du bruit, des danses et des facéties de toutes sortes. À la Terre, peut-être plus qu'ailleurs, le mariage c'est encore quelque chose. D'ailleurs, fait absolument curieux et même insolite, je n'avais jamais assisté à un mariage avant le mien. Jamais. J'avais entendu parler, oui, et j'avais entendu raconter des mariages... quelques-uns. C'était vraiment drôle d'entendre tous ces souvenirs ou plutôt toutes ces évocations, depuis les rendez-vous et la formation des couples d'invités jusqu'à la cérémonie elle-même, ce qui faisait dire aux vieilles personnes qui s'amusaient follement dans la circonstance qu'une noce était un moyen de faire un mariage et d'en défaire quelques autres.

Je mens d'ailleurs lorsque je dis que je n'ai jamais assisté à un mariage. Si, j'ai assisté à un mariage, et comme témoin encore, celui de Xavier et de Trinquette, le mariage d'un moribond au pâle sourire et d'une petite mariée droite et digne à côté du lit de souffrance de son futur... Je me souviens encore de ces deux mains se serrant nerveusement pendant les « oui »... Des anneaux échangés avec ce sourire doux et heureux de Xavier et l'éclat des yeux noirs de Trinquette se passant elle-même l'anneau au doigt et embrassant ensuite Xavier sur son front moite... Oui, cela je m'en souviens. Junior était là, lui aussi, à mes côtés, il avait sept ans et il comprenait assez qu'il se passait là quelque chose de grand, quelque chose qui était un mariage et aussi un testament car sa maman acceptait « pour le pire », « le meilleur » étant d'autant plus facilement oublié qu'il n'avait jamais existé... Bien sûr, Junior ne saurait jamais tout ce que sa maman avait dû accepter pour en arriver là... Bien sûr, il ne saurait jamais les durs chemins parcourus entre la passion et l'indifférence, en passant par toutes les servitudes, de ceux qui n'ont rien en naissant comme sa maman et qui n'ont que leur amour à donner... Oh ! oui, tout cet amour qui triomphait, ce jour-là, dans cette chambre, c'était toute la terrible et merveilleuse histoire du Couloumé qui triomphait et avec elle celle de la Terre, la terrible et belle aventure de la Terre et de ceux qui la vivent intensément... En quittant la chambre et après les avoir embrassés tous deux lorsque le maire était parti, j'étais resté sur le perron, dehors, avec Junior...

« Elle est heureuse, maman, dis, parrain ?...

– Oui, mon petit, tu peux me croire, elle est très heureuse.

– Papa, lui, je sais qu'il est heureux car il me dit tout le temps d'être très gentil et très obéissant avec maman...

– C'est sûr qu'il est très heureux. Et puis il sait que tu n'oublieras jamais et que sa Terre de Lassalle elle est pour toi...

– Oui, pour moi et pour maman...

– Bien sûr, pour toi et ta maman. »

Il faut être de la Terre pour comprendre ces choses. Les gens des villes qui font des livres et des romans ne voient la Terre que pour le folklore. Tu parles ! Il y a longtemps qu'il est mort le folklore à la Terre et s'il y a tellement de célibataires de nos jours dans les campagnes, c'est qu'il ne se trouve plus de Trinquette pour savoir qu'à la Terre, dans le mariage, il y a toujours pour les filles plus de travail que de loisirs. Mais ça, c'est une autre histoire qui n'est pas la mienne, puisque moi, j'ai trouvé Sylvie et qu'elle a bien voulu de moi malgré mes trente-six ans sonnés et de mon pauvre Couloumé avec ses cent hectares sans doute, mais aussi son cortège de dettes, d'emprunts, de risques et d'imprévus...

Devant M. le curé de Beaumarchés, elle ne s'embarquait pas pour Cythère, Sylvie... même pas dans le chariot du Far West, ce qui aurait encore, vu son âge, semblé une merveilleuse aventure... Mais à quoi bon lui parler de galère ?... Et puis, puisque j'avais dit « oui », je pensais que j'aurais la force de ramer pour deux encore longtemps, et que je lui laisserais « le meilleur » le plus longtemps possible, prenant pour moi « le pire »... aussi longtemps que je pourrais le porter seul... Comme c'est loin tout ça... et pourtant j'ai l'impression que c'était hier.

III

LE TOUBIB REPASSE vers 11 heures. Maria semble dormir ; la tête bien droite, haute sur l'oreiller, la respiration plus calme, les traits détendus.

« Elle n'a pas parlé ?

– Si, elle m'a demandé, distinctement mais à voix basse, Trinquette.

– C'est bon. Son bras gauche est plus souple, la piqûre a l'air d'avoir fait son effet... Si elle a soif, tu peux lui faire prendre un peu d'eau...

– Tu penses que ?...

– Je ne pense rien, il y a un mieux, c'est certain, mais avant quarante-huit heures, je ne peux me prononcer. Attendons. »

Petitbon fait une nouvelle piqûre intraveineuse ; je lui tiens le bras de Maria. Il est crevé le toubib. Il reste un moment avec moi pour fumer une cigarette. Nous parlons de tout et de rien. De l'Algérie peu, maintenant que le pont est fait et qu'insensiblement l'oubli fait son œuvre... Il a changé une servitude pour une autre, un médecin de campagne c'est aussi un sacerdoce... Il faut fréquenter les gens pour les connaître, et il faut les soigner et connaître leurs misères pour les comprendre ; lui, le toubib, il sait. Dans la franchise de son regard, la solidité de sa poignée de main, il sait exprimer, sans parler, tout ce qu'on attend de lui, l'espoir le plus fou comme la résignation devant l'inévitable...

C'est un homme Petitbon, un vrai, et je suis fier d'avoir été son copain de collège et d'être resté son ami.

* *
*

J'avais eu la grande joie de la naissance de Paul, un an jour pour jour après notre mariage. Le samedi du dimanche de Quasimodo... C'était un matin d'avril aussi clair et ensoleillé que le jour de notre mariage avait été gris et pluvieux... Paul n'était pas né au Couloumé, j'aurais tant voulu et j'ai longtemps espéré ; Petitbon me l'avait déconseillé :

« Ça ne se fait plus, mon vieux ! Pourquoi veux-tu te chercher des complications alors que c'est si simple d'envoyer ta femme à Tarbes, en clinique ! Tu te vois ? ici ? tout seul ? dans un pareil merdier et avec qui ? Tu n'as pas ta mère, Maria est bien vieille et je n'ai pas de sage-femme sous la main... Et puis il faut que je te le dise... Je crois que le bébé, qui est très gros, ne se présente pas très bien... J'en ai quelques soucis et je préfère même qu'elle parte quelques jours avant... Je t'en prie, ne me complique pas les choses ! »

J'avais donc embarqué Sylvie dans la 404. Une Sylvie énorme, en effet, lourde et lasse de son fardeau, les traits tirés, le visage marqué (le masque, avait prophétisé Maria, ce sera un garçon).

Elle avait été courageuse, Sylvie, et sa grossesse n'avait pas été facile, sa vivacité naturelle et sa volonté de petite femme têtue avaient été mises à rude épreuve durant ces neuf mois. Elle avait dû interrompre ses activités à deux reprises et même rester allongée un mois entier, le septième, ses jambes la faisant atrocement souffrir... Cela n'avait pas amélioré son caractère mais... bah ! je l'avais entourée de toute mon affection, la déchargeant de tous les travaux même de la cuisine, de la vaisselle, Maria me faisant, tout de même, les lessives ; jusqu'au jour où, de guerre lasse, j'avais acheté une machine. Cela avait été un des bons moments de rire de Sylvie lorsque je lui avais dit qu'elle en aurait besoin pour laver les couches.

« Mais, grand idiot, on ne s'en sert plus ! Il y a maintenant des couches à jeter ! Enfin, je te remercie de l'intention, elle me servira bien, tout de même ! »

Les hommes n'ont pas besoin de se forcer pour être bêtes ! Les dernières nouvelles que j'avais eues de la clinique, le vendredi, n'étaient pas fameuses et j'avais passé une mauvaise nuit... Maria avait beau me répéter : « Ne t'inquiète pas, Christophe, tout ira bien. Le premier c'est toujours un peu plus compliqué... »

Le samedi matin, je n'avais pas osé téléphoner et j'étais parti vers la vigne du lac pour me calmer les nerfs. Il faisait un temps frais mais beau, un vrai temps de printemps où tout chantait dans les buissons... L'allée de la vigne du lac était fleurie d'anémones rouges dont on ignorait la provenance et qui s'étaient multipliées, semées qu'elles étaient sans cesse par l'action des disques et du cultivateur ; sur le fond vert de l'herbe rase et drue, ces milliers de petites fleurs d'un rouge vif faisaient un royal tapis et je m'imaginais faisant faire les premiers pas à mon petit garçon, futur héritier du Couloumé... lequel se baisserait, certainement, pour cueillir une de ces fleurettes et me la tendre pour me la faire admirer...

La vigne du lac, elle aussi, était magnifique. Elle allait avoir maintenant sept ans. Sept ans !... L'âge de la grande espérance pour une vigne de Tannat, parfaitement plantée et entretenue avec soin depuis sa résurrection. J'avais encore, dans l'oreille, les conclusions de Joseph au moment où j'avais pris la décision douloureuse de l'arrachage...

« D'accord, petit, ça fait mal ; tu avais cru l'avoir sauvée par ton travail, mais, à la Terre plus qu'ailleurs, c'est la loi de la vie et de la mort qui joue... La vigne passe encore, tu la replanteras, tandis que nous... »

Et la vigne du lac était à nouveau là, maintenant, dans son bois vigoureux et ses courroies chargées de boutons gonflés de sève, prêts à éclater.

« Ne le souhaite pas trop tôt, petit, n'oublie pas ! *Sant-Ignacio, Sant-Pancraço e Sant-Bonifaço soun touts très sants de glaço*[1]. »

Malgré les prédictions de Joseph qui me faisaient sourire, je me sentais heureux et léger... À mes yeux, ces boutons chargés de sève, cette promesse de récolte, ce ciel clair et ensoleillé, cet air doux chargé des parfums du matin, tout cela ne pouvait être qu'un bouquet d'heureux présages... C'est là que Junior m'avait retrouvé, dans ma rêverie, pour me remettre le télégramme : « Paul bien arrivé ce matin, cinq kilos deux cents. Baisers. Amour. Sylvie. »

« Mais où étais-tu ? criait Junior tout excité... Le facteur t'a cherché partout, je passais pour

1. Saint Ignace, saint Pancrace, saint Boniface sont tous trois des saints dits de glace.

embrasser Maria et je lui ai dit que je te trouverais... Tu pleures, parrain ? Mais c'est que tu es content ? »

Oui, bien sûr, c'était de joie. Cette grande joie inexplicable qui vous envahit, d'autant plus grande qu'ici, dans tout ce soleil et ces chants d'oiseaux, je la vivais pleinement, profondément... Mon petit était né... Non, ce n'était pas de l'orgueil, c'était autre chose. Le sentiment même que la chaîne avait un nouveau maillon et que maintenant j'étais soudain conscient que tout continuerait... Voici déjà quinze ans, je m'étais raccroché au dernier maillon de la chaîne du vieil oncle en disant : « Je n'abandonnerai pas. Je réussirai ou je ne réussirai pas mais je n'abandonnerai pas. » Oui, tout commence par le refus. Quand on s'accroche à la terre, on n'a jamais tout à fait perdu. Et ce petit, maintenant, que le Ciel me donnait, je savais qu'il allait décupler ma force et mon courage pour m'accrocher, pour continuer, pour braver le temps, les grêles, les désarrois, les désastres même car je savais que, à cause de ce petit bout d'homme et pour lui, il y aurait aussi de nouveaux chantiers, de nouvelles entreprises, de nouvelles récoltes. Grâce à lui, le printemps de ce jour était rempli de promesses et comblé d'espérances.

J'avais pris Junior par l'épaule et nous étions remontés vers mon vieux Couloumé, le long de la belle allée constellée d'anémones.

« Dis, parrain, moi ? Je suis né, ici, chez toi ? »

La question m'avait surpris tandis que je refermais la claire-voie de la vigne.

« Oui, tu es né ici, au Couloumé, pourquoi diable me poses-tu cette question ?

– Comme ça, pour savoir, c'est maman qui me l'a dit et comme personne ne me l'a vraiment raconté, alors je t'en parle, puisque tu es mon parrain... »

Sous la voûte des grands chênes qui mènent au vieux perron je l'avais serré plus fort encore contre moi.

« Oui, tu es né ici, mon petit Junior... Il faisait un temps comme aujourd'hui, un temps merveilleux. Je me souviens que c'était le matin de Pâques et que les cloches de la vieille église carillonnaient comme pour te dire bonjour... Je me trouvais au même endroit, dans la même vigne lorsqu'on était venu me dire que tu étais né. Tu étais un beau bébé, énorme, aussi gros que le petit Paul qui vient de naître... Ta maman était tout heureuse et la vieille Maria, qui n'était pas si vieille alors, ne faisait que répéter : "Doux Jésus, doux Jésus, ce n'est pas un petit garçon, c'est un petit veau..." »

Junior s'amusait follement de la réflexion inattendue de Maria.

« Et mon papa, il n'a pas pleuré comme toi tout à l'heure ?

– Oui, il a beaucoup pleuré. Il me l'a dit, plus tard, parce que sa maman, à lui, était une vieille égoïste, et elle ne voulait pas qu'il se marie avec ta maman qui était très pauvre (tant pis pour la vieille). Et alors ta maman était restée avec nous, et nous avons fait un beau baptême, comme nous en ferons un pour Paul, et puis tu as grandi vite, vite et maintenant tu es presque un homme dont ta maman a bien besoin...

– Merci, parrain, tu es chic. Allez, il faut que je me sauve vite, oh, pas pour aller l'annoncer à maman parce que le facteur allait justement chez nous pour porter des papiers et elle doit déjà savoir qu'il y a du nouveau, mais je lui dirai que c'est un garçon et elle sera contente... »

* *
*

Des coups frappés à la porte me tirent de mon profond sommeil... Je les ai entendus dans une sorte de brouhaha mal défini et je me réveille en sursaut, me demandant ce que je fais là, dans ce lit insolite, à moitié vêtu... dans un décor que je ne reconnais pas... Je regarde ma montre : 8 heures !

Nom de Dieu ! Maria ! C'est à elle que je cours, nu-pieds, avant d'aller à la porte ouvrir à ce visiteur intempestif.

Maria repose... Son visage est détendu et, sous le sac de caoutchouc dont je n'ai pas changé la glace depuis... minuit, son front est frais... Les paupières closes, elle dort et son souffle imperceptible mais présent se sent sur ma joue lorsque je me penche sur ses lèvres... Pauvre Maria ! Je fais un piètre infirmier et un bien mauvais veilleur de nuit. Heureusement que les Saints Anges que tu as l'habitude de prier te portent, eux, aide et assistance...

Je vais ouvrir.

« Bon Dieu ! C'est pas vrai !

– Merci de m'appeler le bon Dieu, mais je ne suis que son serviteur sur la terre. »

Ainsi, spirituellement, se présente M. le curé. Oh ! pas n'importe quel curé, en tout cas, pas notre vieux curé qui nous a quittés il y a huit ans déjà... Lui était allé à la limite, à l'extrême limite de la grande et authentique misère. Lorsque j'étais allé le chercher avec les ambulanciers dans la grande chambre à coucher de son vieux presbytère, il y avait eu comme un arrachement... Oh, pas des biens terrestres qu'il pouvait laisser !... Oh ! non, je n'ai jamais vu, jamais, autant de dépouillement et autant de vide autour d'un moribond, mais jamais je n'ai autant ressenti le sacrifice immense qui était le sien d'abandonner ainsi la pauvre paroisse que le Seigneur lui avait jadis confiée... Il avait fait signe à tous de sortir et il m'avait demandé de venir à côté de lui. Je revois encore cette belle tête de cheveux blancs, ce grand nez droit qui coupait sa face amaigrie et ses deux yeux gris brûlant d'une flamme étrange, presque surnaturelle :

« Approche, petit, approche... Je t'appelle petit mais tu es un homme, un vrai, qui mène son combat sur cette Terre que j'ai servie, pieusement, au nom du Seigneur... »

La respiration était courte, sifflante, et il s'accrochait pour parler ; sa pomme d'Adam, ridée, énorme, sortant de son cou par saccades insupportables...

« Je suis un enfant de la Terre, moi aussi. De cette Terre qui croyait en Dieu... et qui n'y croit plus... J'étais, moi aussi, un enfant de la misère et mes parents étaient d'humbles métayers... Ils m'avaient élevé dans la joie d'avoir un prêtre dans leur maison ; parmi leurs huit enfants, j'ai été celui-là... Pendant soixante ans, j'ai partagé le pain des pauvres, soulagé des misères, aidé les gens à mourir, accueilli les enfants de Dieu... Cela fait beaucoup, beaucoup d'enfants et encore plus de morts. Je repars les mains vides, comme j'étais venu... Ne m'abandonne pas, petit ! Ma place est ici, dans le cimetière auprès de la croix. Le Seigneur m'avait donné cette paroisse, je ne l'ai jamais abandonnée... On n'abandonne pas la Terre, on ne peut pas... »

Je fis signe aux infirmiers de venir... Au moment où nous faisions un effort pour le soulever de sa couche et pour le déposer sur le brancard, je l'entendis murmurer :

« *In manus tuas Domine*[1]... »

Puis il inclina la tête. Il était mort. Nous nous regardâmes, stupéfaits... Après tout, pourquoi le Seigneur serait-il resté insensible à une prière si ardente et si digne d'être exaucée ?

Toute la paroisse défila devant la dépouille de celui que l'on traitait gaillardement d'orgueilleux, d'autocrate, de tyran... pour reconnaître qu'il avait incarné toutes les vertus de la Terre et que son départ sonnait le glas de la paroisse et celui des trois églises de la commune. Dans ce concert de pieuses jérémiades c'était la seule affirmation qui fût vraie... Nous l'avions revêtu de ses ornements sacerdotaux : l'aube symbole de la pureté, l'étole symbole du joug accepté du Seigneur, la chasuble d'or enfin, celle de son ordination et qu'il gardait pieusement pour les grandes circonstances : la Fête-Dieu et la visite, tous les trois ans, de M. l'archevêque.

J'avais dit à Maria et aux pieuses femmes qui m'avaient aidé :

« Mettez-lui ce qu'il a de plus beau... »

---

1. *Dans tes mains, Seigneur, je remets mon âme.*

Et comme elles se récriaient que tout cela était à l'église :

« À quelle église ? C'est le dernier prêtre que nous verrons ici ! Et même si, un jour, nous avons la joie d'en avoir un autre, pour nous faire souvenir que nous ne sommes pas tout à fait des bêtes, tous ces ornements seront devenus superflus et inutiles... »

Le nouveau M. le curé s'encadrait dans la porte. Ce n'était pas, mais pas du tout le même style !

« J'ai appris que Maria avait eu une attaque, oui, Xavier est venu m'avertir de votre part et, comme je passe avec le car de ramassage scolaire, je suis venu aux nouvelles.

– Merci à vous, monsieur le Curé. Maria va mieux. Mais venez quand il vous plaira. Elle aura la joie sinon de vous voir, du moins de vous entendre et de recevoir l'onction des malades... Je ne bouge pas de son chevet. Venez. Je serai là.

– Je ne sais pas si je viendrai moi-même, mais j'enverrai un de mes adjoints... N'importe quelle heure, dites-vous ?

– N'importe quelle heure...

– Merci encore, je me sauve, mes enfants doivent faire un de ces chahuts dans le car ! »

Et voilà. Jamais les paroles de l'Évangile n'ont été aussi fortes à mon oreille... « Laissez donc les morts enterrer les morts... »

IV

L'ANNÉE OÙ PAUL est né s'écoula dans le rythme inchangé des saisons et des travaux des champs. Bien sûr, il y avait eu le baptême, marqué par une fête à tout casser... Sylvie l'avait voulu ainsi. Elle était rentrée de la clinique après un certain temps, et si sa santé était revenue renforcée de cette épreuve, naturelle pour une femme, ses nerfs, eux, avaient subi un sérieux choc. Elle était courageuse, Sylvie, mais elle était fragile. Je m'étais déjà rendu compte, durant la grossesse que ses sautes d'humeur et de caractère n'étaient pas toujours le fait d'un esprit vif et d'une sensibilité à fleur de peau... Sylvie cachait son jeu. Elle mobilisait toute son énergie pour faire face, elle ne gardait aucune réserve ; non seulement je ne devais pas la heurter ou la contrarier mais encore, je me devais de l'aider de mon mieux, c'est-à-dire de toutes mes forces...

Lorsqu'elle était descendue de voiture, près du perron du Couloumé, et qu'elle m'avait tendu son fardeau, je ne l'avais jamais connue aussi heureuse, aussi rayonnante... Il faisait très beau, encore plus beau que le jour de la naissance et tout le monde était là pour l'accueillir : Maria, Joseph, Ludovic, Lafontan et sa femme, nos premiers voisins, et moi-même qui avais pris le bébé dans les bras, ne sachant plus trop comment je devais m'en débrouiller...

« Prends, m'avait dit Sylvie. Prends, c'est le tien, c'est ton fils bien-aimé... »

Et j'étais rentré au Couloumé ivre d'orgueil, portant mon fils comme un prêtre porte le saint sacrement et encore ! un saint sacrement qui vivait bien car le cher petit Paul gueulait comme un putois qu'on aurait écorché vif ! Tout le monde dans le cortège interprétait cela comme un signe de bon augure.

« *Pod gula pod craca*[1] », avait décliné Joseph sentencieusement.

Sylvie ne fit encore aucune difficulté pour dégrafer son corsage et, en présence de toute cette petite cour attendrie, le petit Paul prit possession de son vrai royaume, non encore du Couloumé où il venait de faire son entrée, mais surtout du sein de

---

1. *Il peut gueuler*
Il peut bouffer.

sa maman qui était encore le seul trésor à sa portée.

Cette année-là passa à une allure de folie. Les foins, les moissons, les vendanges se succédèrent sans que j'y prêtasse une attention particulière ; même les réunions de la Coopérative, les préoccupations syndicales, les visites de M. le sous-préfet Antoniotti à propos du tourisme rural, tout, tout me paraissait secondaire hormis de m'échapper, dès que je sentais l'heure venir, pour aller m'agenouiller auprès de ma Sylvie donnant le sein à Paul... Là, autant que le marmot, j'entrais en extase. Sylvie donnait le sein dans le petit fauteuil crapaud, près de la grande fenêtre qui avait vue sur les Pyrénées. Elle s'installait sans façon et même sans pudeur, sa poitrine largement dégrafée, ses seins à l'extérieur, et elle avait de telles montées de lait que, pendant que le bébé tétait, elle était obligée de tenir sous l'autre sein une petite écuelle dans laquelle perlait le lait... *« Pod gula pod craca... »*, avait dit Joseph. C'était vrai. Ce Paul était un gouffre, et, à six mois, il remuait autant qu'il avalait...

« Monsieur mon mari ne deviendrait-il pas un peu gâteux par hasard ? Allons, monsieur mon mari, je vous veux bien un peu vieux, surtout lorsque vous me faites de beaux enfants comme celui-ci, mais pas gâteux tout de même... Oui, oui, c'est très gentil d'être aimable, amoureux et contemplatif mais il faut vous dire, monsieur mon époux, que lorsque vous m'avez épousée, le billet de cent francs s'était déjà coupé en deux et que maintenant il s'est coupé en trois... Alors ? Conclusion ? Il faut travailler monsieur Christophe, beaucoup travailler, encore travailler, compris ? »

Trinquette aussi était venue, accompagnée de Junior. C'était une tradition à la Terre. Tout le monde viendrait. Tout le monde était déjà venu et lorsque Trinquette vint, à l'heure de la tétée bien sûr, car c'est une question de curiosité et aussi un point d'orgueil pour la jeune maman, Sylvie fut très gentille et très accueillante, aussi gentille et accueillante que Trinquette fut réservée et discrète. Après tout, c'étaient des vieilles histoires qui ne concernaient plus les vivants... et Sylvie eut le tact de le lui faire comprendre. En les raccompagnant à la porte du perron, Trinquette me glissa, en me serrant la main :

« Christophe, je voudrais te voir, à la maison...

– Ah bon... quand tu voudras.

– Le plus tôt sera le mieux. Viens. J'ai besoin de tes conseils.

– Diable ! C'est si sérieux...

– Peut-être... »

La fin de la semaine fut trop bousculée, mais le lundi suivant, après le déjeuner de midi, j'allais chez Trinquette... Il y a des seuils de maison que l'on ne franchit jamais sans quelque appréhension.

À la Terre, qu'on le veuille ou non, on est toujours plus ou moins superstitieux. Ce perron de Trinquette, c'était pour moi le perron des Lassalle... Ce perron où j'avais reculé le cultivateur du D4 avec Xavier couché, moribond, sur les fougères... C'était de ce même perron que j'avais aidé à monter sa bière pour le dernier voyage...

Il n'y avait guère que la présence de Junior qui me rassurât un peu. Et celle de Cornelius... le brave vieux chien m'avait reconnu, gémissant et frétillant, il était venu me faire fête et sous mes caresses, s'était couché à mes pieds... Pauvre vieux fidèle !... J'en étais tout bouleversé.

« Tu sais, parrain, concluait Junior, c'est un vrai bon chien, mais il ne fait plus rien, rien. Il mange sa soupe et il dort.

– La retraite, Junior ; il ne l'a pas volée, tu sais. Il sort un peu avec Trinquet tout de même ?

– Oui, c'est le seul qu'il accompagne. Si grand-père n'était pas là pour le traîner à sa suite, je crois qu'il ne quitterait pas le perron en été, ni la cheminée en hiver ! »

Trinquette m'avait ouvert sa porte. Elle était en petite robe de toile bleue et elle portait ses cheveux courts à la place des lourdes boucles brunes que je lui avais connues. La fille, en elle, était définitivement morte. Elle respirait la santé et l'équilibre d'une vraie maîtresse de maison.

« Merci d'être venu, Christophe. J'ai des problèmes de propriété et j'ai voulu t'en parler.

– Des problèmes ? Qu'est-ce qu'il y a ?... tu ne fais plus tes affaires ?

– Si, de ce côté-là, rassure-toi, mais je réfléchis que je suis seule, que le père devient âgé et de plus en plus difficile et je veux quand même pousser Xavier jusqu'au B.P. agricole... Alors, j'ai pensé que pour ces cinq ou six ans à venir, il fallait changer le rythme de la propriété et l'aménager de façon à franchir ce laps de temps sans heurts...

– Bien jugé, Trinquette. Tu vas me dire ce que tu as envisagé et je te dirai franchement si je suis d'accord.

– Bon, alors, on y va ?... Je te raconterai mon plan en parcourant les parcelles... tu es d'accord ?

– D'accord. »

Il faisait un temps doux, presque chaud, une de ces merveilleuses après-midi d'automne comme seule la Gascogne peut en connaître... En sortant de la maison des Lassalle, on dominait tout le vallon où s'étageaient les quarante hectares de la propriété : à l'est, les grandes pièces qui rejoignaient le Couloumé par la vigne du Lac ; à l'ouest, les deux croupes qui montaient jusqu'au hameau de Bières et, entre les deux, le vallon de luzerne, de prairie et de vignes qui descendait jusqu'à la maison de Lafontan. Le boqueteau qui couronnait une des deux croupes tranchait sur le bleu du ciel avec ses tons des feuilles... l'or du tremble, le pourpre des chênes et le roux des ormes. Je comprenais combien Xavier avait pu être fier de son domaine et combien il était naturel qu'il l'aimât au point de tout lui sacrifier...

« Une sacrée terre que tu as là, Trinquette... Mais, tu sais, je ne vois pas l'utilité d'aller courir les prés, nous avons tout sous les yeux, dis-moi ton plan...

– C'était bien mon intention. Alors voilà. Premièrement, je garde les vignes ; les vignes, c'est pas du travail pénible ; c'est du travail mais pas pénible : tailler, lier, épamprer, vendanger, on fait tout ça entre le père, moi et mon fils... un journalier de temps en temps et ça suffit. Avec le Ferguson, que je connais bien, je n'ai besoin de personne pour labourer, passer le cultivateur l'été et chausser avant l'hiver. Je vais même replanter un hectare en Tannat pour plus tard... un hectare pas plus, ce sera pour le petit. Deuxièmement, je supprime les bêtes. On se crève aux foins et papa est trop vieux. J'ai eu des pépins aux naissances parce qu'il n'a pas la force de les aider à se libérer... Troisièmement, je ne sème que ce dont j'ai besoin pour mon petit élevage d'oies et de canards gras, c'est-à-dire deux hectares de méteil[1] et un hectare de maïs.

---

1. Mélange de blé et d'avoine.

– Et tout le reste ? Il y en a encore trente hectares...

– Je sais ; voilà mon plan : les dix hectares qui vont vers Bières, je les mets en parcours pour un troupeau de brebis, une trentaine, je ne sais pas encore. Les dix hectares qui restent vers ta vigne, je fais des parcs à engraissement pour du bétail...

– Oui, c'est bon, mais avec quoi vas-tu arroser tes pacages l'été si tu n'as pas d'eau ?

– J'y ai pensé. Au fond du petit vallon, passé le petit épaulement qui retient ta pièce d'eau, je fais un petit lac collinaire qui me conviendra, non ? Pas quelque chose de bien grand, une digue de vingt à trente mètres sur six mètres à la base... je vais te montrer ce que j'ai déjà prévu avec l'ingénieur de l'hydraulique agricole... »

Cette Trinquette ! Elle ne finirait jamais de me surprendre... Mais, nom de Dieu de nom de Dieu, d'où sortait-elle tout ça ? Je voulais bien croire qu'elle n'était pas sotte, qu'elle avait beaucoup écouté, qu'elle était capable d'économiser et de gérer un budget avec parcimonie... je voulais même admettre qu'elle pouvait faire venir des oies et des canards et même tailler de la vigne ou accoucher une vache... Mais où allait-elle pêcher toutes ces idées ? Elle ne venait pas m'en demander des idées, elle m'en donnait !...

Nous étions descendus au fond de la grande pièce qui longeait en partie ma vigne du Lac et sur laquelle elle voulait constituer son parc à bétail... Cette terre était déjà semée en lotiers et autres légumineuses et cette terre argileuse et sèche était craquelée de larges fentes.

« Tu vois, c'est ce que je te disais, il faudra arroser, sinon d'août en septembre, ton bétail va perdre sa culotte !

– Nous arroserons », me dit-elle.

Le fond de la pièce formait cuvette, en effet, et sur le côté droit, en remontant légèrement, il y avait une source... Mon Dieu ! je me souvenais tout à coup... mais oui ! et cette source donnait naissance à un petit ruisselet qui contournait l'éperon rocheux et venait déboucher dans une grotte, une grotte où il y avait un tapis de mousse et de fraises des bois... Il y avait toute une légende autour de cette grotte... Certains, autrefois, la disaient maudite et d'autres enchantée... D'autres prétendaient que la source était miraculeuse et qu'elle avait guéri de la peste lors de la grande épidémie dont le souvenir se perdait dans la nuit des temps...

« Voilà. Tu as compris ?

– Oui, j'ai compris que tu veux me faire concurrence et que tu veux, toi aussi, un lac dans ta propriété des Lassalle... Allons, je m'amuse. Je comprends très bien qu'au bulldozer, c'est un jeu d'enfant de faire une digue. Tu en as pour combien ?

– Entre digue et terrassements, deux millions anciens maximum.

– Ça vaut le coup d'essayer. »

Lorsque nous étions remontés, le vent d'autan avait donné une large bouffée ; je m'amusais à imiter Joseph :

« Bent d'autan plouyo douman[1]. »

Trinquette m'invita à entrer pour le verre de l'amitié.

« Qu'est-ce que tu veux boire ?

– Du vin blanc frais, si tu en as ? Xavier, ton mari, en avait du fameux.

– J'en ai encore. Tu sais l'amour de papa pour le vin blanc. Il trouve celui de la Cave Coopérative "dégueulasse" comme il dit ; alors il en fait toujours une ou deux barriques pour la maison... Pourquoi le priver de cette seule joie ? Avec le tabac, c'est son seul bonheur et sa seule dépense... Il gueule assez depuis que je lui ai dit qu'il allait garder les moutons ! »

Il entrait d'ailleurs, Trinquet, tout heureux de me voir là...

« Tiens, c'est vous, patron !

– Mais pourquoi continues-tu à m'appeler patron, je ne suis plus ton patron que diable ! Et tu es maintenant patron à ton tour !

---

1. *Vent d'autan, pluie pour demain.*

– Moi, patron ? Vous voulez rigoler ; c'est ma sacrée bon Dieu de fille qui est patronne ! Et elle en fait voir à son vieux père, pire que vous autrefois !... Elle vous a sans doute raconté qu'elle veut me faire berger, maintenant ? Ça suffit pas de faire la vigne, de soigner les oies, maintenant il va me falloir garder les brebis !...

– Les brebis, c'est moins pénible que les chèvres, trancha Trinquette.

– D'accord, c'est moins pénible, mais c'est quelque chose tout de même ! Enfin, monsieur Christophe ou patron, comme vous voudrez, ça me rappellera le bon vieux temps du troupeau de Roger, au Couloumé... Qu'est-ce qu'ils sont devenus ces deux-là, Roger et Jean le berger ? J'en ai plus entendu parler !... Y sont peut-être morts à cet'heure ? »

Trinquet se versa un fameux coup de vin blanc.

« À votre santé, patron, et à celle de madame votre épouse qui est une bien gentille femme et aussi à celle de votre petit garçon que Joseph m'a raconté qu'il gueulait et bouffait comme quatre...

– Et toi, tu bois comme cinq », arrêta Trinquette, qui lui enleva la bouteille.

Trinquet, vexé, remit son béret et partit sans dire au revoir.

« Je ne vois pas pourquoi je lui enlève la bouteille : il va aller se désaltérer à la barrique ! rigola Trinquette. Il ne plie que devant Junior, mais il faut l'entendre : “Sacré petit bonhomme de petit-fils de ma gloire. Faire la morale à son grand-père !... Voyez-moi ça !... Moi, je n'ai jamais vu ça ! Plutôt que d'entendre ça, je préfère laisser la bouteille que j'ai gagnée et suée pour lui ! Sacré petit bonhomme...” »

C'était bon de rire et de parler de l'avenir ; le passé était mort, bien mort, et chez Trinquette plus que chez n'importe lequel d'entre nous.

* *
*

Maria va mieux. Elle a l'air de remonter péniblement le chemin hors du terrible trou noir. Il me semble même qu'elle y voit un peu et que son regard me cherche dans la pièce, lorsqu'elle m'entend remuer... Mais elle refuse de prendre quoi que ce soit... à peine une ou deux gorgées d'eau ou de tilleul. C'est tout...

« Allons, ma vieille Maria, un petit effort... Il faut remonter la pente... Allons, ma bonne vieille Maria, un petit peu de bouillon chaud ? un peu de café ? ça va t'aider à franchir ce mauvais pas et à tenir le coup... »

Je ne sais pas bien si elle sourit ou si elle grimace, ma pauvre vieille... mais c'est sûr qu'elle m'entend car elle me serre la main pour me dire qu'elle a bien compris.

« M. le curé est venu. Tu es contente ?... Il viendra te porter le sacrement des malades et je serai à côté de toi et je te ferai toute belle pour le bon Dieu. »

Elle fait un grand effort pour parler mais elle ne peut que gargouiller quelque chose d'inaudible, puis elle me serre la main, un grand moment.

Ludovic est venu me voir pour me rendre compte du travail. Il passe le cover-crop[1] sur le labour de la grande pièce du Lac qu'il a fini, hier, de labourer.

« Ça va comme tu veux ?

– Ça va, monsieur Christophe. La terre se prépare très bien. À propos, vous avez fait la vidange du moteur au D4 ?

– Oui, je l'avais faite en rentrant du labour...

– Vous n'avez besoin de rien, patron ? Si vous voulez que ma femme vienne vous aider pour quelque chose, dites-le-moi, je l'emmènerai avec moi en voiture demain matin.

– Merci, Ludovic. Si j'ai besoin, je ferai appel à toi ; je te remercie.

– De rien, patron. Bonsoir.

– Bonsoir, Ludovic. »

Je vais manger un morceau et je prends un livre pour reprendre ma garde auprès de Maria, mais je ne peux pas lire, je n'arrive pas à fixer mon esprit sur le texte... Alors, je fume et je rêve...

---

1. *Charrue à disques pour dégrossir le labour.*

V

Les Sanchez s'installèrent sur la propriété des Lafontan le deuxième dimanche de juin 1963. Après un mois de mai pluvieux et emmerdant à souhait qui nous avait obligés à refaire jusqu'à trois fois certaines variétés de maïs, il faisait un temps clair, splendide et nous avions décidé, avec Ludovic, d'attaquer la coupe de luzerne de Lasserre. La luzerne s'était vendue jusqu'à cinquante-cinq francs le kilo l'hiver passé et il n'était pas question d'en laisser perdre un brin. Et il y avait une luzerne comme jamais personne n'en avait vu depuis des décennies sur le domaine !... Encore une idée à moi cette luzerne. J'en avais assez de voir les pentes de Lasserre vouées aux ronces et aux herbes folles... Les troupeaux de Roger les avaient parcourues en tous sens, broutant tout ce qui pouvait se brouter et il n'y restait plus que les mauvaises herbes. La terre de Lasserre était une terre d'argile comme celle des pentes d'Emmanuel ; aucun doute qu'après un bon labour au D4 et une fumure, même légère, la luzerne ne puisse être tentée. Marcillac m'avait conforté dans mon idée, et j'avais semé... La levée avait été magnifique, le printemps chaud et pluvieux l'avait admirablement accompagnée et la récolte était là. « *Annado de hen annado d'arren*[1] », aurait souri Joseph.

Les grandes pentes de Lasserre à la barre de coupe, avec le Ferguson à voie la plus large possible, ça pouvait encore aller, mais la presse ? Il fallait le D4. Ludovic avait embauché avec lui un petit cousin, apprenti charron, que son patron avait débauché faute de travail. Une perle ce Raymond... Il savait tout faire de ses dix doigts et il nous avait confectionné un traîneau très léger, composé de lattes parallèles, accroché à la presse et sur lequel on alignait les bottes dès leur expulsion du canal. Bien entendu, on ne pressait qu'à la montée, mais en calculant les andains, on arrivait pile sur la plate-forme en haut de la pente ; arrivés là, on plantait devant les bottes une barre à mine ; et le traîneau laissait son chargement sans en démolir une. On fauchait le soir, on fanait le matin et l'après-midi on bottelait. Faire le fourrage dans des

1. Année de foin
Année de rien.

conditions aussi idéales n'arrive qu'une fois tous les dix ans, et lorsque le temps s'y prête, il ne faut pas économiser les heures de ces journées. Je ne m'occupais guère de ce qui se passait chez les autres, les autres qui vivaient au même rythme que moi. Mais un bruit fit le tour du pays à la vitesse d'un feu de poudre : l'arrivée de la famille Sanchez chez les Lafontan. Un vrai coup de tonnerre dans un ciel serein ! Comment ! Les Lafontan vendaient leur propriété ?... Eux qui étaient sur la commune depuis un temps immémorial ! Mon Dieu ! Mais qu'était-il donc arrivé ?... Et M. Christophe n'avait pas acheté ! Une propriété qui était à sa porte. Sûr qu'on ne lui avait rien dit et que les Lafontan lui en voulaient depuis les histoires de Lassalle et de Trinquette...

Mais non, les Lafontan ne m'en voulaient pas !... tout ça, c'étaient des cancans de vieilles femmes et des racontars de bistrot. Évidemment, il était venu me voir, Lafontan, et plusieurs fois même avant de se décider à « liquider » comme il disait. C'est égal, le soir où il était venu frapper à ma porte pour m'annoncer ça !... Le pire était qu'il avait fait sa déclaration le plus naturellement du monde ; sans en paraître affecté, en homme correct qui vient proposer une affaire à son premier voisin, ce qui est bien naturel et très courtois à la Terre.

« Voilà, Christophe, je suis décidé à m'en aller, alors je viens vous offrir ma propriété. »

Nom de Dieu ! Il y a des déclarations qui vous coupent le souffle ! Quelqu'un qui travaille à longueur d'année juste à côté de vous, qui vous donne un coup de main ou un coup de tracteur de temps en temps, auquel on le rend, bien sûr, quand il a besoin... sans parler des conversations qu'on fait lorsqu'on se rencontre au bout des sillons, de champ à champ. Il n'y avait pas huit jours, j'étais même allé le voir pour avoir son avis sur la répartition des parts sociales de la nouvelle machine à ensiler que nous achetions en C.U.M.A.

« Eh oui, c'est comme ça. Ma femme a la possibilité d'être nommée directrice de l'école des filles à Fleurance, ce qui est pour elle une belle fin de carrière et une promotion exceptionnelle. Et à tout prendre, je préfère la suivre et tout bazarder...

– Mais tu peux très bien la laisser aller à Fleurance comme tu dis ! Et toi rester sur ta terre car enfin tu as une belle terre et tu es jeune...

– Justement, je ne suis pas encore trop vieux, je peux me reconvertir... Des amis nous ont trouvé un bar-tabac-journaux avec une très belle maison. J'ai un peu d'argent et avec la vente de la propriété nous serons à l'aise pour la fin de nos jours. Mes deux filles pourront aller au collège et on les aidera à se faire une situation...

– Je vois que tu as tout prévu ?

– Il faut bien que je prévoie ! Qui doit prévoir à ma place, dites-moi, Christophe ? J'aurais eu un gars encore... un qui aurait voulu rester, j'aurais peut-être fait le sacrifice mais avec deux filles !...

– Il y a des filles qui valent les garçons de nos jours et avec une fille bien, on trouve toujours un gars valable pour l'épouser...

– J'y ai pensé aussi, mais c'est non. Je ne veux pas me casser la tête plus tard avec des problèmes de succession et que sais-je encore...

– C'est égal, quand je pense qu'il y a quinze ans tu voulais me louer et m'acheter le Couloumé !...

– Eh oui, et maintenant c'est moi qui viens vous proposer de m'acheter ma terre... Je ne vous demande pas une réponse ce soir, vous réfléchirez, je reviendrai... Ce que je veux que vous sachiez, c'est que je ne ferai aucun chantage et que nous serons d'accord sur le prix par préférence avec un autre acheteur. »

Et voilà. François Lafontan m'avait serré la main et était parti, me laissant tout interloqué. Ça alors ! Cinquante hectares ! D'un seul tenant ! Une propriété magnifique de polyculture, travaillée et réglée comme un papier à musique, équipée comme il y en avait peu : deux tracteurs à roues, un chenillard, une presse et une quantité d'engins mécaniques, une étable modèle avec des bêtes sélectionnées de la race blonde d'Aquitaine... Des vignes que tout le pays jalousait... Et allez donc !... Du jour au lendemain, tout ça sur le plateau de la balance, au plus offrant ! Mais nom de Dieu j'aurais compris s'il y avait eu des dettes, des emprunts, une succession à régler !... ou s'il y avait eu un drame de famille, une mort subite, un accident comme chez Lassalle... Un coup dur quoi, comme il en arrive au moment où l'on s'y attend le moins... Mais là, rien... sinon que Madame allait être nommée directrice d'école à Fleurance et que, ma foi, ça faisait une somme coquette pour la retraite... Et allez donc !... On est un peu maquereau sur les bords !... à trente-huit ans et on va tenir un bar-tabac !... On va se « reconvertir » pour employer son expression !... C'est pas une misère ça ? Refuser de vivre sur sa terre ; refuser d'être libre ; refuser la dernière chance qui soit encore donnée à l'homme de rester libre ; avec du courage, des privations, du travail pour sûr, mais libre... Mais qu'est-ce qu'ils ont dans le ventre bon Dieu de Dieu !... La retraite, à trente-huit ans, en attendant que Madame la prenne à cinquante-cinq... À souhaiter qu'elle casse sa pipe avant lui et qu'il n'ait rien de ce sur quoi il aurait spéculé !...

Après le grand coup de colère, suivant mon tempérament, j'avais eu une certaine peine... D'accord, on n'avait jamais été du dernier bien avec les Lafontan, mais à l'inverse du père qui était sournois et retors, François, plutôt timide et effacé, était un bon voisin et un excellent agriculteur ; avec son départ c'était encore un peu du Couloumé qui partait... Le Couloumé-western dont les acteurs disparaissaient, un à un, sous les coups de winchester de cette sacrée pute de vie...

Le soir, après le souper, j'en parlai à Sylvie. J'avais beaucoup hésité à lui en parler ; d'abord parce que je n'étais pas en situation financière d'acheter et, ensuite, parce qu'elle était très fatiguée, Sylvie, elle attendait une deuxième naissance et ces journées de chaleur l'éprouvaient beaucoup. C'est d'ailleurs sur un ton las qu'elle m'avait dit :

« Tu es gentil de m'en parler, Christophe, mais je te le répète, fais ce que tu veux... ça m'est égal, la seule chose que je te demande, laisse-moi arranger la maison comme je veux... j'ai besoin de vivre moi aussi, avec mes deux petits... Je veux ma maison à moi, à mon goût ; je sais que cela va faire des frais, mais je ne veux pas passer une vie à travailler pour payer de la Terre, même si cette terre est à côté des nôtres, même si elle te fait envie cette terre. Assez, assez de terre !... je veux vivre moi, et pas seulement vivre pour payer, tu comprends, Christophe ?... Tu me comprends, dis ? Tu as déjà passé quinze ans de ta vie à payer des dettes, tu ne peux plus passer encore quinze ans à en payer d'autres, surtout que les premières ne sont pas encore finies de payer... Tu me comprends, Christophe ?... La vie, ce n'est pas toujours de payer. C'est de vivre... Vivre, tu entends ?... Vivre avec moi, vivre pour toi, vivre pour nos deux enfants... pour celui qui est là déjà et pour celui qui va venir... Tu comprends, mon chéri ?... Dis-moi, mais dis-moi que tu me comprends ? »

J'avais eu toutes les peines du monde à calmer le chagrin fou dans lequel elle avait soudain sombré et que j'avais stupidement provoqué. Oui, je n'étais plus seul à décider sur le Couloumé. C'était la première chose qu'il fallait que je comprenne et puis il ne fallait plus faire de roman... Lorsqu'on est seul et que l'on a, pour tout ami, du courage, rien à perdre et tout à gagner, on peut à la rigueur faire l'argument du pari... « Pile je gagne, face je perds. » Le temps du pari était révolu. « Trop vieux » avait dit un jour Sylvie (déjà ?) lorsque je lui faisais la cour ? Est-ce que j'avais rajeuni ? Non. Le Christophe d'aujourd'hui avait, peut-être, les mêmes joies qu'il y a quinze ans, mais ce n'était plus tout à fait le même homme ; un autre homme, oui, qui ne menait plus, à la terre, le combat de la grande aventure mais celui de la gestion, d'une entreprise bien difficile à maîtriser. Et puis, son devoir, comme le rappelait si justement Sylvie, était, aussi, de penser aux autres, à ceux qui l'accompagnaient et à ceux qui le suivraient...

... J'y pensai toute la nuit sans pouvoir dormir et je ne pensai pas seulement à Lafontan, ni à ses terres, je pensai qu'il y avait du Ville là-dessous et que par une étrange fatalité cet homme diabolique revenait, toujours attiré vers ce Couloumé, en vieux chacal charognard qu'il était.

Lafontan me le confirma le lendemain tandis que je lui faisais part du refus de Sylvie et de mes raisons d'en rester là pour l'instant avec les regrets qui étaient les miens de ne pas pouvoir donner suite à sa proposition.

« Oui, M. Ville m'a déjà trouvé plusieurs acquéreurs ; tous pieds-noirs d'Algérie, bien sûr, et qui cherchent à se réinstaller. Il est très bien introduit au Crédit Agricole et il a un notaire dans sa manche. Il m'a promis que les choses ne traîneraient pas et que, dans les trois mois, je serais payé de la totalité.

– Ça va chercher gros ?

– Assez. Vingt-cinq millions ; avec le matériel, vingt-sept, moins sa commission qui est de six pour cent. Il faut bien qu'il gagne sa vie.

– Je suis désolé, François ; merci d'être venu chez moi en premier et de m'avoir fait ton offre... Bonne chance, comme promis, je ne parlerai à personne... »

C'est sûr. Je n'avais parlé à personne, j'avais bien gardé le secret... Heureusement que les champs ne répétèrent jamais ce qu'ils m'entendirent raconter ces jours-là !... je gueulais toute la journée sur mon tracteur. C'était sûr, c'était écrit que ce charognard de Ville reviendrait, le coin lui plaisait trop !... je l'avais foutu à la porte du Couloumé, je l'avais chassé de chez Lassalle et le voilà qui reprenait pied chez Lafontan !... Au ras de mes murs !... Non mais quel culot ! Comment ne pas gagner d'argent avec un pareil culot !... Un argent à tirer les sonnettes, à essuyer les paillassons, ça aussi il fallait le faire ! Tout faire pourvu que ça rapporte ! Mais il n'aurait pas le suprême culot, celui de venir me voir, celui de venir me faire une proposition à la place de son vendeur qui n'y entendait rien.

Il vint !

Sylvie venait juste de rentrer avec son deuxième bébé. Un autre garçon, Pascal. Le calme régnait d'autant plus dans la maison qu'elle était rentrée de clinique très, très éprouvée. Petitbon avait réclamé le repos absolu et interdit que la mère allaite l'enfant. Nous avions engagé une petite aide familiale, Pierrette, c'est elle qui était venue me chercher à mon bureau.

« Il y a en bas un monsieur qui vous demande.

– Un monsieur ? Comment est-il ?

– Oh ! un monsieur très bien et très aimable, d'un certain âge, très chauve... »

Nom de Dieu ! Ville ! J'en avais même bousculé Pierrette. Ah ! celui-là, il allait voir ce qu'il allait voir ! tant qu'à en entendre, il allait en entendre ! Et ce fut lui qui m'accueillit joyeusement :

« Bonjour, monsieur le Maire, comment allez-vous ! »

Et voilà. Piégé Christophe. Bien sûr, ce n'était pas Christophe Solignac que venait voir Ville ! c'était le maire ! Le maire dont on peut impunément forcer la porte et qui ne peut refuser un entretien portant sur une raison administrative de son ressort de maire !... J'étais tombé dans le panneau de la même façon qu'un jeune renard se fait piéger. J'avais eu quand même le sursaut de rester calme et de dire d'une voix ferme et sans intonation :

« Le maire est à la mairie tous les jours, entre 11 heures et midi, Monsieur, vous pourrez donc m'y rencontrer d'ici une heure environ. »

J'avais ouvert ma porte, signifiant par là que l'entretien était terminé. Ville avait paru un peu surpris ; il ne fit pas un pli de figure et joua la comédie jusqu'au bout :

« Bien, monsieur le Maire. Au revoir, monsieur le Maire. À tout à l'heure... »

J'avais reculé pour mieux sauter parce que, à la mairie, il faudrait bien s'expliquer une fois pour toutes. Lorsque j'y étais arrivé, la grosse Mercedes grise à pneus flancs blancs rutilait sous le soleil, au milieu de la cour, entourée par les gamins et gamines de l'école qui en relevaient tous les détails avec admiration.

« Voilà, monsieur le Maire, commença Ville, je venais pour faire un relevé de terre de la propriété de votre voisin François Lafontan qui a l'intention...

– Écoutez, Ville. Finissons-en, voulez-vous ? Nous n'allons pas jouer éternellement au chat et à la souris. Que voulez-vous au juste, je sais très bien que ce n'est pas le maire que vous êtes venu voir mais Christophe. Alors ? Qu'avez-vous à me dire ?

– À la bonne heure, monsieur Christophe ! Mais je suis très heureux que vous ayez compris que c'est dans votre intérêt que je venais ! Je cherche toujours à vous rendre service et vous me fuyez, mieux !... Vous me rabrouez avec des mots qui me blessent chaque fois profondément... Allons. Oublions tout ça. La propriété des Lafontan est en vente, à votre porte et vous allez sauter sur l'occasion à pieds joints ! Parole de Ville ! Jamais je n'aurais offert cette bonne opération à d'autres avant vous...

– On me l'a déjà offerte. François Lafontan est déjà venu me la proposer avant de la mettre en vente dans votre officine...

– Parole d'honneur, je ne le savais pas ! Mais même si je l'avais su, je serais quand même revenu vous voir avant de la proposer à un autre ! Il n'est pas possible que vous laissiez échapper cette affaire ! Cinquante hectares groupés avec les vôtres ! Mais ce n'est pas possible, vous ne pouvez pas laisser partir ça...

– Et c'est combien ?

– Trente, trente-deux avec ma commission...

– Oui, bien sûr, il faut bien que tout le monde vive ! »

Ville fit un geste d'impuissance, il avait tellement de frais ! Les commissions aux indicateurs, les impôts, les patentes et les frais généraux. Ça alors, les frais généraux, on n'avait pas idée !... les repas au restaurant, les cadeaux par-ci par-là et les kilomètres, des centaines de milliers de kilomètres, souvent pour des prunes...

Il voulut relever le cadastre en ma présence. Une idée comme une autre de me tenter un peu plus en me faisant discrètement remarquer les limites de mes pièces de terre et de celles qu'il allait vendre, montrant à chaque occasion qu'il se souvenait fort bien des terres du Couloumé, de leur aspect et de leur contenance.

« Réfléchissez, monsieur Christophe, réfléchissez... Vous allez faire une bêtise que vous regretterez un jour...

– On verra bien. »

En le raccompagnant à sa voiture, j'y trouvai Monique, la sœur de Trinquette... Monique plus brillante, plus rutilante, plus astiquée que jamais... sacrément bien nippée en plus, sans recherche excessive, mais avec fantaisie, discrètement coiffée et fumant sa cigarette blonde en écoutant la radio...

« Bonjour, Christophe.

– Bonjour, Monique, et qu'est-ce que tu fais là ?

– Je profite de la venue de M. Ville au Couloumé pour aller faire une petite visite à Trinquette que je n'avais pas vue depuis... je ne me souviens plus...

– Très bien et maintenant te voilà dans les affaires ?

– Oui, interrompit Ville, j'ai à nouveau divorcé, et il me fallait au bureau une jeune femme qui ait de l'allure, de l'avant-main et qui sache m'attirer et me retenir les clients... Monique est sensationnelle ! Jamais je n'aurais cru qu'elle en arriverait à la perfection où elle est arrivée... Juste ce qu'il faut de baratin et un amour du fric !... Elle contrôle même mon portefeuille !... Au revoir, monsieur le Maire... Ça m'a fait plaisir, Christophe, de vous appeler monsieur le Maire... À bientôt, réfléchissez...

– C'est tout réfléchi. C'est non. »

Non. Je ne venais pas de vivre un mauvais rêve, un cauchemar, je n'avais pas eu une hallucination qui me mettait soudain en présence des fantômes qui avaient hanté le temps de mon Couloumé-western... je vivais un passage, oui, un passage. L'activité fébrile et souvent désordonnée que l'on mène, jour après jour, mois après mois, nous empêche de voir que le temps passe, inexorablement... Le rythme est devenu tel à la Terre que, comme ailleurs, au lieu de vivre le présent on ne vit et on ne travaille que pour le lendemain ; un lendemain qui précipite encore les choses car on veut déjà avoir réussi avant même d'avoir entrepris... Avant les années 50, la Terre avait encore le privilège d'être hors du temps. On vivait et on travaillait à la mesure de l'homme. Lui et lui seul réglait les travaux aux capacités de son courage ou du courage des siens. On naissait, on vivait, on mourait dans un cadre immuable ou presque et, heureux ou malheureux, on parcourait la routine des cultures et des saisons.

La révolution des techniques et des structures que l'on a accueillie avec joie dans les années 50 a pris un rythme effréné. Nous avons joué aux apprentis sorciers ; toujours plus de machines, toujours plus de rendement, toujours plus de production, toujours plus de risques, partout, chez soi, en commune, en coopérative, en affaires, et nous avons oublié que les hommes étaient des hommes, qu'ils craquaient, qu'ils s'effondraient, qu'ils mouraient encore plus vite à cause de tout cela dont ils étaient maintenant prisonniers et dont ils n'arriveraient plus jamais à se libérer...

Xavier écrasé, Lafontan qui craquait à son tour... Et Ville et Monique qui revenaient, fantômes diaboliques de ce ballet infernal qui leur permettait de jouer d'autant mieux leur jeu que la Terre devenait, jour après jour, le royaume des dupes.

* *
*

Les Sanchez s'étaient donc installés le deuxième dimanche de juin... Ce fut une vraie harka qui débarqua d'une estafette Renault, de deux voitures familiales Peugeot 404 suivies d'un camion bourré de meubles et de bagages de toutes sortes ! Les voitures, couvertes de valises et de malles ficelées avec des cordes, crachèrent toute une marmaille de gosses au teint basané, filles et garçons, et puis des jeunes filles et des dames de tous âges et de toutes corpulences... Les hommes, eux, se trouvaient dans l'estafette et le camion...

M. le sous-préfet m'avait demandé de les accueillir et de faciliter au mieux leur installation ; je me trouvais donc là, serrant la main des hommes et des femmes qui jetaient partout un regard circulaire qui semblait dire : « Allons, voilà notre nouvelle demeure, le lieu de notre nouvelle vie. »

Les gosses se poursuivaient déjà dans la cour en riant mais les femmes pleuraient et les hommes me secouaient les mains sans pouvoir parler... Ville avait suivi le convoi et il débarquait de sa Mercedes, les bras chargés de victuailles et de rafraîchissements. Monique ne l'avait pas accompagné...

Je les laissais à leur installation. Du point de vue population, la commune ne perdait pas au change et mon école rurale était à l'abri de la fermeture !

Les hommes vinrent me rendre visite le lendemain soir. Le chef de famille se prénommait Antonio. La famille était originaire de Murcie. De ses trois fils José, René et Francis, les deux derniers étaient mariés et avaient chacun trois enfants ; José, qui avait trente-cinq ans, était célibataire. Les deux femmes âgées que j'avais saluées à leur arrivée étaient la mère et la tante d'Antonio... En tout quinze personnes...

« Voilà, monsieur le Maire, on est venus vous remercier de nous avoir accueillis comme vous l'avez fait... Je crois que nous nous adapterons chez vous et que nous serons de bons citoyens de votre commune.

– De cela, je ne doute pas, mes amis, ni non plus de votre courage... Il vous en faudra pour nourrir quinze personnes.

– Du courage, on en a, monsieur le Maire ! On est arrivés en Oranais en 57... On y croyait encore et on a tenu jusqu'à l'extrême limite... Si vous aviez vu ce qu'on avait fait en sept ans ! Enfin, monsieur le Maire, tout ça c'est le passé, un passé bien fini. Maintenant, on va s'organiser. José restera avec moi sur la terre. Francis est maçon et il trouvera du travail ici ou au chef-lieu. René doit être embauché à la Cave vinicole de Plaisance ; il est caviste de métier et il a son permis poids lourds... les femmes aux champs et à la maison et les petits à l'école... Et voilà, monsieur le Maire ! Et puis on travaillera... On n'a pas peur du travail, monsieur le Maire !... D'ailleurs, à la Terre, si on a peur du travail y vaut mieux pas y venir. C'est vrai ici, comme en Algérie ! »

Braves gens ! J'en avais les larmes aux yeux... Quelle destinée tout de même cette Gascogne... En 1920, les Vendéens, dont Trinquet était le digne représentant au Couloumé ; en 1924, les Italiens que le fascisme de Mussolini avait foutus dehors et qui étaient venus prendre les fermes que les Français ne voulaient plus... En 1936, les Espagnols chassés par la guerre civile... en 1940, les Polonais, en 1945, les Allemands de l'Ouest et surtout de l'Est, et en 1960, les pieds-noirs d'Algérie !... Gascogne, mon pays, que serais-tu devenue sans ces transfusions sans cesse renouvelées pour remplacer ceux qui meurent ou qui s'en vont...

VI

Il pleut. C'est la pluie qui m'a réveillé vers 2 heures du matin. Une ondée d'orage qui carillonne aux carreaux de la grande fenêtre de la cuisine par volées de grêlons. Mon sommeil était léger et je me suis souvenu à nouveau de Joseph ou plutôt d'un de ses proverbes : « *Plouyo dou mati engourgo lou mouli*[1]. » J'ai pensé aussi à Ludovic qui avait dû abandonner la préparation du labour d'Emmanuel...

« Trop sec, patron, je ne fais que remuer des mottes. Il faudrait une bonne pluie pour que ça se défasse comme j'ai besoin... »

Parfait, la pluie qui tombe va tout arranger et la semaine prochaine, s'il n'y a pas d'autre orage, on pourra semer les graines.

---

1. Pluie du matin
Engorge le moulin.

Maria a passé une bonne nuit. Je me suis levé à trois reprises pour aller la voir dormir. Son visage est pâle mais ses pommettes sont toutes rosées. Hier soir, elle a bu très facilement le remède qu'avait préparé le docteur mais pas le bouillon que je lui proposais. Petitbon est passé ce matin de bonne heure. Il allait voir une urgence un peu plus loin, à Loussous-Débat.

« Comment a-t-elle passé la nuit ?

– Bien. Elle a été très calme. »

Il prend le pouls, met sa main sur le front, soulève la tête pour voir la raideur de la nuque, essaie de faire plier les bras et les jambes...

« Elle n'a pas parlé ?

– Non... »

Il soulève les paupières qui battent ensuite nerveusement sur les yeux morts... Il remonte machinalement le drap sous le menton et ne dit rien.

Nous passons à la cuisine.

« Pas fameux, tout ça, lâche-t-il enfin en allumant une gauloise. Pas fameux du tout, même ; tout ce calme n'est hélas qu'apparent et le mal continue à progresser ; elle m'a fait une nouvelle petite attaque pendant la nuit... Oh ! ne regrette rien !... Tu ne t'en serais pas aperçu... Si je peux te donner un conseil, fais venir le curé... Elle sera contente et nous aussi. »

* *
*

... J'avais mis un drôle de temps à découvrir que José faisait la cour à Trinquette... Je ne l'avais même su que lorsque ce fut devenu la fable de tout le pays. Pour un maire, j'étais vraiment le dernier à être au courant de ce qui se passait dans ma commune ! Après tout, les battements de cœur de Trinquette, c'était son affaire ! Pour moi, ce qui m'occupait présentement c'étaient les vendanges. Des vendanges qui avaient débuté avec un soleil magnifique.

Ah, ces automnes merveilleux ! Ces automnes de Gascogne qui n'en finissaient pas de prolonger l'été... Ces automnes noyés d'un soleil chaud sans être agressif, ces beaux automnes où l'on admire les couleurs changeantes des vignes et des bois... Et les vendanges ? Ces vendanges qui sont non une corvée ennuyeuse mais une fête perpétuelle... C'est du boulot mais du joli boulot... On travaille mais aussi on papote, on s'interpelle, on rigole de bons coups et, comme on se donne la main entre voisins, il y a les femmes qui sont là, les jeunes et les moins jeunes et les bonnes histoires fusent, les plaisanteries de plus ou moins bon goût... On se poursuit dans les sillons, on se provoque de souche en souche et, souvent, on cherche à travers les sarments les doigts amis ou complices ou les lèvres avides d'un baiser volé...

Dégoûté de me voir aussi aveugle, Ludovic m'avait fait apercevoir le manège de José, prenant toujours le sillon à côté de celui de Trinquette, l'aidant à porter son baquet et riant avec elle par-dessus les souches, une grappe à la main, qu'ils picoraient à tour de rôle...

Je me souvenais maintenant qu'à deux ou trois reprises Junior, venu m'embrasser ou venu jouer avec Paul et Pascal qu'il promenait dans le parc, m'avait dit :

« Tu m'excuses, parrain, je ne reste pas davantage. Il faut que j'aille soigner les bêtes avec maman parce que ce soir on a José à dîner... »

Je trouvais ça normal. Normal parce que lorsqu'on s'entraide, entre voisins, il est normal que le soir ou à midi on mange chez la personne à laquelle on rend service... Maintenant que je savais et que j'avais vu, lorsque Trinquette était venue près de moi, à la remorque chargée de douils[1], je l'avais regardée et comme les femmes se rendent très vite compte, par une sorte d'instinct, si l'on est au courant ou non, elle avait deviné, d'un coup, que je savais. Elle avait rougi violemment, s'était mordu les lèvres, et puis, désarmée par mon sourire et mon clin d'œil complice, elle avait éclaté de

1. Grosses cuves qui servent à véhiculer la vendange.

rire. Mon Dieu ! je retrouvais là, en quelques secondes, la Trinquette que j'avais connue ; rien que dans cette succession de mimiques et à leur enchaînement, je savais qu'elle était heureuse et j'en fus heureux pour elle... C'était la Vie, et après tout à la Terre, la Vie ça compte...

La vendange était très belle. La vigne, dans sa neuvième année, était d'une vigueur exceptionnelle et elle avait nourri ses grappes jusqu'au bout des courroies que l'on avait taillées longues à cause des gelées tardives de printemps et auxquelles, par la suite, on avait laissé tous les bourgeons. Le pèse-moût de la Coopé titrait 13,5°... Le jeune stagiaire qui aidait Marcillac durant la période des vendanges n'en croyait pas ses yeux et il avait par trois fois renouvelé ses prélèvements de mes trois remorques différentes ! Un beau succès qui me mettait la joie au cœur ! Si on n'avait pas, à la Terre, ces quelques joies profondes qui n'ont rien à voir avec l'appât du gain, l'abandon de la Terre serait définitif... Le jour où l'on ne vivra, à la Terre, que pour produire n'importe quoi pourvu qu'on fasse du fric, il n'y aura plus de Terre et plus de paysans...

* *
*

Sylvie était revenue de Luchon en pleine forme. Les enfants aussi étaient superbes. Paul trottinait déjà dans la maison, prenant d'une main leste tout ce qui traînait sur les chaises, les fauteuils et même les tables, et Pascal cherchait à l'imiter de son mieux. J'étais heureux de tous les miens retrouvés. Sylvie était charmante, enjouée, et j'avais de la joie à me serrer contre elle, à la prendre par les épaules et elle se laissait câliner comme une gentille fille sage qui se fait faire des enfants sans être amoureuse du tout... Je m'en plaignais parfois...

« Mais enfin que tu es sot ! Mais bien sûr que je t'aime !... Est-ce que je ne te l'ai pas prouvé ? Et ça ? Ces deux-là, ils sont le fruit de quoi ?

– Oui, bien sûr...

– Alors ! Tu ne veux tout de même pas qu'on se promène comme des amoureux de dix-huit ou vingt ans qui passent leur temps à se bécoter et à se dire des inepties. Ce temps-là est passé. »

J'aurais pu lui dire qu'elle était toute jeune et belle et désirable, ce qui était vrai... Alors ? C'est moi qu'elle trouvait trop vieux pour jouer les amants de cœur et les amoureux comblés ?... « Ce temps-là est passé... » Elle avait sans doute raison, mais j'en étais d'autant plus meurtri que le flirt Trinquette-José prenait, lui, les chemins du grand Amour !

* *
*

Le jour anniversaire de leur installation chez les Lafontan, les Sanchez firent une fête à tout casser... De braves gens ces Sanchez ! Quant à leur installation de maison, une vraie cour des miracles ! Mais quel dévouement ! Quelle entente de famille ! et quel courage au travail ! Le plan d'organisation du vieil Antonio avait porté ses fruits et tout s'était exactement passé, mois après mois, comme il l'avait prévu. Francis, le maçon, avait rapidement trouvé du travail et il avait déjà des commandes plus qu'il ne pouvait en faire. René s'était montré un excellent auxiliaire pour la Coopérative, enfin José et lui avaient pris le domaine en main. Quant aux femmes, elles étaient sans cesse occupées, quand ce n'était pas par les enfants, c'était par les parcs à volailles, les oies et les canards pour lesquels Trinquette leur donnait des conseils...

Le jour de leur fête, autour d'un méchoui monstre, ils avaient convié tous leurs voisins et aussi leurs amis pieds-noirs installés sur le canton... Quelle nouba ! Il faisait un temps superbe et, sous les trois grands chênes séculaires qui dominaient la cour, ce spectacle, haut en couleur, était d'une réelle et touchante sympathie. On avait mangé, bu, remangé, re-rebu... Évidemment, Ville était venu et en compagnie de Monique, cette fois... Une Monique sapée et préparée comme si elle avait dû faire toutes les conquêtes et révolutionner les coqs du pays... Elle savait qu'elle avait les moyens de faire ce qu'elle voulait... Elle était sûre. Elle pouvait désirer n'importe lequel de tous ces hommes vieux ou jeunes, n'importe lequel, et qu'elle gagnerait... Je la regardais faire, car moi seul je savais. Je savais sa force diabolique, son intelligence, sa connaissance des hommes, son métier en quelque sorte et elle avait le génie de savoir l'exercer.

Après plusieurs danses avec Francis, René, le vieil Antonio et même moi, qu'elle vint chercher par la main et qu'elle entraîna sous les applaudissements imbéciles de l'assistance charmée par tant d'aisance dans un paso-doble endiablé, elle alla chercher José... Mais là alors, tout simplement d'un air fâché, en lui disant qu'il l'oubliait et que c'était un grand vilain de ne pas la faire danser, alors qu'il faisait danser les autres... Elle dansa avec lui, très gentiment, très, très sagement ; son bras abandonnant l'épaule de son danseur uniquement pour refaire derrière sa nuque le chignon des cheveux blonds qui se défaisait... Ce qui ne manquait pas de faire sortir au ras de l'échancrure de la robe légère la poitrine superbe qui était la sienne... Elle fumait aussi, éternellement, ses cigarettes blondes, comme pour refuser son visage à son danseur, et chaque fois que celui-ci se penchait pour l'atteindre, elle avait toujours un peu de cendre à secouer, négligemment, par le côté...

Trinquette avait donné la main au ménage et passé la plus grande partie de son temps à distribuer les plats et à amuser les enfants. Elle était partie ramener son père et son fils, son père qui protestait ses grands dieux qu'il n'était pas saoul et que ces types d'Algérie étaient aussi patriotes, aussi grands buveurs que les Vendéens « ventres-à-choux » dont il était... et Xavier-junior qui avait trop mangé de mouton et bu de vin rosé. Il hoquetait sans fin le long du chemin, Junior, que José était un type épatant, qui lui avait permis de rester toute la nuit et que c'était sa mère qui était une mauvaise mère de le ramener au lit, alors que la classe touchait à sa fin et que Monsieur avait dit comme ça que ça faisait rien si on manquait l'école parce que, avec les examens, ils avaient bien assez de boulot que de les garder à rien foutre...

... Et Monique dansait avec José la danse de la séduction... Quel beau type ce José tout de même... oui, quel beau type... Je savais, moi, que Trinquette en était folle. C'était pas une démonstrative, Trinquette, comme la Monique. Mais l'éclat de ses yeux noirs à elle traduisait tout, sans paroles inutiles...

J'avais retrouvé Trinquette un soir, où, intrigué par un bruit insolite de moteur, je m'étais aventuré près de la vigne du Lac, au fond de la grande pièce de colza. Le bruit du moteur ne trompait pas. C'était un engin lourd qui travaillait là. Un gros. Un Cat D7 ou D8, peut-être même un plus gros ! Je m'étais alors souvenu de l'idée de Trinquette de réaliser là un lac collinaire et je m'étais dirigé de ce côté avec la certitude que certainement le chantier était commencé... Trinquette était comme ça : prompte à la décision et à ses responsabilités. Elle avait décidé de la construction du lac collinaire, elle n'avait plus qu'à lancer le chantier ! Pas dans un mois, après avoir pesé le pour et le contre durant des jours ou des semaines, allez ! tout de suite. C'était simplement affaire de femme et de caractère !

Le chantier était commencé, en effet, et Trinquette était là, bottée, coiffée d'un chapeau de paille aux larges bords relevés...

« Pourquoi ris-tu ? me dit-elle en m'accueillant.

– Tu peux pas savoir !

– Dis toujours...

– Figure-toi que je pensais, et je le crois vraiment, que le Couloumé que tu as connu et que j'ai vécu, le Couloumé des années 50 à 60, c'était un western américain... Un vrai western, tu te souviens ? Le vieux fermier dépossédé : l'oncle Solignac... Les hommes de main : Grand Secco et Ville ; l'homme d'affaires véreux : Me Thorre ; les vieux fidèles : Joseph et ton père, la vieille Maria... le justicier ou bandit bien-aimé : moi-même (pour te servir) et les femmes : Annette Ville qui jouait le rôle de la femme fatale et... toi... la petite fille perdue au grand cœur... et je me disais justement ces jours-ci, comme il était sympa ce Couloumé-là... Combien il avait renfermé de misères, de désespoirs, mais aussi de courage ; du courage pour vaincre l'adversité : du courage pour gagner... et je croyais que ce Couloumé-là était fini, que c'était du passé, et je te vois plantée sur ton chantier, bottée, chapeautée, comme une vraie fermière du Far West... Nom de Dieu, que ça me fait plaisir ! Nom de Dieu, Trinquette, grâce à toi je rajeunis de quinze ans ! Tu es superbe, Trinquette ! Superbe et en dehors de l'amour vrai que je te porte... laisse-moi te dire, foi de Christophe, que je t'admire et que je suis fier de toi... »

Elle riait...

« Surtout ne m'embrasse pas ! Ne m'embrassez pas, monsieur Christophe ! C'est interdit ! »

... Nom de Dieu qu'elle était désirable ! et n'aurait été cet autre con sur le siège de son bulldozer je crois vraiment, mais je crois que Trinquette y serait passée...

« Non, Monsieur, non, ça, c'était autrefois. Un autrefois qui m'est cher quand même mais, autrefois... Maintenant pour Trinquette, il faut autre chose...

– Diable, diable, raconte-moi ça... À moi ? Hein ? Si on est copains ? Promis, je ne te touche pas la cuisse !...

– Ni le cou ?

– Ni le cou ! »

Elle m'avait raconté, Trinquette. Elle aimait José. Un tendre amour et aussi une passion. L'homme, elle l'avait dans la peau. Il avait couché, déjà, avec elle et ça allait ; ils s'entendaient bien.

« Ça compte, non ?

– D'accord, ça compte... »

Elle était seule sur la propriété ; ça ne pouvait pas durer longtemps ; le père Trinquet, c'était la fin : il buvait de plus en plus et il était aussi dangereux maintenant de lui supprimer la bouteille que de la lui laisser.

« Une éponge ! Tu comprends maintenant, c'est une éponge...

– Je comprends.

– Xavier est petit. Treize ans bientôt, tout à apprendre. Il est gentil, travailleur, il a de bonnes notes en classe, je ne me plains pas. Moi, je suis une femme de trente ans. Je crève d'amour, tu entends, Christophe ?... J'en crève !... Je m'abrutis de travail, de tout, de tout... Mais il y a des soirs où toute seule dans mon lit j'ai envie de crier... L'amour à la Terre, c'est encore plus nécessaire qu'ailleurs... Tout fait l'amour à la Terre ; les chiens, les vaches, ma jument, la truie, les poules,

les canards, les oiseaux... tout... tout... tout... eh bien, tu le croiras, il y a des jours, je les envie... Bouge pas pour autant, toi, grand bandit !... parce que si tu savais combien de fois j'ai eu envie de te coincer sur les sentiers au sortir d'un labour ou d'une fenaison !... Ne le sache jamais ! Mais que je suis bête ! puisque je te l'avoue !... Je t'aurais fait sauter aux feuilles des arbres mieux que ta Sylvie...

– Allons, Trinquette...

– Excuse-moi, tu sais, je suis nature... ça me fait du bien ce que je te dis... Ta Sylvie, après tout, c'est toi qui l'as choisie, tu te la sucres... »

Je ne pus m'empêcher de sourire...

« Alors, maintenant, j'ai un homme. Un vrai. Un beau. José. Tu avais deviné ?

– Oui, bien sûr, je savais. J'avais pas deviné mais j'ai su.

– Et José m'aime et il va m'épouser et il viendra habiter avec moi et on va faire l'amour à crever... parce que je le crèverai tu entends, tellement j'en ai envie et tellement je l'aime... »

Sous le grand chapeau de paille, même à l'ombre des arbres, elle avait les joues rouges et ses tempes perlées de sueur... J'ai laissé passer l'orage.

« Et le Junior... tu y as pensé au Junior ?

– Que tu es bête ! Bien sûr que j'y ai pensé... Tu crois qu'il y a que toi d'intelligent sur la terre ?... Tu es le maire, d'accord, mais tu n'es pas tout seul... »

Cette Trinquette, tout de même, elle avait des façons de vous dire les choses ou de vous les envoyer à travers la gueule !

« José est au courant. La propriété, elle est à Xavier, mon fils. Il a été reconnu au moment du mariage. Je n'ai que la jouissance... la jouissance, tu parles ! le boulot, oui, et tout le merdier à se taper !...

– Allons, tu es injuste ! Quand tu compares ta situation avant ton mariage avec celle où tu es maintenant...

– D'accord, mais je l'ai gagnée, non ? Dis-moi un peu que je l'ai pas gagnée ? Parce que vous, les hommes, vous êtes généreux avec la peau des autres, celle des femmes en particulier, je sais ce que je dis, tu sais... À la Terre, y a du sentiment pour sûr et il en faut, mais pas plus ; il faut être réaliste à la Terre parce que la vie à la Terre elle t'enseigne que l'Amour c'est qu'un temps et que, passé ce temps, c'est du recuit, du faux, du frelaté, du rien du tout... Moi, je sais que j'ai encore dix ans d'amour maximum, et que ces dix ans je les veux.

– Avec José ?

– Parfaitement avec José, je crois que je l'ai accroché, et d'accord ou pas d'accord... je l'aurai. »

... Je pensais à tout cela en regardant José danser avec Monique la samba de la séduction... Au fil des minutes, je voyais se défaire un peu plus le merveilleux empire que Trinquette croyait avoir sur son amant... Ah ! les blondes ! Elles sont les femmes fatales de tous les westerns et ici, chez les Sanchez, n'était-ce pas un peu ça le western ? Les grands arbres sous la lune, les feux de bois qui se mouraient, les petits groupes épars de gens somnolents qui, de temps en temps, battaient des mains au rythme de la samba et, seuls dans la piste, étroitement enlacés et à moitié dévêtus, les deux héros de légende qui dansaient la danse de l'Amour ou de la Mort.

* *
*

Maria va mieux. En dépit de ce que m'a dit Petitbon, je la trouve, moi, de mieux en mieux. Ce soir, elle m'a même reconnu et pas seulement à la pression des mains ou à la voix mais avec ses yeux... Lorsque je me suis approché d'elle machinalement, en lui parlant comme à une bête malade dont on craindrait les réactions violentes... elle m'a dit faiblement mais distinctement :

« Christophe, mets-toi devant moi, là, devant moi, il me semble que je distingue la tapisserie de la chambre et les assiettes qui sont accrochées au mur... Oh ! mon Dieu, merci, mais oui je te vois, doux Jésus, je te vois... Merci, mon Dieu... Merci à toi Christophe de tout ce que tu as fait pour moi...

Merci... Merci... je te bénirai quand je serai au Ciel aux côtés de Marie et de Jésus, mon Sauveur... Merci et... »

J'ai eu toutes les peines du monde à la calmer, à la faire rester sage sur ses grands oreillers. Je lui ai dit que Trinquette était venue une première fois et qu'elle dormait, une deuxième fois et qu'elle ne l'avait pas reconnue. Xavier aussi, son filleul, était venu et que...

« Lui, oui, je me souviens, j'ai reconnu sa voix... mais c'est curieux Trinquette je ne l'ai pas entendue... C'est curieux oui, mais elle reviendra ? »

Mais bien sûr qu'elle allait revenir ! et comment ! Si elle n'avait pas tout son travail harassant et tous ses soucis quotidiens... elle serait déjà là... et... Mon Dieu qu'est-ce qu'on peut raconter comme conneries aux gens qui sont sur la piste d'envol du grand départ pour l'éternité !

« Maria ? M. le curé va venir, ça te fait plaisir ?...

– Oh oui ! Qu'il vienne ! Je vais bien prier le Seigneur Jésus et la Vierge Marie pour qu'ils me prennent avec eux dans leur Ciel... Je les ai bien servis et bien aimés tous les deux... J'ai suivi leurs commandements. J'ai servi mes maîtres et toi aussi, Christophe, en t'aimant comme je les aimais...

– Mais tu vas vivre Maria !... tu vas guérir... Pourquoi ne veux-tu pas vivre ? »

Elle a mis beaucoup de temps à reprendre son souffle... sa pomme d'Adam descendait et montait comme une grosse boule laide prête à l'étouffer. J'avais provoqué chez elle tout ce grand élan de joie et de bonheur ; elle avait dit tout cela comme si elle se libérait d'un grand poids, d'une grande dette.

« Non, je ne vais pas mieux, Christophe. Je suis d'un trop grand poids pour tous... pour toi et pour tous... Non, tout est fini ; la Terre que j'ai connue a cessé de vivre. Tout est changé, tout est trop nouveau. La Terre où vous vivez est devenue une Terre ingrate où l'on crie, où l'on s'insulte, où l'on meurt, mais pas comme dans notre temps. Je m'en vais heureuse, à cause de toi, Christophe. J'attends M. le curé maintenant et je te bénis... »

VII

Je savais bien que l'histoire Monique-José ne finirait pas de sitôt... Depuis cette journée de juin, je rencontrais plusieurs fois la Monique au volant de la Mercedes grise... Ville laissait faire, en vieux maquereau qu'il était ; la jalousie ne le tracassait plus... La fille ne se cachait même pas et lorsque je lui avais demandé, pour voir sa réaction :

« C'est gentil à toi de venir voir Trinquette !

– Penses-tu ! Pour ce qu'elle m'intéresse ! C'est José que je viens voir ! On dirait que tu n'es pas au courant ? Tu serais le seul ! »

Le vieil Antonio Sanchez, lui, en avait gros sur le cœur et il m'avait fait ses confidences un matin où je l'avais rencontré au fond de la grande pièce de Terre des Lafontan qui jouxtait celle d'Emmanuel... Il pouvait être 7 heures du matin et il s'affairait dans son champ de pommes de terre.

« Ah ! Vous êtes là, monsieur le Maire, je suis bien content de vous rencontrer. Je voulais vous dire que je suis bien ennuyé au sujet de mon grand, de José.

– Je sais, mon vieux, je suis au courant.

– Oui, monsieur le Maire, vous savez ce qui se passe avec cette fille du diable qui est venue et qui vient régulièrement le relancer ici, mais il y a autre chose. Il y a que mon José, c'est la première fois qu'il lui arrive pareille aventure ; c'était pas un coureur de filles mon José, monsieur le Maire, croyez pas ça, oh, mais pas du tout ! J'ai déjà cherché à le marier, pensez donc ! Un brave gars comme ça, j'avais cru que ça serait pas compliqué. Déjà en Espagne, puis en Algérie... Pas moyen...

– Eh bien, j'ai l'impression que cette fois-ci, il s'est fait drôlement cravater !

– Eh oui, hélas ! Nous, on était bien contents lorsqu'il était allé travailler, pour donner un coup de main, chez notre petite voisine (il ne disait pas Trinquette)... Une petite bien sage qui a eu des malheurs mais qui est vaillante et courageuse comme nous tous... Ce printemps, elle est venue chez nous souvent et j'ai remarqué qu'ils se plaisaient bien tous les deux ; j'ai dit à José sans qu'il s'y attende : “Alors, José, où ça va finir tout ça ?
– Au Mariage, père, où voulez-vous que ça finisse ? La fille me plaît bien et le petit gars m'a adopté comme si j'étais son grand frère... Bien sûr, je serai

chez moi, sans être chez moi, mais c'est une belle Terre et, moi, j'aime ça..." Pensez si c'était une belle Terre ! Juste à côté des nôtres, ça nous faisait en tout près de cent hectares à travailler, de quoi vous tenter monsieur le Maire ? Pas vrai ? Oh ! pas pour tirer ça à nous ! Oh ! non, monsieur le Maire, faut pas croire ça ! Mais pour la beauté de la Terre et du beau geste que c'est de travailler ensemble avec courage, pour quelque chose qui vaut vraiment la peine de passer une vie... Cette petite, elle avait besoin d'un homme, monsieur le Maire, et José, lui, avait besoin d'une femme, une petite femme comme elle, avec du caractère ; j'ai pas eu besoin qu'on me raconte des choses sur elle pour savoir qu'elle avait du caractère, cette petite femme... Pour un vieux comme moi, ça se voit de suite. Enfin, bref, tout s'arrangeait très bien et ils avaient même décidé de se marier, monsieur le Maire. Oui. Après la Toussaint. »

Je fis un geste désolé du bras.

« Eh oui, monsieur le Maire, et tout est foutu par la puterie de cette garce !... Tout est foutu parce que mon José, depuis qu'il connaît cette fille, il est devenu comme fou... Il ne dort plus, il est toujours dehors, il ne travaille même plus... Il voit bien, à la tête qu'on fait tous, qu'on est malheureux à cause de lui... Rien n'y fait... C'est une sorcière, cette fille... Une vraie sorcière, elle l'a envoûté... Vous savez, monsieur le Maire, nous tous on croit en Dieu... Tous mes enfants ont été baptisés et vont à l'église, moi, je suis évangéliste, c'est un peu pour ça que j'avais quitté l'Espagne... Nous, les évangélistes, on sait voir la main de Dieu qui protège... elle n'est plus sur José, monsieur le Maire... Tout ça finira mal, très mal. »

Et le vieil homme, qui avait franchi tant d'épreuves et fait face tant de fois à l'adversité, s'effondra en larmes contre le capot du Ferguson. Bien sûr que ça finirait mal. Je n'avais pas cru nécessaire de lui dire que moi aussi j'avais vu Trinquette ; plusieurs fois même, et que la dernière fois où elle m'avait parlé de Monique, une colère sourde grondait en elle, une de ces colères violentes qu'elle ne traduisait pas par des excès de langage mais qui se voyait sur son visage à l'éclair violent de ses yeux noirs...

J'avais trouvé Trinquette au fond de sa grande pièce, au chantier où le bulldozer achevait les travaux de retenue de Terre pour son lac collinaire... Nous nous étions assis côte à côte, en bordure des noisetiers que le bull avait respectés. Là, elle y était allée de son désespoir, Trinquette, et je savais que ça lui faisait du bien de se confier à quelqu'un, à quelqu'un à qui elle pouvait tout dire. Le désespoir de Trinquette n'était pas égoïste... Bien sûr, elle était heureuse d'avoir trouvé un beau garçon, ce qui, avec son tempérament, ne gâtait rien. Mais son désespoir venait surtout de ce qu'elle avait trouvé, tout d'un coup, miraculeusement, le sauveur... le compagnon indispensable pour l'aider à conduire sa Terre... Autrefois, une jeune veuve comme elle aurait eu autour d'elle une armée de domestiques, de servantes... il y avait toujours dans la maison un vieux maître-valet pour conseiller et partager les responsabilités... Trinquette, à trente ans, n'avait plus personne, sinon son vieux père ivrogne et inutile. Donner le domaine en fermage elle ne voulait pas, c'était le bien du petit et elle voulait le lui conserver jusqu'au bout, ce bout qui était la majorité, la libération du régiment, ce bout lointain qui n'arriverait que dans dix ans... Oui, Trinquette était désespérée et, dans les reprises rageuses du moteur du bulldozer, la voix de Trinquette montait aussi, pleine d'échos saccadés de plus en plus violents qui faisaient passer sa colère du désespoir à la haine.

« Cette Monique, je la hais, je la hais... Je l'ai toujours trouvée sur mon chemin depuis toute petite pour me faire du mal... Tu te souviens, Christophe ? Tu ne peux pas ne pas t'en souvenir...

– Je m'en souviens, hélas !

– Toujours, elle a été ce qu'elle est ! Toujours. Une fainéante, une pute... Elle ne rêvait que d'être Madame et comme elle n'avait aucune chance de le devenir, elle s'était faite poule... et quelle poule !... Une sale poule, orgueilleuse, méchante, et comme il lui fallait une bonne, elle avait rêvé que je lui servirais de boniche ! Tu as tout fait pour m'aider, Christophe, tout... Maintenant, malgré le travail et les soucis, j'allais être heureuse, je ne croyais plus au bonheur, tu sais, en dehors de mon petit et du travail... Et puis il y a eu José, José qui m'aimait, j'en suis sûre, Christophe... José avec qui on devait se marier après la Toussaint... J'avais si peur que ça ne tienne pas que je n'avais pas osé t'en parler... »

Le bulldozer, énorme bête docile, poussait devant lui sa montagne de Terre... Il était si près de nous que nous ne nous entendions plus... Je me levai, donnai la main à Trinquette pour monter sur la digue, en longer le faîte et aller de l'autre côté...

« C'était trop beau pour que ça arrive. Lui, c'est un lâche. Il n'a pas seulement eu le courage de venir me voir pour me dire que c'était fini... Mais elle, la sale pute, je la hais, je la hais... tu comprends, Christophe ?

– Je te comprends, Trinquette.

– Oui. Je sais, tu me connais, mais si tu me connais bien tu sais que je suis capable de tout... Je la crèverai, tu entends bien, je la crèverai...

– Tu es folle ?

– Je m'en fous d'être folle... Mais il y a des choses que je ne tolère pas... Tu sais qu'elle vient voir José ici ? il ne lui suffit plus maintenant qu'il aille coucher avec elle à Toulouse, non, elle vient encore le relancer ici... Et ils viennent faire l'amour chez moi, oh, bien sûr, pas dans la maison ! mais dans la propriété, dans mes vignes, dans mon bois... Elle vient me narguer jusqu'ici... dans le boqueteau de noisetiers où nous étions, ou dans la grotte, là, au pied de la levée de Terre... Si elle continue, je la crèverai la sale pute... je la crèverai. »

Le bulldozer se rapprochait de nous, poussant sa charge de terre et de cailloux... Le chauffeur coupa les gaz et descendit pour nous rejoindre...

« Madame, il faut que je descende au garage chercher un flexible pour la commande hydraulique du scraper. Pour ne pas perdre de temps, vous devriez me pousser cette terre sur le côté droit... Je gagnerais deux bonnes heures et pour vous, deux heures de bull, c'est autant de gagné. »

J'interrogeai, incrédule :

« Tu vas faire ça, toi ?

– Oh ! oui, monsieur, s'amusa le chauffeur ; et même qu'elle est drôlement adroite et que si je l'avais comme apprentie, j'en ferais vite un fameux conducteur ! »

Trinquette me jeta :

« Et pourquoi pas après tout ? En Inde, les enfants conduisent bien les éléphants ! »

Elle s'assit sur le siège énorme, ajusta d'une tape son grand chapeau sur ses cheveux noirs, enfila les gants de cuir du chauffeur en me montrant, souriante, qu'ils étaient un peu grands et me fit signe de la main ; un signe pour me dire sans doute :

« Allez, pousse-toi maintenant. »

Moi, je compris surtout qu'elle allait penser à autre chose et que le travail à la Terre reprenait toujours le dessus sur le désespoir et même sur la haine. D'un coup sec du poignet, elle donna des gaz, s'assura bien sur son siège, tira à elle les commandes et l'énorme machine reprit son travail de titan... Je la regardai quelques instants tourner, virer, vider sa pelle, se replacer, reprendre un chargement, repousser un nouveau tas... petite fourmi désespérée mais attachée à sa besogne, encore et encore...

VIII

« SEGO, SEGO, SEGO[1]... » chantait la cigale. Le bel été, le magnifique été que celui de l'année 67. La moisson était splendide... Freddo avait amené la Moiss-Batt de la C.U.M.A. la veille au soir pour pouvoir la graisser à fond et la vérifier en détail pour le lendemain. La veille, Ludovic avait préparé les remorques, je dis bien les remorques car on avait emprunté celles des voisins en plus des deux nôtres... ce qui en faisait six ! Décidément, Ludovic était prévoyant...

« Et qui va conduire tout ça ? demandai-je. Tu as six remorques et nous ne sommes que deux chauffeurs... Et encore à ce moment-là, il faudra que je laisse Freddo seul sur la machine ?... Il est vrai que maintenant avec les machines à trémie il n'est plus nécessaire de nouer des sacs !

1. *Coupe, coupe, coupe...*

– Écoutez, patron, il me faut une remorque à chaque bout de champ et une en réserve si je perds du temps à la Coopé... On n'est pas tout seuls à aller vider, vous le savez, patron ? Si jamais je peux pas vider, je laisse la remorque en bas et je remonte pour venir en chercher une autre. J'ai tout prévu ; j'ai laissé mon vélomoteur à la Coopé.

– C'est bon. Tu es un chef... »

Les vingt hectares de la grande pièce du Lac... J'avais fait blé sur colza, semé la dernière semaine d'octobre.

« *A touts Sants semia lou gran* »[1], disait Joseph.

C'était sûrement vrai. Déchaumage en août après que les grains de colza, échappés de la coupe, avaient eu le temps de germer, un labour de septembre qui avait enfoui toute cette verdure et avait laissé une surface sèche et brisée pratiquement prête pour le semis, une bonne fumure d'appoint et le semoir était parti, derrière les disques, sans qu'il ait été nécessaire de herser ou de rouler. Un chantier de rêve... Je ne me souvenais pas, à Emmanuel ou au Midour, d'avoir jamais semé dans d'aussi bonnes conditions... « La veine, quoi, m'avait dit Junior que j'avais installé sur le semoir pour surveiller le travail des disques dont quelques-uns se coinçaient parfois en

1. *À la Toussaint*
Sème ton grain.

relevant un bout de tige de colza. La veine, tu as la veine... Maman le dit souvent... Remarque, elle ajoute toujours que tu le mérites...

– Ah ! bon, heureusement qu'elle dit ça, que je la mérite, ma veine, ta Trinquette de mère...

– Dis donc, parrain, pourquoi tu appelles toujours maman Trinquette ?... Tu es le seul à l'appeler comme ça...

– C'est une vieille histoire, Junior... Autrefois, on donnait des surnoms aux gens et ta maman c'était la petite Trinquette parce qu'elle était la fille à Trinquet, tu comprends ?

– Et toi, t'as pas de surnom, toi, parrain ?...

– Mais si, j'ai un surnom, on ne m'appelle plus ni Christophe, ni Solignac... on m'appelle monsieur le Maire... C'est pas un surnom ça ?

– Et moi, on m'appelle Junior...

– Eh oui, et toi on t'appelle Junior... C'est moi qui t'ai baptisé comme ça et ça t'est resté... Et ça te restera, tu verras. En attendant, surveille tes disques ! »

La levée avait été très réussie. Un automne doux, pluvieux jusqu'à la Noël... Ah, ce Noël ! Nous avions décidé de nous retrouver tous au Couloumé pour inaugurer le hall de Sylvie...

« Hein Sylvie, qu'est-ce que tu en dis ? Je t'ai fait plaisir, tu me fais plaisir ? Invite M. le sous-préfet si tu veux mais laisse-moi inviter mes amis, les vieux copains, ceux qui me rappellent les vieux et bons moments du Couloumé... Oh ! bien sûr, pas du Couloumé-western comme je dis souvent ! jamais je ne voudrais voir ici les traîtres et les faussaires de mon scénario. Mais les bons : Freddo, Henri, Joseph, Maria, même les Trinquet ! »

Sylvie avait accepté à condition que je lui laisse faire la liste de ses propres invités, c'est-à-dire, en dehors de la famille Daudignon, ses relations du chef-lieu... Petitbon était venu aussi avec sa charmante épouse, et nous avions passé une soirée de Noël merveilleuse... J'avais présenté à M. le sous-préfet Antoniotti tous mes vieux fidèles du temps héroïque...

« Comme vous en parlez, mon cher Maire ! On dirait que la reprise en main de votre domaine avait été la conquête de l'Ouest !

– C'était un peu ça, monsieur le Sous-Préfet, et ces vieux-là ont tenu le coup mieux que des jeunes ne l'auraient fait... »

Trinquette était venue, bien sûr, les bras chargés de jouets pour Paul et Pascal. Sylvie, toute surprise et tout émue, l'avait embrassée et cette foutue Trinquette, désorientée par ce geste qu'elle n'attendait pas, s'était foutue à pleurer si fort qu'on avait eu toutes les peines du monde à la consoler...

« C'est comme ça les femmes, philosophait Trinquet, un grand verre de madiran rouge à la main... Vous voulez comprendre quelque chose, vous, patron ? Elle vient, elle est contente non ? Au lieu de le montrer comme tout le monde, non, elle se fout à chialer ! Une foutue bête tiens, v'là c'que t'es... ! »

La messe de minuit au chef-lieu... On s'était entassés dans la bagnole et tout le monde y était allé, sauf la vieille Maria qui avait voulu garder les petiots, on ne sait jamais... Ah ! bien sûr, les messes de minuit n'étaient pas celles d'autrefois, celles où l'on chantait les vieux Noëls qui disaient la joie des anciens et des petits... Un surtout, dont je me suis toujours souvenu et qui disait dans sa ronde naïve la visite des anges de la Nativité...

Trois anges sont venus ce soir
m'apporter de bien belles choses...
L'un d'eux avait un encensoir
le troisième un bouquet de roses...

Et voilà que je chantais aux commandes de ma Moiss-Batt... comme autrefois ! Comme autrefois, comme si je parlais d'une époque voisine de l'Antéchrist ! Enfin, nom de Dieu ! je n'étais pas vieux, je venais d'avoir quarante ans ; de quarante ans jusqu'à cinquante, c'est la force de l'homme, son plus bel âge !... Mais qu'est-ce que j'avais donc toujours à me vieillir ? À me prendre pour un patriarche que l'on vient consulter pour son expérience et sa sagesse ? Sans doute était-ce parce que je parlais beaucoup du passé... c'était certainement cela... Il me semblait en effet maintenant que je n'entreprenais plus sur ma Terre... Elle marchait presque toute seule, ma Terre... Avec des hauts et des bas bien sûr et même, parfois, de sacrés coups durs, mais tout s'y passait avec continuité, sans heurts violents, au rythme des saisons... Il y avait quinze ans et, durant dix années, tout avait été à faire, à bouleverser même... Il fallait la faire la Terre, la sortir de sa lèpre, de sa misère, de son abandon... Ça, c'était la grande aventure, celle de la foi, celle du courage, celle de l'opiniâtreté, celle de l'espérance... Maintenant, c'était ma Terre, propre, vivante, partagée en lots bien cultivés, une Terre qui vivait, chaude sous le soleil brûlant de l'été après avoir reverdi sous le vent doux du printemps, comme elle s'endormirait, bientôt au souffle triste du vent d'automne ou sous la bise rude d'hiver pour s'éveiller encore au chant des coucous... « *Au mes d'Abrill lou coucut que canto, mort ou biu* »[1]... Et les beaux épis dorés se précipitaient dans le tablier de la Moiss-Batt, engouffrés dans les convoyeurs... et le batteur chantait, chantait sa romance tantôt continue, tantôt saccadée, la romance de gloire...

En remontant vers la route du Couloumé, j'ai aperçu, près de l'entrée du champ, la robe blanche de Sylvie... Freddo m'avait dit :

---

1. Au mois d'avril
il faut que le coucou chante mort ou vif.

« Je descends à Plaisance parce qu'il faut que je porte ma femme à Tarbes. Surtout n'arrête pas, je te confie la machine, le chantier est on ne peut plus facile... J'avertirai ta femme qu'elle vienne te porter à manger... »

Je regardai ma montre : 13 heures ! Sylvie était là avec les deux petits bonshommes qui jouaient à ramasser des fleurs...

« Dis, papa, tu me feras monter sur la grosse machine ? »

J'épongeai ma sueur, avant d'embrasser Sylvie qui me tendit tendrement ses lèvres...

« Ah, dis donc, tu m'en as porté de bonnes choses !

– Moi aussi, je veux manger et Pascal aussi... on veut beaucoup manger pour être forts comme papa et après conduire les grosses machines et les gros tracteurs... C'est vrai, Pascal ? »

Et l'autre approuvait toujours ce que disait son frère... J'étais mort de faim et je dévorais à belles dents... Oui, cela aussi c'était ma Terre... Plus celle dont je profitais en égoïste mais celle qui, maintenant, appartenait à d'autres qu'à moi seul... Elle était devenue la Terre de Sylvie et de mes enfants. Ça aussi, à la Terre, c'est un passage, un grand passage. Je les avais là, autour de moi, à mes côtés pour le meilleur et pour le pire... le meilleur qui était ce beau blé roux, gonflé, merveilleux témoin de promesses fécondes et le pire c'était... mais était-ce vraiment le moment de l'évoquer ? Évidemment, ce fut Sylvie qui mit la conversation sur le sujet... Elle jouait avec le gros patapouf de Pascal, tout occupé à décortiquer une marguerite que lui avait donnée son frère... Elle venait de m'allumer une cigarette et je la trouvais vraiment jolie, ma Sylvie, aguichante même avec ses boucles blondes, sa robe largement dégrafée et remontée haut sur les cuisses par les va-et-vient incessants du petit Pascal, je le lui dis en posant doucement ma main sur sa jambe... Elle me repoussa, doucement mais fermement...

« Au lieu de devenir égrillard, raconte-moi un peu combien tu vas me donner sur ta mirifique récolte pour mes arrangements...

– Mirifique ! Mirifique comme tu y vas tout de suite ! C'est une belle récolte et elle est belle surtout à ramasser... De là à en faire un pactole divin et inépuisable il y a un monde...

– Alors ? Si elle ne rapporte rien à quoi sert-elle ?

– Écoute, Sylvie, ne sois pas stupide ! Tu fais les comptes aussi bien que moi, non ? Tu sais très bien que j'ai déjà fait deux emprunts pour l'aménagement de la maison, que grâce aux vendanges de l'automne dernier j'ai pu rembourser le court terme que j'avais fait... Cette récolte me met définitivement à jour, c'est tout. Je n'aurai plus de retard au Crédit Agricole, ni à la Coopé... Ça compte, ça, d'être à nouveau solide et de pouvoir faire face, sans emprunts nouveaux ni avances nouvelles... Il y a six ans que je poursuis ce but et je suis prêt à l'atteindre aujourd'hui...

– Bon. Alors, si j'ai bien compris, pas un rond pour Sylvie ; ni pour mon salon ni pour les modifications des chambres que j'avais prévu d'installer ?

– Écoute, Sylvie. Je t'ai dit ce qu'il était raisonnable de faire ; maintenant, je ferai comme tu voudras. Je laisserai courir mes emprunts et je te donnerai l'argent que tu voudras...

– J'y compte bien. »

Eh oui, le pire pour moi c'était de rester prisonnier de mes dettes... On avait beau, aux discussions de la Caisse locale, me démontrer que le taux de l'escompte était plus bas que le taux de l'inflation... je ne me faisais pas aux emprunts... On n'est vraiment libre à la Terre que si l'on porte, comme autrefois, de l'argent à la banque : mais on n'est plus libre si on y va toujours et encore en chercher. Un argent toujours plus difficile à obtenir, toujours plus cher et qui vous ruine, insensiblement, plus insidieusement qu'une grêle ou un cataclysme !

Qui comprenait ça de nos jours ? Personne. Même pas Sylvie. Trinquette, oui, parce qu'elle n'avait jamais eu un sou devant elle avant son installation à Lassalle et qu'elle, en revanche, loin de dépenser, elle plaçait de l'argent ! Mais les autres ? Et allez donc ! Ils y étaient fourrés au Crédit Agricole ! Et pour changer du matériel, et pour faire bâtir et pour acheter du cheptel et vis-à-vis de la Coopé alors ! Je les regardais avec effroi charger des remorques et des remorques d'engrais en signant des bons, des bons d'approvisionnement à 14 % d'intérêt... ! Et allez donc ! Je pensais qu'un jour prochain, en portant leurs remorques de grain à la Coopérative, non seulement ils ne toucheraient pas d'argent, mais on leur en demanderait pour solder leur compte !...

Lorsque je tenais ce discours, on disait que j'exagérais ! M. le sous-préfet, M. le préfet même, à la dernière réunion cantonale des maires, au chef-lieu, m'avaient pris pour un excité dangereux...

« Allons, allons, monsieur le Maire. Qu'est-ce que vous nous chantez là ? Mais les paysans de Gascogne sont heureux ! Ils vivent sur une Terre généreuse qui nourrit bien les hommes qui la travaillent ! Il faut avoir l'espoir au cœur monsieur le Maire, et pas le pessimisme comme vous l'avez ! Je sais, l'argent est cher, et les charges sont lourdes... Mais qui en France n'est pas dans cette situation ? Qui ? Et les autres catégories de Français font face à des servitudes de vie bien plus difficiles que les vôtres ; vous qui avez l'air pur, le soleil et une liberté que beaucoup vous envient ! »

Et allez donc ! La grande joie quoi ! Mais il y avait vraiment de quoi se mettre en colère, et je me mettais en colère... pour de bon... même devant le préfet qui n'avait pas le droit de tenir des discours semblables car il savait, lui, l'endettement du département, il savait, lui, l'endettement des Coopératives qui payaient autant de charges financières que de salaires ! Il savait, lui, que si les prix agricoles avaient suivi l'inflation nous aurions pu faire face à nos charges, mais ils baissaient nos prix et on ne pouvait toujours tirer de la production à outrance un rattrapage des revenus... Et je disais qu'il était honteux de la part du gouvernement qu'il représentait de tenir des discours qui tendaient à faire croire que les paysans étaient heureux sur une Terre généreuse... Non, les paysans étaient endettés, couverts de charges, inquiets justement de leur avenir et ils le disaient en manifestant sur les routes, en barrant les voies ferrées, en prenant d'assaut la sous-préfecture de M. le sous-préfet Antoniotti sous les horions et les coups de matraque des C.R.S.

Oui, rouge était alors ma Terre... de honte et de colère...

* *
*

M. le curé est venu ce soir à 6 heures, l'abbé Vermeuil, le desservant de Beaumarchès, l'avait accompagné, par amitié pour moi. Je suis très touché de ce geste et je l'en remercie. Junior est là aussi. Je n'ai pas eu besoin de lui faire la leçon pour le faire venir ; c'est spontanément qu'il m'a dit :

« Parrain, je crois que tu m'as dit que M. le curé venait ce soir pour donner à Maria le sacrement des malades... Je serai là avec toi. Je suis un homme maintenant, et Maria sera contente que je sois près d'elle.

– C'est bien, Junior. »

Maria repose, très calme sur ses oreillers... Si son cœur tient bon encore, et si ses joues sont encore roses, son nez s'est curieusement pincé et elle respire avec plus de peine... Sans doute la paralysie de la deuxième attaque dont a parlé Petitbon gagne-t-elle les voies respiratoires ? Je me penche sur son lit :

« Maria, M. le curé est là... Tu nous entends ? »

Elle me serre la main que je lui ai prise... Elle veut faire un effort, remue un peu la tête et je l'entends murmurer distinctement.

« Oui... Merci... »

J'aide M. le curé à revêtir l'aube ; il passe son étole. J'ai allumé à côté de Maria le cierge trouvé dans l'armoire, un cierge roulé dans un papier bleu sur lequel était écrit : « Cierge de la première communion de Xavier, mon filleul. » J'ai disposé aussi sur la table une assiette avec l'eau bénite du jour de Pâques, dans laquelle trempe un rameau de laurier. M. le curé nous tend le rameau bénit et nous nous signons :

« Veille, Seigneur, sur notre sœur Maria avec qui nous te prions aujourd'hui et sur ceux qui sont dans l'épreuve... Donne-leur le temps de découvrir ce que tu attends d'eux et la force de l'accomplir par Jésus-Christ notre Seigneur...

– Amen.

– Seigneur Jésus envoyé par le Père pour guérir et sauver les hommes, prends pitié de nous... »

La prière s'élève à mes côtés par la voix forte de l'abbé Vermeuil et je m'étonne de la tonalité soudaine de celle de Junior... Sa voix grave et bien timbrée est déjà celle d'un homme... Les murmures apaisants de la prière pénètrent en moi avec une douceur infinie... seconde après seconde, aux rythmes des invocations et des répons, ils me replongent dans mon enfance, âge de prédilection de la prière... des prières que l'on n'oublie jamais et que l'on retrouve plus tard dans les plis secrets de son cœur lorsqu'on en a besoin... source toujours fraîche où l'on étanche sa soif de tendresse et d'abandon...

« Dieu de bonté, Maria ta servante va recevoir dans la foi le sacrement des malades... Que par l'onction de cette huile sainte elle soit réconfortée dans sa souffrance et fortifiée dans sa faiblesse par Jésus-Christ notre Seigneur.

– Amen. »

Les lèvres de Maria remuent doucement ; je sais, à leur mouvement imperceptible, qu'elle entend parfaitement les invocations de M. le curé et qu'elle y répond. Je sais que pour elle c'est une grande joie. Au moment du Notre Père, lorsque nous avons dit « que ta volonté soit faite sur la Terre comme au Ciel », une larme a brillé au bord de ses cils inquiets et a roulé sur sa joue maigre...

« Et vous tous qui êtes ici, que Dieu tout-puissant vous bénisse et vous garde dans sa paix...

– Amen. »

Voilà. Tout est en ordre maintenant, je raccompagne mes visiteurs. Xavier est resté près de Maria...

« Je ne vous ai pas demandé des nouvelles de votre femme et de vos enfants.

– Ils vont bien, je vous remercie, monsieur l'Abbé ; ils sont à Luchon jusqu'à la fin du mois.

– Et Mme Lassalle non plus n'est pas là ?... je m'en suis étonné...

– Non, monsieur l'Abbé, elle est en voyage avec les adhérentes féminines du G.D.A. du canton, en Alsace ; elles visitent des installations fermières. J'ai pu la prévenir et elle rentre avec le car dimanche soir, c'est-à-dire après-demain.

– Après tout, hélas, elle ne serait pas d'un grand secours mais elle vous soulagerait un peu, vous paraissez très fatigué... »

J'ai fait un geste vague de la main...

« Au revoir, Messieurs. »

Maria porte la joie sur son pauvre visage. Junior en est tout excité…

« Je t'assure, parrain, elle y voit, elle m'a souri, je te dis qu'elle m'a souri… Il y aura peut-être un miracle ?

– Peut-être… Allez, tu as été un vrai petit homme, Junior, maintenant ouste ! Il faut aller aider grand-père à rentrer les oies et les canards et l'aider peut-être à rentrer le bétail…

– Et toi, parrain ?

– T'occupe pas, moi, je reste. »

Pauvre Junior. C'est la première personne qu'il voit mourir… Il en verra d'autres, hélas !

IX

TRINQUETTE me faisait face, bien calée sur sa chaise, dans le bureau du chef de gendarmerie. Je n'en croyais pas mes yeux et je murmurais sans arrêt, à la façon d'un vieux disque usé, bloqué sur un sillon.

« Qu'est-ce que tu as fait ?... Qu'est-ce que tu as fait ?... »

Le chef de gendarmerie, que je connaissais bien et qui ne passait jamais au Couloumé sans venir saluer le maire, m'avait envoyé son gendarme Viard pour me chercher.

« Venez vite, monsieur le Maire, il y a un drame...

– Un drame, où ça ?

– Chez Mme Lassalle... Elle est arrivée il y a une heure environ à la gendarmerie, avec une valise et elle a demandé à voir le chef ; quand je lui ai demandé si c'était urgent, elle m'a dit, comme je vous le dis, monsieur le Maire, aussi calmement :

“Voilà, c’est pour un crime. Je viens de tuer ma sœur et son ami sur ma propriété...” Vous parlez d’une bombe, monsieur le Maire ! Et depuis qu’elle est dans le bureau du chef, plus moyen de lui tirer une parole. Rien. Ni comment elle a fait, ni pourquoi, ni où se trouvent les victimes. Rien. Un mur, monsieur le Maire ! Alors le chef m’a dit comme ça : “Va chercher M. le Maire, peut-être qu’il arrivera à la faire parler...” ! »

Viard me racontait tout ça dans l’estafette de la gendarmerie qui m’amenait à Plaisance à tombeau ouvert. Le chef m’attendait sur la porte du garage, au bas des nouveaux locaux...

« Excusez-moi, monsieur le Maire, mais on a préféré que vous veniez... Il faut tout de même qu’on sache quelque chose... Elle est butée ; il n’y a rien moyen d’en sortir... et moi, il faut que je fasse mon rapport au capitaine de Mirande et au procureur de la République, et puis surtout il faut retrouver les victimes !

– Vous pouvez me laisser seul quelques instants avec elle ?

– Si vous pensez que...

– Je vous en prie...

– D’accord, monsieur le Maire... »

Elle n’avait pas fait face longtemps et s’était jetée sur moi, en hurlant :

« Oh ! Christophe, Christophe... quelle honte !... je suis perdue !...

– Où sont-ils ?

– Dans la grotte près du petit Lac...

– Tu les as tués comment ? Avec le fusil du père ?

– Non, je les ai enterrés en faisant crouler sur eux la muraille de terre de la digue... d'un coup de bulldozer... »

J'appelai le chef. Le premier désarroi passé, Trinquette avait repris son maintien ; ses joues étaient mouillées de larmes mais ses yeux noirs brillaient d'un éclat sauvage qui, pour moi seul, voulait dire : « Je les ai eus... hein ? La sale pute et son mec ; je t'avais dit que je les aurais... »

Il fallait faire vite. Sonner la sirène, alerter les pompiers, dégager la grotte au plus vite ; peut-être n'étaient-ils pas morts ?

En moins d'un quart d'heure, tout le monde était sur les lieux pour y retrouver le chauffeur du bulldozer qui ne comprenait rien à tout ce remue-ménage et qui tentait d'expliquer :

« J'étais allé chez Lassalle, en haut, à la maison et...

– T'occupe pas de ça. Tu nous raconteras une autre fois. Reprends ton bulldozer et vite... il y a un gars et une fille qui sont coincés, là, sous les rochers, et qui sont peut-être encore vivants...

– Ah ! nom de Dieu ! »

Le gars lançait le bull à fond tandis que les pompiers préparaient civières et masques à oxygène. La besogne avançait vite... Au troisième coup de lame sur la levée de terre dégagée, j'aperçus un soulier blanc... Je le désignai au chef.

« Préparons-nous, c'est un des souliers de la fille, je le reconnais, les corps ne doivent pas être loin. »

Les hommes étaient entrés en action avec pelles et pioches ; le chauffeur avançait prudemment sa lame d'acier et, en petits coups brefs et saccadés, il fit tomber le mur de terre couvrant le rocher... Ils étaient là, tous les deux, étroitement enlacés... On finissait de les dégager lorsque le docteur arriva, mais on savait déjà qu'ils vivaient...

« Donnez-moi de l'oxygène, demanda le docteur... Un hasard ! La digue de terre leur est tombée sur les jambes et le bassin ; il y a certainement des fractures ; je vais leur faire des piqûres pour leur remonter le cœur ; je pense qu'ils tiendront. Préparez-moi les brancards et direction l'hôpital de Tarbes sans perdre une minute... d'ailleurs je viens avec vous... »

Je m'étais assis à l'écart, anéanti... prêt à me trouver mal... Tout se passait autour de moi dans un épais brouillard, un brouhaha indistinct de plus en plus confus, d'appels, d'ordres, de bruit de bottes, de ronflement de moteurs ; je sentais la sueur perler sur mes tempes et couler sur mes mains, mon estomac se tordait à vomir... C'était donc ça... oui, c'était donc ça... Elle avait repéré qu'ils venaient dans cette cachette, qu'ils y étaient bien à l'ombre et à l'abri des regards... Elle avait appris à conduire le bull pour ça... dans cet espoir insensé qu'elle arriverait à les coincer... Et sa haine et son désespoir décuplant de jour en jour... elle l'avait fait...

Le chef de gendarmerie me tapait amicalement sur l'épaule :

« Allons, monsieur le Maire... Du courage... Il y a moins de mal que je ne le croyais... Mais le plus dur reste à faire... vous me comprenez ? Tentative de meurtre, il faut que je l'embarque. Je ne vais pas l'interroger ; elle parlera devant le juge d'instruction, en présence de son avocat... c'est mieux, non ? Et puis, si vous voulez bien, nous allons aller ensemble avertir la famille de José... Ce sera tout de même plus facile que s'il était mort... »

C'était plus facile, en effet. Au milieu du concert des lamentations des femmes et des cris des gosses qui ne comprenaient rien, bien sûr, à ces supplications et à ces larmes, le vieil Antonio resta de marbre... Il hocha la tête, c'est tout. Lorsque le chef de gendarmerie lui demanda s'il avait une déclaration à faire et s'il portait plainte, il me regarda fixement durant quelques secondes et secoua négativement ses cheveux blancs.

« Vous ne voulez pas descendre avec moi, monsieur le Maire, demanda le chef, pour revoir... Mme Lassalle ?... (il avait hésité pour ne pas dire l'accusée).

– Non, inutile. Je vais téléphoner pour lui trouver un avocat. Il faut que j'avertisse le père, car elle a un père tout de même et un fils... heureusement que celui-là est en colonie de vacances, et loin d'ici...

– D'accord, monsieur le Maire. »

Il me ramena au Couloumé et je pris la voiture pour aller tout raconter au vieux Trinquet.

D'abord, il ne comprit pas très bien ce que je venais lui dire... C'était surtout l'histoire du bulldozer qui le tracassait, pas celle de ses filles. Que l'une ait failli en mourir et que l'autre soit un assassin... c'était secondaire... mais le bulldozer !...

« Il est pas cassé au moins, parce qu'alors y manquerait plus que ça ! y manquerait plus qu'on bouffe la propriété au petit avec des conneries pareilles !... C'est que ça vaut cher, ça, patron ! Des mille et des cents et peut-être bien des millions ?... Des millions, vous vous rendez compte, patron ? »

Oui, je me rendais surtout compte qu'il fallait lui dire de soigner ses bêtes, de bouffer tout seul (boire, il s'en chargerait !) et que pour le reste je m'en occupais...

« Des emmerdements encore pour vous, patron ! C'est y pas malheureux, tous les emmerdements qu'on vous fait ! Pas moi, patron, parole d'honneur, pas moi ! »

Il n'y avait rien à en tirer. Mieux valait téléphoner à l'avocat. Je décidai en rentrant de prendre un avocat femme. Seule une femme pouvait comprendre ces choses, analyser le fond de ce drame pitoyable et en tirer une défense qui puisse réussir à convaincre un jury... Je téléphonai à Me Frémont, une femme sérieuse et solide dont j'avais connu le père, autrefois. Elle me promit de voir le juge d'instruction dès qu'il serait désigné et elle verrait Trinquette (pour elle Mme Lassalle) dès qu'elle serait transférée à la maison d'arrêt d'Agen.

Je me couchai épuisé. Je ne me souvenais pas d'avoir jamais été aussi las, aussi dégoûté de tout... Dans une circonstance pareille, personne à qui me confier, personne à qui parler, à qui faire part de mes doutes, de mon désarroi, de mon immense découragement... Du western que je regrettais sur mon Couloumé, je sombrais maintenant dans le roman policier, le crime passionnel... J'allais avoir aux trousses la meute des journalistes, des photographes. Encore avais-je eu la chance incroyable que le premier acte se soit passé à une telle vitesse que personne, mais absolument personne, n'en avait été informé... Lorsque les pompiers racontèrent la chose à leur retour d'alerte, Trinquette était déjà embarquée pour la maison d'arrêt... J'avais condamné ma porte et me réfugiais dans le secret de l'instruction. Le père Antonio Sanchez les écouta, lui, pendant des heures sans jamais répondre. Quant au père Trinquet ! Il prit le fusil et en tira deux coups dont les plombs sifflèrent élégamment aux oreilles des photographes...

Évidemment, il y avait les victimes... Une surtout. Celle-là, elle avait vraiment trop envie de jouer les vedettes ! Et elle ne s'en privait pas... C'était pour elle le grand drame de l'Amour, du Grand Amour. La fille trop heureuse de trouver une publicité à sa mesure ne s'en privait pas et si José se contentait de jouer le beau don Juan tiraillé entre deux cœurs, la Monique, elle, était sublime dans ses déclarations... Même Ville, qui prévoyait une publicité gratuite et providentielle, n'hésitait pas à jouer le patron-protecteur compréhensif... Une splendide et horrible chienlit. Il me fallut encore aller voir Junior dans sa colonie de vacances, aller même l'en retirer. Chez les gosses, les nouvelles vont à une vitesse encore plus grande que chez les adultes et par la Une des journaux et les parlotes des moniteurs, la plupart des gosses étaient au courant et Junior était déjà « le petit de la femme qui avait tué... ».

« C'est pas vrai que maman ait tué, me dit Junior dans la voiture. D'abord les autres sont pas morts, donc elle n'a pas tué. Ensuite, ils ont fait tellement de misères à maman que maman a voulu leur faire peur et c'est vrai, parce que les journaux ont dit qu'ils venaient chez maman pour lui faire de la peine et se moquer d'elle. »

Il me donnait dans sa logique d'enfant toute la tactique de défense qu'il fallait mettre d'aplomb pour sortir Trinquette de ce mauvais pas. Sylvie, que j'étais allée voir à Luchon, après avoir pris Junior à Arreau, n'était pas à son hôtel... Je préférai l'attendre plutôt que de la chercher dans la grande foule des curistes et des promeneurs...

« J'ai lu tout ce drame, me dit-elle, avant que tu ne m'en parles. Je devine bien tout ce qui s'est passé. C'est atroce. Pour moi, Trinquette a eu un réflexe de femme ; comme elle n'a pas notre éducation, ni notre retenue, elle a frappé... À mon avis, elle doit s'en sortir... Mais c'est ce petit... Le mieux serait de l'éloigner, pour quelque temps, mais où et chez qui ?... Écoute, Christophe, garde-le avec toi, tu aviseras et tu feras au mieux en attendant mon retour... Je n'ai peur de rien et surtout pas du qu'en-dira-t-on... Et puis tu es le maire, on te respecte là-bas et si tu prends cet enfant avec toi, tu feras taire la malveillance dont ce petit pourrait être victime... »

J'en avais les larmes aux yeux. Xavier jouait dans le hall avec Paul et Pascal... Ces derniers ne voulaient le lâcher à aucun prix...

« Allons, Junior, tâche d'être bien copain avec eux ! Je crois que tu vas habiter avec nous pendant quelques mois...

– C'est vrai, parrain ? Ah ! chouette ! Alors maman est sauvée... ! »

* *
*

De longs mois ; de trop longs mois. Le procès ne s'ouvrit qu'en septembre de l'année suivante. Quelle lenteur ! Et Trinquette ne facilitait pas les choses. Elle s'était à nouveau butée, comme autrefois... Elle n'aidait ni l'instruction ni la défense. Il n'y avait qu'en ma présence qu'elle se détendait un peu, lorsque j'allais la voir à la maison d'arrêt d'Agen en compagnie de Junior... Je lui répétais sans cesse :

« Tu n'as pas tué... tu entends ? Tu n'as pas tué, ne dis et ne répète que ça. »

Mais son naturel violent et obstiné reprenait le dessus :

« En tout cas, je leur ai collé une sacrée frousse... dont ils se souviendront !

– Si tu veux ! Mais tu n'as fait que ça : « leur faire peur »... C'est compris ?

– Maman ! Écoute, parrain, suppliait Junior. Écoute-le et tu es sauvée ! »

Le procès s'ouvrit donc aux assises du Gers le dernier jeudi de septembre. Un procès d'assises dans le Gers, c'est assez rare pour attirer la grande foule et il y avait la grande foule... Et les journalistes et les photographes. Pas seulement les journaux locaux, *Sud-Ouest* et *La Dépêche du Midi,* mais les correspondants des journaux parisiens, quotidiens et hebdos spécialisés... Et il y en avait des tartines à la Une ! Pensez ! Un crime de la jalousie ! Et entre deux sœurs ! Et l'arme du crime ? Un bulldozer !... et les titres ! « Une fille qui mûrit sa vengeance », « La femme qui enterre au bulldozer », « À la Terre, pas de cadeaux ! »

... Et un encore qui avait trouvé, à force d'enquêter dans la région, que le père de Trinquette était le fossoyeur du village ! « La fille du fossoyeur enterre, elle, au bulldozer. »

... Un terrible courant à remonter. D'autant qu'à la Terre, où il ne se passe rien, le jour où il se passe quelque chose, c'est vraiment le « clou » du sensationnel... Un sensationnel qui sensibilise l'opinion et contre lequel il est finalement plus difficile de se battre que contre la vérité toute simple.

... Dieu qu'elle était loin la Terre durant ces jours-là et pourtant jamais je n'avais eu autant l'impression que c'était elle que je défendais et pour laquelle je me battais ; pas pour Trinquette seule, pour la Terre, pour sa Terre...

* *
*

Maria s'est éteinte cette nuit, doucement, si doucement que je ne m'en suis même pas rendu compte. Je suis encore persuadé qu'au moment de sa dernière crise, elle a très bien compris que le doigt de l'Ange était sur elle et que son temps sur la Terre était achevé... Durant ces derniers jours, elle n'était vraiment déjà plus ici-bas, parmi nous, avec nous ; ou si elle y était encore c'était contre sa volonté...

Je l'avais laissée vers 6 heures du soir pour aller manger quelque chose et prendre mon livre ; le livre que je lisais tranquillement, sur la table de la cuisine, à côté de la porte ouverte de sa chambre, prêt à répondre au premier appel... Mais quel appel attendre ? Il n'y avait jamais d'appel. Seul le silence lourd et serein à la fois de la tranquillité et de la mort ; de la Mort acceptée comme quelque chose de naturel... Ce qui me frappe beaucoup dans les deuils d'aujourd'hui, surtout lors de la mort des personnes âgées, c'est l'acharnement des gens à croire que tout peut être sauvé et que, mon Dieu, quatre-vingts ans est un âge qui peut durer encore, encore, jusqu'à la limite que l'on fixe le plus loin possible, jusqu'à la fin que l'on ignore, que l'on veut ignorer toujours, toujours. Même à la Terre, maintenant, on a des réflexes qui vous laissent rêveurs... oui, même à la Terre, la Terre qui donne pourtant sans cesse la dure et éternelle leçon, étroitement mêlée, de la Vie et de la Mort...

Maria est en paix maintenant. Lorsque je suis revenu à 7 heures, une heure à peine après l'avoir quittée, je l'ai trouvée à la même place sur ses oreillers, les yeux clos mais le visage très calme et, sur ses lèvres, un sourire... J'ai pris sa main à mon habitude, elle était froide...

Je me suis souvenu des paroles de l'Évangile : « Viens, serviteur bon et fidèle, entre dans la joie de ton maître. »

X

QUE L'ATMOSPHÈRE était lourde dans cette salle d'audience ! Il faisait à l'extérieur une chaleur torride pour un mois de septembre, une chaleur qui ne pénétrait pas dans cette immense salle pleine à craquer, mais où il régnait une fraîcheur incroyable... Une salle de spectacle... une grande salle de spectacle... lourde et solennelle où dans un déploiement de robes rouges et noires se jouait, pour un public cette fois, la tragédie du Couloumé.

« Accusée, levez-vous !

– Vous vous appelez Marie, Joséphine, Odette Trinquet, vous êtes née à Lasserrade le 18 juillet 1932 et vous êtes propriétaire-exploitante agricole de votre état sur la propriété de feu votre mari, Xavier, Henri, Ernest Lassalle, décédé. C'est bien cela ? »

Trinquette fit « oui » de la tête. Elle se tenait droite, dans sa robe noire, entre les deux gendarmes, un peu en retrait. Pas un pli de sa figure ne bougeait ; pas un cil ne battait sur ses yeux noirs ; allait-elle se battre ?... Allait-elle se battre pour Junior ? pour Lassalle ? pour la Terre ? Oui, allait-elle se battre ?

« M. le greffier va vous lire l'arrêt de la chambre d'accusation qui vous renvoie devant la cour d'assises. Vous pouvez vous asseoir. »

L'arrêt de la chambre d'accusation qui rapportait les faits dans leur brutalité, bien que lu d'une voix impersonnelle et monocorde, faisait amplement étalage des préjudices subis par les victimes. L'impression morale qui s'en dégageait créait évidemment un courant qu'il faudrait remonter...

L'interrogatoire de Trinquette commençait :

« Vous avez vécu votre enfance chez vos parents ; vous avez fréquenté l'école communale d'une façon normale et vous avez perdu votre mère très jeune ; vous n'aviez pas dix ans... Votre père vous a élevée avec votre sœur plus âgée que vous, celle qui deviendra, plus tard, votre victime. À seize ans, vous étiez enceinte et votre tante qui travaille à la propriété de M. Solignac vous recueille. Vous y mettez au monde votre enfant que vous élevez, courageusement j'en conviens, puis vous partez à Toulouse où vous menez une existence assez mal définie quant à vos moyens de subsistance... enfin passons... Nous aurons l'occasion d'y revenir... Puis on vous retrouve au Couloumé où vous êtes revenue vivre avec le père de votre enfant, victime d'un terrible accident. Il devient votre mari... Tous les témoignages concordent pour affirmer que vous avez fait preuve d'un dévouement admirable, tant auprès de votre époux, grand infirme et même grabataire, que vis-à-vis de votre fils. Sur la propriété des Lassalle, que vous conduisez, au dire de tous, avec une maîtrise peu commune, vous vivez dans l'estime générale... Et puis nous en arrivons aux circonstances du drame inexplicable qui vous a conduite ici... »

Allons, ça ne débutait pas trop mal. Le préambule du président de la Cour que j'appréhendais à cause de la première impression qu'il pouvait donner au jury, ce préambule ne pouvait, en effet, que favorablement impressionner ce dernier.

« Huissier, faites entrer le premier témoin... »

D'abord, les témoins de l'accusation... Le brigadier de gendarmerie qui raconta comment Trinquette était venue spontanément se constituer prisonnière. Le capitaine des pompiers qui avait aidé à dégager les victimes. Le médecin qui avait fait le constat. Le chauffeur du bulldozer qui, lui, raconta son histoire :

« J'étais monté à la ferme des Lassalle pour chercher du carburant et Madame, là, (il désigna Trinquette) qui travaillait avec moi, m'a dit : "T'inquiète pas, je prends les commandes" et, tandis que je remplissais les bidons, j'entendais le moteur du bull ronfler très fort même que je me disais : “Nom de Dieu, elle y va pas avec le dos de la cuillère la petite dame !...” Et puis, tout d'un coup, plus rien. J'ai plus rien entendu. J'ai cru à une panne ou alors qu'elle avait calé l'engin ou quelque chose de plus grave peut-être ? Je suis descendu et, arrivé au fond du chantier, car il faut quand même un moment et je ne pouvais pas arriver au fond avec la 2 CV... j'ai vu le travail ! Tout par terre, monsieur le Président ! Tout le côté de digue qui touchait au rocher ! Voilà, monsieur le Président.

– Vous avez bien dit que l'accusée travaillait avec vous ?

– Oui, monsieur le Président. Elle venait de temps en temps et, comme elle était pas maladroite, je lui avais enseigné à manier l'engin...

– Ça vous a paru normal, ça, qu'une jeune femme veuille se servir d'un outil énorme comme le vôtre ? Ça ne vous a pas intrigué ?

– Oh ! non, monsieur le Président. Vous savez, de nos jours, les femmes, ça conduit les tracteurs quelquefois mieux que les hommes et je l'avais vue conduire le Cat D4 de M. Solignac de main de maître !...

– Qu'est-ce que c'est ça, un Cat D4 ?

– Un Caterpillar à chenilles de 50 chevaux, monsieur le Président... Plus petit que le mien mais un bel engin tout de même...

– Pas de questions, monsieur l'Avocat général ? Pas de questions, Maître ? Bien, vous pouvez vous retirer... »

Les victimes étaient en état d'être entendues. José fut lamentable de lâcheté et de couardise... Son témoignage rempli de contradictions et de silences ne fit pas une grande impression sur le jury...

« On vous a vu faire de fréquentes visites chez l'accusée et plusieurs personnes ont dit que vous lui aviez parlé mariage...

– C'est faux, monsieur le Président.

– Bien, vous pouvez vous retirer ! »

Ville, à son tour, fut tout aussi lamentable.

« Vous n'étiez au courant de rien ?

– De rien, monsieur le Président.

– Vous laissez toujours beaucoup de liberté à votre concubine...

– Ce n'est pas ma concubine, monsieur le Président, c'est ma secrétaire...

– Oui, une secrétaire très particulière qui habite avec vous, dans le même appartement, qui prend votre voiture quand ça lui chante, qui revient tard la nuit ou deux jours après et à laquelle vous ne demandez jamais aucun compte ?

– Je ne suis pas curieux de tempérament, monsieur le Président.

– En effet, en effet... »

La salle rigola un bon coup, ce qui détendit l'atmosphère, sans que le président se crût obligé d'agiter la sonnette.

La Monique fit son entrée appuyée sur une canne et en boitant légèrement... Il me sembla voir qu'elle croisait le regard de Trinquette, un regard qui semblait dire : « Salope ! Tu te souviendras de moi cette fois-ci !... Tu joues la comédie ma vieille, mais il t'en restera quelque chose, avec, en plus, une sacrée trouille... »

Elle chargea Trinquette au maximum ; on s'en serait douté.

« C'est une fière et une orgueilleuse, monsieur le Président... Même, tout enfant, elle était jalouse de moi et pourtant je lui ai servi de mère, monsieur le Président... C'est moi qui l'habillais, la conduisais à l'école et tout ce qu'une mère peut faire, je l'ai fait pour elle... Même quand elle a eu son bébé, c'est moi qui lui ai acheté le trousseau, car elle n'avait pas un sou pour l'habiller. Plus tard, c'est moi qui l'ai sortie de ce Couloumé de malheur pour lui apprendre un métier, avec moi, à Toulouse... Mais c'était une cabocharde et une jalouse, elle ne voulait rien faire, monsieur le Président, rien. Elle était toujours jalouse de moi, de mes amis, de mes relations... Qu'elle ait été courageuse et méritante d'épouser son infirme, monsieur le Président, je ne juge pas mais je suis sûre que si elle l'a fait, elle l'a fait par dépit, parce qu'elle ne pouvait pas faire autre chose... Pas étonnant que pour José et moi, elle en soit arrivée au crime... Elle avait jeté son dévolu sur lui, et elle ne pouvait supporter qu'il soit amoureux de moi... J'étais sûre qu'elle nous ferait un mauvais coup, elle le portait sur elle, dans son regard... elle débordait de haine...

– Très bien, très bien, Mademoiselle, interrompit le président ; tout cela n'est pas joli, joli... hein ? Il faut en convenir... Je ne sais pas si l'accusée vous détestait mais vous, vous me donnez l'impression de ne pas l'aimer beaucoup non plus !... Voyons un peu... Vous l'avez amenée à Toulouse, me dites-vous, et pour lui apprendre quel métier ?

– J'étais barmaid au Pigalle, allée Jean-Jaurès, à Toulouse...

– Fort bien, mais j'ai ici un rapport de police qui m'indique que vous aviez alors de curieuses relations ?... C'est pour vous aider dans ce genre de choses que vous aviez fait venir l'accusée à Toulouse ?... Vous ne répondez pas ? De plus, l'accusée vous a-t-elle directement menacée ? Vous a-t-elle dit par exemple : “Je te tuerai” ou “Je me vengerai” ?

– Oui, monsieur le Président.

– Attention, Mademoiselle, je vous prie de réfléchir. Ce que vous dites là est très grave... C'est pour les jurés une preuve que le crime a été voulu et prémédité...

– Je l'affirme, monsieur le Président.

– Bien, Mademoiselle... Pas de questions ? Monsieur l'Avocat général ? Maître ?

– Si, monsieur le Président, je voudrais rappeler à la victime qu'elle a tout fait pour provoquer la colère de l'accusée en venant sur ses terres rejoindre son amant. »

Dans la salle, il y avait un silence lourd, insupportable... Trinquette avait baissé la tête et elle demeurait, là, à sa place, figée, toute pâle...

Le vieil Antonio Sanchez venait ensuite :

« Vous n'êtes ni parent ni allié de l'accusée ; vous n'êtes pas à son service, elle n'est pas au vôtre. Vous jurez de parler sans haine et sans crainte, de dire toute la vérité, rien que la vérité. Levez la main droite et dites : "Je le jure."

– Je le jure...

– Bien, vous pouvez déposer.

– Voilà, monsieur le Président, j'ai eu beaucoup de malheurs dans ma vie dont le plus grand a été d'être chassé de ma maison et de mes terres en Algérie. Grand Dieu, j'ai trouvé dans ce pays de Gascogne accueil et amitié, ce qui m'a réconforté. Je suis évangéliste, monsieur le Président, et la crainte de Dieu m'inspire et m'anime... Mon fils José a menti, monsieur le Président. Voici deux ans bientôt qu'il fréquentait l'accusée. Elle était venue ces derniers temps à la maison et il y avait entre eux promesse de mariage. Nous en étions contents, monsieur le Président, parce que cette jeune femme (il désignait Trinquette dans le box) est digne de faire une épouse et je m'y connais, monsieur le Président. Puis l'autre est arrivée qui a tourné la tête et les sangs à mon José... Je ne le reconnaissais plus, monsieur le Président... Je retrouvais mon fils faible, désemparé, prêt à tout pour suivre cette fille... je lui ai dit que c'était un grand malheur pour nous... Rien n'y a fait. Je lui ai dit de partir, mais était-il capable de gagner sa vie en dehors de chez moi ?... Je l'ai supplié de ne pas se montrer ainsi dans le pays, ne serait-ce que pour la dignité de la personne qu'il avait fréquentée... Rien, monsieur le Président, rien n'y a fait... dès qu'il entendait la voiture de cette fille, il devenait comme fou... Dès lors je savais que le malheur était sur nous. Et il s'est abattu... Je ne condamne pas la main qui a frappé, monsieur le Président, j'ai refusé de me porter partie civile. Mon fils a payé son crime de parjure et de lâcheté... »

Ces paroles terribles, venant du père de la victime, ce vieil homme voûté, au teint basané, à la tête de cheveux blancs, impressionnèrent fortement la salle. Le président reprit :

« Son crime, son crime... Comme vous y allez ! C'est le reste qui est un crime ! C'est d'attenter à la vie d'autrui ! délibérément et dans le cas présent, avec volonté de nuire et de détruire ! Il ne faut pas employer les mots à contresens, Monsieur ; pas de questions ? Monsieur l'Avocat général ?

– Si, monsieur le Président, je voudrais demander au témoin s'il avait rencontré l'accusée avant le crime ?

– Vous voulez bien répondre à la question de monsieur l'Avocat général, Monsieur ?

– Mais certainement. J'ai vu l'accusée un mois avant le... drame (il se refusait à dire "le meurtre" ou "le crime"... cela se sentait dans ses hésitations...), je pensais qu'il était de mon devoir de chef de famille, d'aller lui dire, chez elle, combien j'étais étranger à tout ce qui se passait...

– Et que vous a répondu l'accusée ?

– Elle n'a rien dit, monsieur le Président, elle m'a très bien reçu, m'a écouté et elle s'est mise à pleurer...

– Elle n'a pas eu de colère, ni de mots qui puissent ressembler à des menaces ?

– Non, monsieur le Président.

– Pas de questions, Maître ? Vous pouvez vous retirer, Monsieur. Je vous remercie de la hauteur de vos sentiments. »

Le long, long chemin de la lente marche vers la Vérité. La chaleur moite et inhabituelle de ce début septembre, les suspensions d'audience, les reprises, encore de nouveaux témoins...

* *
*

L'audience fut interrompue le lundi soir. J'avais hâte de rejoindre le Couloumé.

Au Couloumé, j'avais Sylvie et mes deux garçons et j'avais un besoin fou de les voir ; de me plonger un peu dans une atmosphère de famille, dans le calme et la joie de mon foyer, loin de tous ces ragots et de toutes ces misères largement déballées... Ce procès me faisait revivre les moments les plus sombres et les plus sordides du Couloumé... J'y pensais en rentrant, au volant de ma voiture. Il en est toujours ainsi des choses vécues au fil des jours. Dans l'action, elles paraissent naturelles ; elles passent avec les événements qui les accompagnent ou les provoquent... Ainsi la lutte sourde des deux sœurs, à l'époque de mon Couloumé-western, je trouvais ça plutôt marrant... Redéballée dans le prétoire, je lui trouvais un relent d'immonde puterie...

J'arrivai au Couloumé, pour y trouver à nouveau les gendarmes... Allons ! bon, qu'y avait-il encore de détraqué !... Il pouvait être 7 heures du soir et la nuit tombe vite en septembre. De voir ces silhouettes dans ma cour, au milieu d'un déploiement de gens, ne présageait rien de bon. Je n'eus même pas le temps d'arrêter ma voiture que le chef de brigade était à ma portière...

« Allons, qu'est-ce qui se passe avec tout ce remue-ménage ?

– Encore un drame, monsieur le Maire...

– Un drame ? Mais bon sang de bon sang il n'y en a pas assez comme ça pour qu'on en rajoute ! Il n'est rien arrivé aux miens, au moins ? »

Tout d'un coup, après toutes ces émotions de la journée, j'étais prêt à m'attendre au pire.

« Non, rassurez-vous, monsieur le Maire, au moins pour les vôtres, c'est Trinquet !

– Trinquet ? Qu'est-ce qui lui est arrivé à ce malheureux... Il n'est pas au moins allé faire du grabuge chez les Sanchez ?...

– Non. Non, ce n'est pas ça. Je vais vous raconter, monsieur le Maire. Rangez votre voiture parce qu'on va avoir besoin de vous... »

Sylvie était là aussi, avec Paul et Pascal, qui se serraient contre elle. Je les embrassai.

« C'est affreux, me glissa Sylvie. Trinquet a perdu la tête ; il s'est enfermé dans la maison abandonnée, au fond de la propriété des Lassalle...

– Pense donc qu'il a perdu la tête ! Il est fin saoul à son habitude, mais il n'est pas dangereux Trinquet, je le connais, il a quelquefois le vin mauvais, mais ça lui passe... Voyons, chef, il n'y a pas lieu de s'alarmer...

– C'est vous qui le dites, monsieur le Maire !... mais depuis 4 heures cet après-midi, il tire sur tout ce qu'il voit... Oui, comme je vous le dis...

Mme Legrand, sa voisine, a reçu dans son jardin une volée de plombs de six... Nous avons été avertis par votre maire-adjoint, Bazet, et nous sommes montés. Ah ! ça n'a pas traîné ! Heureusement, nous étions encore dans l'estafette, car nous avons reçu deux décharges !... je ne vous dis que ça !... Venez voir, monsieur le Maire, venez voir... »

Je m'approchai de l'estafette lorsque j'entendis distinctement deux autres coups de feu...

« Mais il tire encore ?

– Je vous le dis, monsieur le Maire. Il tire sur tout ce qui bouge. »

Les gens autour de nous étaient affolés, les femmes pleuraient.

« Écoutez, chef, je connais Trinquet, et Trinquet me connaît, si quelqu'un a un peu de poids sur lui, c'est moi ; qu'on me laisse aller avec les gendarmes. Je vais lui parler... je suis sûr que je vais arriver à le calmer... Il m'écoutera, moi, ou alors, il n'écoutera personne. Allons... ! »

J'amenai les deux gendarmes qui étaient armés, car le risque était tout de même gros.

« Nous allons à pied, bien sûr, jusqu'au petit boqueteau qui domine la baraque. Vous me suivez ? Là, sous le couvert des arbres, nous ne risquons que peu de chose... quelques plombs tout au plus ! Mais je serai assez près pour pouvoir parler fort et qu'il m'entende bien. Ailleurs, c'est impossible, nous serions trop à découvert... Nous en avons pour dix minutes à pied... Que personne surtout ne nous accompagne et que personne n'essaie de s'approcher par un côté quelconque de la maison des Lassalle !... Il la voit parfaitement depuis son observatoire et il croirait à un piège... »

Il nous fallut un bon quart d'heure pour arriver au but que nous nous étions fixé. D'infinies précautions étaient à prendre pour marcher, car le moindre faux pas résonnait dans le silence de cette nuit calme... La pleine lune n'arrangeait pas non plus notre marche d'approche et, à deux reprises, Trinquet avait tiré, comme pour éloigner un danger qu'il devinait dans ce silence... Un silence interrompu seulement par les aboiements rageurs du pauvre Cornelius qu'il avait amené avec lui.

Il gueulait même, Trinquet... Oh, pas pour se donner du courage ! Il gueulait dans son délire, car c'était sûrement une crise de delirium qui le prenait... je me souvenais de la réflexion de Trinquette : « Il boit ; que veux-tu que j'y fasse ? Il est arrivé à un point que si je lui supprime la bouteille, ça lui fait encore plus de mal... » Oui, il gueulait, Trinquet, et du petit boqueteau de hêtres où nous étions cachés, on entendait parfaitement ses apostrophes qu'il adressait depuis la fenêtre, en même temps que ses coups de fusil...

« Tas de salauds ! Tas de profiteurs ! Vous avez-t-y fait assez crever de gars sur cette pute de terre de merde ! Votre terre, à vous, les profiteurs, les accapareurs !... Et nous qui l'avons travaillée votre terre, tas de salauds, nous, on a qu'un droit, y crever de misère pour rien avoir à nous, jamais, qu'un trou dedans... ! C'est la seule terre qu'on ait, nous, les pauvres, après toute une vie de travail à en crever plus vite que vous autres qui foutez rien du matin au soir que de venir nous voir travailler !... Mais, maintenant, c'est fini de commander !... C'était facile de dire “il faut faire comme ceci, y faut faire comme ça” mais y fallait venir le faire, et nous montrer comment on s'y prenait !... Mais là, bernique, y avait plus personne !... Cinquante ans qu'on la remue cette con de terre !... Cinquante ans que je me crève pour des prunes, cinquante ans ! Tas de salauds qui m'écoutez parce que je sais que vous êtes là, dans l'ombre, à m'espionner et à attendre que je me calme pour me sauter sur le poil ! Gueule, mon brave Cornelius ! Gueule, bon chien, après ces salauds qui sont là pour me prendre... Mais ils ne me prendront pas, eh Cornelius ?... On va leur z'y montrer, foi de Trinquet ! Approchez pas, nom de Dieu ! Je vous flingue comme des lapins ! Qui cause là-bas ? Vous croyez que je vous entends pas ? Attendez voir ! »

Il tira les deux coups et, avec cette prémonition que doivent avoir les bêtes lorsque l'instinct leur indique l'endroit d'où peut venir le danger, il tira dans notre direction... au jugé peut-être, mais les charges de chevrotine nous passèrent juste au-dessus de la tête...

« Dis donc, Trinquet, tu me flingues à moi aussi ? »

J'avais gueulé ça de toutes mes forces et dans la nuit ma voix avait bien porté... Il s'était tu, brusquement, décontenancé par cette voix qu'il avait reconnue mais dont il n'était pas sûr...

« Qui cause ? hurla-t-il.

– C'est moi, Trinquet, c'est Christophe ! »

Un long silence.

« Éloignez-vous, patron !

– Arrête, Trinquet. Arrête ! Nom de Dieu !... On ne te fera rien ! Arrête !...

– Éloignez-vous, patron ! Vous, je vous veux point de mal ! Vous avez toujours été chic pour moi, mais c'est à tous ces salauds que j'en veux, ceux qui ont amené la petite à cause de cette grande puterie à laquelle, moi, je comprends rien ! Ils m'ont amené la petite qui n'a point fait de mal sinon défendre son bonheur, elle qui n'en a point eu. Et maintenant je sais qu'ils vont venir et qu'ils nous chasseront d'ici, et qu'ils nous prendront la terre qu'elle a durement gagnée... La terre qui est à elle et à son petit ! Bon Dieu de salauds ! Venez-y avec les gendarmes et les juges et tout le saint-frusquin !... Pour nous la prendre la terre !... Venez-y ! Je vous y flingue tous, les uns après les autres, foi de Trinquet ! J'ai rien à perdre, je suis trop vieux et je suis foutu ! Mais venez-y les gendarmes !... Venez-y !... Allez ? À qui le tour ? »

Il tira encore deux coups dont les charges crépitèrent dans les feuilles... Puis un long silence...

« Arrête, Trinquet. Tu m'entends ? Arrête, je viens ! »

Quelques minutes passèrent et, insensiblement, je me levai pour prendre mon élan et courir à la maison. Un coup de feu claqua.

« Arrêtez, monsieur le Maire, où allez-vous ? Vous allez vous faire tuer ! »

J'avais pris mon élan et je ne m'arrêtai pas...

Je savais qu'il n'y aurait pas un deuxième coup de feu... J'avais compris. Je déboulai littéralement contre la porte que j'ouvris d'un grand coup de pied... Quelques secondes pour chercher à tâtons le bouton de la lumière que je tournai. Trinquet était là, près de la fenêtre, dans une mare de sang. Il avait dû mettre le canon du fusil dans la bouche et il s'était fait sauter la tête... Cornelius, le museau pointé au plafond, se mit à hurler à la mort...

En revenant dans la grande allée de chênes, vers le Couloumé, je marchai comme un automate... Je trouvai Sylvie qui ne s'était pas couchée. Elle avait toujours avec elle Paul et Pascal, qui avaient refusé de la laisser.

« Ça y est, dis-je à Sylvie, c'est fini. Il s'est tué d'une décharge de fusil dans la bouche.

– Mon Dieu ! quelle horreur », gémit Sylvie.

Nous marchions en silence, Sylvie à mes côtés, tenant chacun un enfant par la main.

« Nous allons faire la prière pour Trinquet, papa, tu veux bien, demanda l'aîné.

– Oui, Paul, tu as raison, il faut prier... »

Et la petite voix s'étira à mes côtés, claire comme le cristal de son âme d'enfant.

« Notre Père qui êtes aux cieux que votre nom soit sanctifié... Papa ? Je ne t'entends pas, prie toi aussi pour Trinquet... »

Je gargouillai, péniblement :

« Que votre règne arrive... »

Un sanglot me coupa la parole. Je sentais de grosses larmes couler le long de mes joues...

« Tu pleures, papa ? Tu as du chagrin ? Alors, nous allons continuer avec Pascal... Que votre volonté soit faite sur la Terre comme au Ciel... Dis, papa ? Il faut qu'il aille au ciel Trinquet... il a beaucoup travaillé, tu sais, dans sa vie le pauvre Trinquet... »

Je n'entendais plus. Je pleurais sur l'épaule de Sylvie... Avec Trinquet, c'était le dernier vieux de l'équipe du Couloumé qui partait... Joseph, Maria, maintenant Trinquet... En passant la grande porte du hall, je me retournai. La nuit était calme et le ciel luisait d'étoiles...

XI

Le matin de la reprise d'audience, j'arrivai dans la cour du palais de justice au milieu d'une foule énorme qui s'arrachait les journaux du matin... Le suicide de Trinquet faisait la Une des quotidiens. On m'assaillait. On me posait des questions. On voulait savoir si, vraiment, le pourquoi du drame était bien le désespoir de ce vieil homme devant la ruine possible de sa Terre : cette terre des Lassalle si cruellement marquée par la mort. Oui, les journalistes étaient venus me voir après le suicide de Trinquet... Tous attirés qu'ils étaient par ce nouveau drame qu'ils pressentaient avoir sur le procès en cours un retentissement considérable. Je leur avais conté ce que je savais et qu'ils avaient appris aussi des autres, les autres, ceux de la Terre qui avaient déjà oublié les coups de fusil de Trinquet, pour ne plus se souvenir que des misères de sa vie d'homme... Oui. Les misères de Trinquet... N'était-ce pas tout simplement la grande misère du Couloumé ? Cette grande misère qu'il avait partagée avec moi durant quinze ans ? Mais tandis que moi j'avais gardé, chevillé au corps, cet espoir insensé de m'en sortir, de faire revivre ma Terre, de la rendre belle et féconde, et, un jour, d'en tirer fierté et gloire, lui, Trinquet, n'en avait rien eu à attendre qu'un surcroît de travail... Les pauvres n'ont rien à espérer à la Terre, même de leurs pauvres lopins, alors ? lorsqu'ils n'en ont aucun ? lorsqu'ils ne possèdent rien ? Rien... même pas la perspective de quelques mètres carrés à eux pour dormir en paix après leur mort, au milieu des milliers d'hectares qui sont aux autres et qu'ils ont aidé de leurs bras à défricher, à labourer, à semer pour la fierté et la gloire des autres...

Et puis, par miracle, cette Terre à lui, sinon à lui-même, mais à sa fille et à son petit-fils... Une terre belle, bien travaillée, une terre de fierté et de gloire venue après une longue désespérance, une terre enviée par tous sur laquelle, à nouveau, le mauvais sort s'abattit soudain pour tout ruiner, pour tout voler peut-être, au nom de la réparation et de la Justice...

Il me sembla d'un coup que la salle était différente... Étrangement silencieuse et calme... Nul doute que le suicide de Trinquet y fût pour quelque chose. Chacun sentant confusément que ce qui se jouait ici maintenant ne pouvait être complètement séparé de ce drame.

« La Cour... »

Pendant de brèves minutes, la salle se leva ; les magistrats et les jurés s'installèrent. Il y eut un léger brouhaha vite étouffé.

« L'audience est reprise. »

On en était maintenant aux témoins de la défense. Ils voulaient tous porter témoignage en faveur de l'accusée et ils risquaient, par quelques mots inutiles, de réveiller ce terrible mot de « préméditation »... Car il était certain que désormais tout le sort de ce terrible procès se jouait sur ce mot seul. Y avait-il eu ou non « préméditation » ?...

Lorsque mon tour vint, le président ne me ménagea pas.

« Ce n'est pas le maire de la commune que j'entends ici, précisa-t-il... c'est monsieur Christophe Solignac et lui seul, et je suis obligé d'observer que l'accusée a été à votre service.

– Non, monsieur le Président.

– Elle n'a pas été employée, chez vous, au Couloumé ?

– Non, monsieur le Président.

– Expliquez-vous.

– C'est très simple, monsieur le Président... L'accusée est venue accoucher au château, il y a quinze ans, parce qu'on la mettait à la porte de chez elle... Je n'ai pas voulu qu'elle soit seule et je l'ai autorisée à venir accoucher au Couloumé près de sa tante Maria, qui, elle, était à notre service, enfin je veux dire au service de mon oncle Solignac, qui vivait encore...

– Vous viviez quand même sous le même toit ?

– Oh ! monsieur le Président, c'est grand le Couloumé.

– Bon, bon, je n'insiste pas... Dites-nous ce que vous savez sur le drame ; la Cour appréciera... »

Je racontai ce dont j'avais été le témoin.

« Bien. Pas de questions ? Monsieur l'Avocat général ?

– Si. Je voudrais que le témoin nous précise deux choses qui ont à mes yeux et certainement aux yeux de la Cour une grande importance. Tout d'abord ceci : au cours de vos entretiens avec l'accusée, après qu'elle s'est vue évincée par sa sœur, l'avez-vous entendue proférer des paroles de menace à l'égard de ses futures victimes ?

– De colère, oui, de menace, non.

– Bien. Ensuite, lorsque vous avez visité avec elle le chantier de terrassement, vous a-t-elle dit que la levée de terre tenait très peu à l'endroit où elle rejoignait la roche ? C'est-à-dire à l'endroit où elle a, par la suite, effectué la poussée qui a fait tout basculer ? Il semble aux experts qui ont été désignés pour cette étude qu'elle ne pouvait ignorer cette chose-là...

– Le chauffeur du bulldozer aurait dû le savoir aussi et il n'en a rien dit, du moins en ma présence.

– C'est vrai également... Mais êtes-vous sûr qu'elle n'avait rien décelé de semblable ?

– Certainement, monsieur l'Avocat général... Si le chauffeur qui menait le chantier n'a rien vu... Je ne vois vraiment pas comment...

– Pas de questions, Maître ? Monsieur, vous pouvez vous retirer... »

Le long réquisitoire de l'avocat général fut sans passion mais bâti de main de maître... Il fit longuement étalage de la préméditation... Il savait que toutes les chances de condamnation reposaient sur ce seul fait... Il n'avait pas de cadavres... Il n'avait que des présomptions de culpabilité, mais il s'en servit remarquablement...

« On me dit que l'accusée a du caractère ? Et c'est vrai ! Dans le bien comme dans le mal ! Malheureuse une première fois, elle n'a pas voulu l'être une seconde fois... Elle a frappé. Avec une froide détermination. Elle a prémédité son crime, elle l'a préparé et, s'il n'a pas été possible à l'audience de porter de preuves formelles, j'en ai l'intime conviction... Heureusement, par une providence inexplicable, son terrible geste n'a eu que des conséquences légères... Aussi je l'estime coupable et je demande au jury de lui infliger cinq ans de réclusion criminelle... »

Dans sa plaidoirie, Me Frémont fut parfaite... Elle reprit les témoignages et démonta sans peine le réquisitoire de M. l'avocat général... Elle avait tout dans son dossier pour apitoyer le jury et elle s'en servit avec tact et discrétion... À la fin de sa péroraison on sentait que l'équilibre était rétabli... sans plus... C'était une impression générale mais je sentais confusément qu'il manquait quelque chose...

« Accusée, avez-vous quelque chose à ajouter pour votre défense ? »

Trinquette se leva... À la surprise générale, elle qui était restée muette durant toutes les audiences, dit distinctement :

« Oui, monsieur le Président.

– Parlez. Vous en avez le droit.

– Voilà, monsieur le Président, je veux dire à vous-même et à la Cour que je regrette le geste que j'ai eu... Tout le monde a pensé à ce geste ; personne n'a pensé à la femme malheureuse et bafouée que j'étais alors, chez moi, sur mes terres, sur ma Terre, celle que j'avais gagnée au milieu de tant d'épreuves et de misères. Mon avocat a dit ce qu'avait été ma vie. C'est dur à la terre quand on est pauvre, monsieur le Président... et quand j'ai eu mon bébé, j'étais plus pauvre que mes bêtes qui, elles, avaient une étable et de la paille pour leurs petits... Ce petit que j'ai élevé, il a maintenant quinze ans... Il comprend tout, c'est déjà un homme... Il a déjà perdu son papa dans le malheur... Il vient aussi de perdre son grand-père dans le drame. Il n'a que moi. Je suis son seul refuge, comme il est ma seule espérance... et aussi celle de ma Terre, de sa Terre. C'est tout, monsieur le Président... »

Elle avait dit cela d'une voix que je ne lui connaissais pas... Une voix dans laquelle il y avait comme un reproche que l'on n'eût pas parlé davantage de son fils... dont le sort, elle le sentait, se jouait avec le sien... Dans la salle il y eut soudain comme une grande émotion, une émotion que l'on n'avait pas ressentie jusqu'alors.

Durant la suspension d'audience, j'espérai... On ne pouvait pas la condamner. Sylvie m'avait rejoint au palais. Elle avait amené Junior, que les gens dévisageaient avec curiosité, une curiosité dans laquelle il me semblait découvrir de la sympathie.

« Tu n'aurais pas dû...

– Si, Christophe. J'ai confiance. Elle sera acquittée. Il n'est pas possible que la justice des hommes ne suive pas celle de Dieu, celle qu'a exprimée le vieux Sanchez... C'est lui qui a raison et qui est la Justice... »

L'audience fut reprise, et la Cour et les jurés revinrent prendre place. Aux trois questions posées, la réponse était non... C'était l'acquittement !

« Accusée, vous êtes libre ! » lança le président aux applaudissements de l'assistance.

Nous nous étions précipités. Trinquette pleurait et serrait tendrement son Junior. Bien sûr, il y eut encore la presse, les photographes, la sortie du palais, le brouhaha, la cohue... Mais Trinquette ne voyait rien de tout cela, rien... Si, la porte qui donnait sur un parc ensoleillé, sur une route au bout de laquelle se profilaient déjà, pour elle, les chênes séculaires de la vieille maison des Lassalle... Elle revenait à sa Terre. Brisée de joies et de chagrins mélangés, mais elle revenait.

* *
*

Junior travaille aux commandes du D4. Il s'est mis dans l'idée de lever la grande pièce que sa mère voulait mettre en pacage pour du bétail d'engraissement. Il est venu me demander conseil.

« Tu comprends, parrain, mettre du bétail, ça allait bien avant tous ces événements, mais maintenant que je reste avec maman sur la propriété, moi, ma Terre, je veux pas seulement la faire pacager, je veux la travailler.

– Et l'école alors ?

– L'école ? J'irai à Riscle une semaine par mois suivre les cours de perfectionnement agricole. Ça suffira bien comme ça ! C'est pas que je refuse de m'instruire, on n'en sait jamais de trop à la terre, pas vrai, parrain ? Mais je veux travailler et, pour commencer, maman veut bien me laisser remettre en blé la grande pièce, à côté de ta vigne du lac...

– Bon, alors ?

– Alors, je viens te demander si tu veux bien me prêter ton D4 pour labourer ça, parce que j'ai l'impression que cette terre-là elle va pas être facile à remuer ! Tu viendras me mettre les charrues au point et puis tu m'ouvriras le chantier eh, parrain ? »

... Je le regarde travailler et je rêve un peu... Assis sur le tertre aux noisetiers, ce même tertre où je me trouvais avec sa mère avant le déchaînement de tous ces drames... Qu'en reste-t-il de tous ces drames ? Un peu de boue séchée, quelques pages de faits divers dans des journaux qui partiront un jour au feu et une pauvre petite tombe, au bout du cimetière, la tombe de Trinquet. Une petite tombe triste comme, à côté d'elle, les tombes de Joseph et de Maria. Le grand vent d'hiver a chassé tout ça... comme il a chassé tout ce qui avait été le vieux Couloumé, le cher vieux Couloumé de western qui va dormir maintenant dans le passé des choses d'autrefois, les choses qui ont été et qui ne sont plus :

... Le cher vieil oncle, le cher Xavier, Trinquet, Joseph, Maria... Vieilles ombres perdues un peu plus chaque jour, comme poussées vers l'oubli par ceux qui prennent la place dans la ronde sans fin...

... Reste la Terre. Celle en laquelle on croit toujours. Dure et tangible réalité et pourtant éternelle chimère.

Terre de chimères

À la mémoire de Louis Brun, mon maître d'école des années 30, devenu plus tard mon ami. En souvenir de sa présence sensible et affectueuse.

CHRISTOPHE APERÇUT la petite chemisette blanche de Pascal qui l'attendait, contre la haie d'aubépines, au haut du sillon. Il en eut chaud au cœur. En quelques minutes il fut près de lui :

« Viens, monte à côté de moi. Tu veux bien faire quelques tours avec moi ? Un petit moment pour ton papa qui te voit si peu ? »

Pascal grimpa lestement sur la chenille. Christophe le contempla un moment ouvrir sa bouteille d'Orangina et pomper consciencieusement son contenu. À contre-jour, il admira le fin profil du visage, les cheveux blonds un peu longs qui sortaient en mèches raides de la casquette de toile... puis l'éclat des yeux noirs, tout en sourire.

« Ah, dis donc ! j'avais rudement soif ; je suis venu à vélo jusqu'à la barrière du lac, puis à pied jusqu'ici...

– Ça fait une trotte en effet, la longueur du sillon...

– Et combien il fait de longueur, ton sillon ?

– Huit cents mètres à peu près !

– Pas davantage ?

– Tu trouves que ce n'est rien ? Le D4 ne dit pas pareil, tu sais !... Tu veux le conduire et rester un peu avec moi ?

– Si ça te fait plaisir...

– Si ça devait m'embêter, je ne te l'aurais pas proposé ! »

Christophe l'installa à sa place et s'assit à côté, sur le réservoir de fuel. Quelques explications rapides, et le gamin démarra et tint son sillon très correctement.

« Ça va, fiston ?

– Ça va.

– Tu me redonneras les commandes au bout du sillon, pour la manœuvre.

– Pourquoi ? Je sais manœuvrer les chenilles, tu sais... »

Un sourire ; le large sourire du petit homme, gouailleur et sûr de lui.

« Attention, tu es prêt ? dit Christophe.

– Je suis prêt ; enclenche ta charrue, papa ! »

Un arrêt impeccable en légère position de bascule, en haut du labour, et le D4 reprit la bordure du dernier sillon.

« Avoue que je t'en bouche un coin, papa. Tu te souviens de ta bronchite au printemps ? Tu avais dû laisser les labours des maïs à Junior et c'est lui qui m'a appris à labourer. Il faisait comme toi. Il s'occupait du trisoc, moi, je m'occupais du tracteur. Durant huit jours, tous les après-midi je les ai passés avec lui...

– Et vous discutiez de quoi si je ne suis pas indiscret ?

– De tout et de rien. Il passait souvent des heures entières à fumer sans dire un mot...

– Tu devais t'ennuyer ferme ?

– Non. J'étais bien sur ton vieux machin. »

Ces révélations avaient fait un plaisir immense à Christophe mais il n'en laissa rien paraître. Il alluma une gitane et resta en contemplation de son petit homme tout occupé à sa besogne bien faite.

« Papa ! Attention ! Le trisoc ! Tire sur la corde ! Mais tu rêves, ma parole !... »

C'était vrai. Dans le ronronnement du moteur, heureux de ces instants d'intimité, Christophe rêvait.

« Je m'arrête, dit Pascal.

– Qu'est-ce qui te prend ? Tu en as marre ?

– Non. Ça m'amuse même, mais je veux faire quelques sillons tout seul. D'accord ?

– D'accord.

– Alors tu descends, tu fumes une cigarette et tu me laisses faire. »

Il attacha la corde du trisoc à portée de sa main, remit les gaz et démarra en douceur, sans omettre de déclencher la charrue. Christophe s'assit sur un vieux tronc d'ormeau, dans la haute haie d'aubépines, et il alluma une gitane... Il vivait un passage. Il suffit d'un rien, d'un petit bout d'homme qui s'en va tout seul pour tracer son sillon dans un champ, et l'on sent tout à coup au fond de soi que quelque chose s'en va, emporté par un courant irrésistible vers les choses mortes et qui forment déjà le passé... Christophe eut un sursaut de refus. Cinquante ans c'était l'âge de la plénitude, de la solidité durement et chèrement acquise, l'âge des chênes qui sont alors droits et fiers pour l'éternité. Mais voilà, sommes-nous des chênes ?...

I

SYLVIE ET LES ENFANTS partirent le 17, à 5 heures du soir. Le temps du collège était revenu, avec ses servitudes et ses éloignements. Depuis des années déjà, les grandes vacances étaient pour Christophe un havre de grâce ; quelque chose comme un temps calme et heureux, sans l'obsession continuelle des bagages à faire et à défaire, et aussi celui des emplois du temps à prévoir, des examens à préparer, des semaines studieuses à programmer.

Si les vacances étaient heureuses pour Paul, Pascal et Sylvie, elles étaient heureuses pour lui aussi, Christophe, car la grande maison reprenait vie, même si cette vie s'organisait à côté de la sienne. La séparation lui coûtait toujours, même si elle lui paraissait inéluctable et nécessaire. Les dernières embrassades, la voiture qui démarre sec sous le pied nerveux de Sylvie, les derniers sourires aux glaces des portières, les mains agitées, et puis après le crissement des pneus sur le gravier, les accélérations du moteur, le bruit peu à peu décroissant et le calme, pas que le calme, le silence. Le silence avec lequel il se retrouvait seul, tout bête et empoté sur le grand perron n'ayant même pas la force de penser. « Bah ! dans cinq jours, ils seront là à nouveau. » On a beau s'habituer durant des semaines et des mois à ces arrivées et à ces départs : chacun vous est une joie détruite par la pensée des déchirements de l'autre. Christophe n'aurait jamais voulu qu'on le découvrît à ces moments-là. Planté, gauche, stupide, embarrassé de sa carcasse, mieux, en proie à un désarroi qu'il n'arrivait pas à analyser et dont il s'échappait par une colère ou une décision brusque qui lui était non une excuse mais une habitude. C'est ainsi que, ce soir-là, il pensa brusquement à Junior, son filleul... Ah ! celui-là, il tombait bien pour calmer ses nerfs ! Au lieu d'être là, à ses côtés, pour le consoler un peu de cet éloignement des siens, voilà que lui aussi parlait de rien moins que d'aller courir les mers, autant dire courir le diable ! Comme si une mouche l'avait piqué, ou mieux, que quelque folie vagabonde ne soit venue l'habiter ! Rien qu'à cette pensée, une rage subite s'empara du cœur de Christophe et lui remit en mémoire la scène ridicule de ce grand garçon maladroit et embarrassé venu lui avouer tout de go :

« Tu sais, parrain, j'ai bien réfléchi. Il faut que je fasse mon service militaire et autant vaut-il que ce soit tout de suite, comme ça je serai débarrassé. »

Stupeur de Christophe.

« Mais tu peux, légalement, ne pas faire ton service militaire !... Tu es orphelin, soutien de famille, ta mère est seule. Avec quelques influences et mes relations politiques, on se démènera pour que tu restes sur ta terre, auprès de ta mère.

– Non, non. Je veux faire mon service militaire. Je veux être soldat, comme les copains. Je ne veux pas me "planquer". Je suis en bonne santé, il n'y a pas de raison. De plus, maintenant, la propriété est en ordre, le lac collinaire a été remonté, les prairies sont impeccables, les bêtes en état, maman est décidée à prendre un ouvrier et à le partager avec toi pour l'aider aux vignes. Alors moi, maintenant, je peux partir et devancer l'appel, pour choisir mon arme. Voilà.

– Voilà, en effet. Tu as pensé à tout et, comme tu m'aimes bien, tu ne m'en as jamais parlé... Ta mère non plus d'ailleurs. Ce qui n'est pas une grande preuve de confiance et ça me peine un peu... Enfin ! Deux ans, c'est vite passé comme tu dis, à part que tu n'as pas l'air de te rendre bien compte que pour ta maman comme pour moi, le travail nous demande, jour après jour, un effort plus grand. Dans deux ans... il sera temps que tu reviennes, si tu veux trouver quelque chose de valable chez toi... Et quelle arme as-tu choisie, si je ne suis pas indiscret ?

– La marine, parrain...

– La marine !... Mais ça ne va pas, non ? Partir à Brest ou à Toulon ou aux cinq cents diables alors que tu peux très bien choisir Tarbes, Pau, Mont-de-Marsan, à quelques kilomètres de chez toi et avoir la possibilité de donner un coup de main lors de tes perms de fin de semaine !... As-tu réfléchi tant soit peu à tout cela ? As-tu pensé à ta mère ?

– Mais oui, bien sûr. Et elle n'est pas comme toi, maman, elle est d'accord.

– Bien, bien, si elle est d'accord ta maman, je n'ai plus rien à ajouter. »

Junior était parti sans l'embrasser mais Christophe tremblait d'une colère rentrée, un tremblement si nerveux et si accentué qu'il ne parvenait pas à allumer sa gitane. Il décida donc, ce soir, puisqu'il était seul, d'aller chez Trinquette. On allait s'expliquer une bonne fois pour toutes ! Trinquette ne pouvait admettre que ce morveux de gamin fiche tout par terre sur un coup de tête ! Elle savait, elle, ce que représentait une vie à la terre. Et elle devait en penser de belles au sujet des idées d'évasion de son amour de fils !

... Ce fut elle qui vint lui ouvrir la porte ; elle était tout sourire et dans ses yeux rieurs il y avait un éclair de joie ; elle tendit même la joue à Christophe...

« Embrasse-moi, gentiment, comme tu sais le faire, sur la joue. Je ne peux pas te serrer la main car je plume les canards et j'ai les doigts couverts de duvet mouillé... »

Christophe eut un soupçon ; il la trouvait décidément bien spontanée et bien prévenante... Attendait-elle sa visite et s'y était-elle préparée ?...

« Entre, entre donc... prends une chaise à côté de la cheminée, fais comme chez toi, moi, je continue ma corvée ; il me faut ces bêtes propres pour demain matin ; on vient les chercher à la première heure. »

Elle, d'habitude si discrète et si réservée, presque timide... on ne l'arrêtait plus :

« Junior n'est pas là. Il est descendu à Plaisance avec le cyclo. Des copains à voir, tu sais ce que c'est, à dix-huit ans ?... Il a bien besoin d'un peu de liberté !...

– C'est justement pour lui que je venais... ou plus exactement pour parler de lui, avec toi... »

Trinquette rougit et Christophe, qui la connaissait bien, comprit que si elle s'était bien préparée à sa visite, elle n'était pas aussi sûre d'elle qu'elle le montrait... Elle s'arrêta un instant de plumer et le fixa de ses yeux noirs. À ces yeux-là, Christophe comprit qu'elle était prête à se battre, mais il poursuivit :

« Voilà. Junior est venu me voir et il m'a raconté tout un tas de sornettes...

– Je suis au courant, interrompit Trinquette.

– Ah bon ! Alors il ne m'a pas menti, je préfère ça...

– Pourquoi t'aurait-il menti ? Il ne t'a jamais menti ? Tu dis toi-même qu'il est franc comme l'or !...

– C'est vrai. Donc tu es parfaitement au courant de son intention de partir faire son service militaire ?

– Bien sûr, son service militaire, et pourquoi pas après tout ? »

Trinquette haussa brusquement le ton comme pour rendre plus facile la sortie de tout ce qu'elle avait à dire, vite, vite, toujours plus vite, comme pour en finir.

« Qu'est-ce qu'il y a de si mal à devancer l'appel et choisir son arme ? Il a envie de sortir, ce petit, de s'en aller un peu, de s'éloigner pour quelques mois de ce Couloumé de malheur... Il n'y a connu que des deuils et du travail, toujours du travail, et ici, et là, et partout... Les oies, les canards, les poules et garder les vaches lorsqu'il était petit et, après les vaches, les sarments des vignes à empiler, le bois à fagoter, le foin, la paille et toutes les corvées avec mon père qui le faisait suivre partout et auquel il faisait le travail lorsque le vieux était trop saoul pour tenir sur ses jambes... Et l'école par-dessus le marché !... Jamais un copain, jamais un moment pour aller jouer au foot ou aller à la piscine comme les autres gosses de son âge... Et tout le reste ? Il faut que je te le remette en mémoire, à toi, Christophe, tout le reste ? Dès l'âge de douze ans, apprendre à labourer, herser, disquer, semer, tailler, sulfater, aider les vaches à mettre bas, faire la traite et, malgré l'école, être toujours en train de dire : "As-tu besoin de quelque chose, maman ? Maman, faut-il faire autre chose ? Veux-tu que je t'aide à rentrer la lessive ? À soigner les cochons ?"

– Je sais, Trinquette, je sais...

– Mais oui, bien sûr, tu sais. Tu sais tout ça, reprit Trinquette de plus belle... Je sais que tu sais tout ça et c'est bien le pire ! Tu sais tout ce qu'a fait ce gosse, puis ce gamin, puis ce jeune homme et maintenant qu'il a l'idée de quitter un peu tout ça, de s'évader un peu de tout ça, de sortir enfin, de connaître d'autres garçons comme lui, de vivre une nouvelle vie, avec peut-être un peu de rires et de chansons dans le cœur et quelques filles au travers, toi, tu ne comprends plus...

– Mais enfin, Trinquette, la marine ?...

– Eh bien quoi, la marine ? S'il veut en profiter pour voyager, pour avoir la possibilité de connaître autre chose ? Peut-être la France, l'Europe et qui sait les mers lointaines et le monde ? Lui serait-il interdit de rêver aussi parce que c'est un petit cul-terreux ? Mes anciens, à moi, ils ont tous fait leur service dans la marine, la Royale, comme ils disaient... Mon père, seul, avait fait son service aux chasseurs d'Afrique. Tu te souviens comme ça lui a réussi ! »

Elle se tut, brusquement, comme étonnée de sa longue tirade et se remit tranquillement à plumer ses canards... Christophe resta interloqué, dérouté même par cette plaidoirie à laquelle il ne s'attendait pas. Il tenta d'expliquer sa démarche.

« Trinquette, j'ai surtout pensé à toi en venant ici. Je connais ton immense effort pour arriver là où tu es arrivée. Et tout cet effort, tu l'as consenti pour lui, pour son avenir, pour son installation future... Je suis venu parce que, tout bêtement, j'ai eu peur que tout cela ne s'écroule dans quelques semaines, dans quelques mois, à cause d'une décision qui n'était, peut-être, qu'un caprice... Du moins l'ai-je cru... Mais si c'est une idée bien arrêtée et bien réfléchie, à laquelle vous avez même réfléchi ensemble, je n'ai bien entendu qu'à m'incliner et à garder mes craintes pour moi tout seul...

– Mais de quelles craintes veux-tu parler ? Tu ne peux pas parler clairement, non ? Comme tout le monde ? De quelles craintes veux-tu parler ? As-tu peur qu'un jour, après avoir voyagé, vu le monde, connu autre chose, il n'ait plus envie de revoir le clocher du Couloumé et les terres de Lassalle ? Et après ? C'est lui qui fait sa vie ou c'est moi ? C'est peut-être toi ? Non ? Alors ? Il est libre, libre de décider la vie qu'il veut faire ce petit !... S'il revient au Couloumé, après son service, c'est qu'il aura librement choisi et alors je suis sûre qu'il restera. Autrement ? Sans être sorti ? Sans avoir jamais rien connu d'autre que ses horizons de Plaisance et de Riscle ? Si un jour alors l'envie lui prend de partir, tout sera fichu... N'as-tu pas pensé qu'il pourrait me le reprocher un jour ? As-tu pensé que, devenant un homme, il deviendrait, peu à peu, le prisonnier d'une mère excessive et toujours prête au commandement ?... Tu as connu, toi, la passion que j'ai eue pour José Sanchez lorsque j'étais folle de me remarier, eh bien, après tous ces drames, j'ai souvent pensé que tout ce qui était arrivé était bien. José présent à mes côtés, que serait devenu Junior ? Il était jeune alors, il acceptait tout ; qu'aurait-il dit, maintenant, si je m'étais mariée ? Avec mon mari dans les pattes ?...

– Mais tu ne t'es pas mariée et il est seul avec toi !... Et tu en as besoin pour la terre...

– Ah oui, voilà le grand mot ! J'en ai besoin ! Mais, bien sûr, je sais que j'en ai besoin ! Et c'est ce qui me fait peur. J'ai peur de devenir pour lui une mère abusive, jamais contente des résultats obtenus ou du travail accompli... Je deviens dure, tu sais, Christophe, très dure ; pour moi et automatiquement dure pour les autres... Nous sommes,

Christophe, tous les deux d'une autre génération... Mais a-t-on le droit d'exiger autant de la génération qui vient ? Je ne le crois pas. Exigerais-tu, un jour, de tes enfants, s'ils restaient sur le Couloumé, les galères que tu y as vécues ?...

– Les temps sont différents.

– Le crois-tu vraiment ? Ils ne sont pas différents, non, ils sont pires !... Nous travaillons comme jamais nous n'avons travaillé et tout notre argent s'en va en paiements de toutes sortes. Je n'ai pas besoin, moi, de faire mon bilan de fin d'année, je ne saurais pas le faire d'ailleurs ; il me suffit de regarder mon porte-monnaie, il est toujours vide !... Non, vois-tu, Christophe, le petit choisira son destin et il le choisira seul. Si c'est la terre, ce sera la terre, et si c'est la marine, ce sera la marine... »

Il y eut un silence durant lequel Christophe alluma une nouvelle gitane. Trinquette avait fini de plumer ses bêtes qui s'alignaient côte à côte sur la toile cirée de la longue table.

« Le temps de vider ma bassine, de me laver les mains et je suis à toi. Tu prendras bien un verre tout de même ? On ne va pas se quitter fâchés pour ça ? »

Oui, bien sûr, Christophe boirait son verre de vin d'orange ; Trinquette le réussissait remarquablement. Ils restèrent de longues minutes silencieux, près du feu qui couvait dans l'âtre ; les dernières soirées de septembre étaient fraîches et, même au Couloumé, on faisait une flambée à l'entrée de la nuit. Machinalement, Christophe regarda la grosse horloge de hêtre : 11 heures.

« Allez, je rentre. Tu embrasseras ton futur marin de fils, mais je me demande ce que je dois souhaiter pour lui...

– Ne souhaite rien ; il n'arrivera que ce qui doit arriver. »

II

Le vieil Antonio Sanchez mourut le dernier vendredi de février 1975. Christophe en eut du chagrin. Ils se voyaient très souvent. Les terres d'Emmanuel les rapprochaient et, surtout, le vieil homme était un excellent agriculteur, plein de conseils, doué pour son âge d'une force peu commune et d'un courage à toute épreuve. Il labourait ses terres, les préparait, les ensemençait seul ou presque seul ; son fils cadet, François, qui travaillait comme caviste à la Coopérative viticole de Plaisance, lui donnait un coup de main le samedi ou les jours de congé. Antonio était venu chez Christophe à l'automne dernier pour les semis de colza retardés par des pluies inhabituelles en cette saison, et, cette année encore, fin février, il était venu aider Christophe à préparer la grande pièce du petit lac destinée aux fèveroles de printemps. Une matinée glacée qu'un soleil pâle et timide ne parvenait pas à réchauffer. Le vieil Antonio toussait tellement que Christophe avait insisté pour le renvoyer au chaud, chez lui, mais son insistance n'avait abouti qu'à renforcer le vieil homme dans son obstination :

« Nous sommes tous dans la main de Dieu, monsieur Christophe ; tous, vous comme moi ; le jour où il lui plaira de me rappeler, il peut venir, je suis prêt.

– D'accord, Antonio. Je sais, comme vous, que nous sommes dans la main de Dieu, mais il serait peut-être prudent de ne pas la forcer, cette main ? »

Il était resté, emmitouflé dans sa vieille canadienne de toile grise au col de fourrure élimée, sa casquette de laine enfoncée sur les yeux, ses rudes mains cramponnées au volant de son gros Ferguson... Il avait hersé derrière le cover-crop de Ludovic durant six heures d'affilée, ne s'arrêtant quelques brèves secondes que pour pisser et boire à la Thermos amenée par Christophe une bonne rasade de café brûlant copieusement arrosé d'armagnac. À 2 heures de l'après-midi, alors que le soleil s'était enfin décidé à percer les nuages et à faire fumer sous ses rayons le chantier enfin terminé, il s'était écrié d'un air joyeux :

« À la bonne heure ! Monsieur le Maire, cet après-midi, vous allez semer vos fèveroles et vous aurez une fameuse récolte que je ne verrai pas... »

Christophe ne faisait plus attention à ses prédictions qu'il débitait ainsi, à longueur d'année, de la Toussaint à Pâques et de Pâques à l'Ascension. Il respectait cependant la foi de ce vieil homme austère et il l'enviait même un peu. Antonio Sanchez était de la race des conquistadors... Avec sa carrure massive, sa belle tête couronnée de cheveux blancs, ce nez busqué, ce front droit et surtout cette façon noble et presque hautaine de se tenir et de parler, cet homme était de la race des conquérants... Un conquérant parti il y avait quinze ans de sa Mancha[1] natale pour aller défricher les terres de l'Oranais et tenter d'y bâtir un domaine de vignes et de fruitiers... Il n'avait alors pour lui que ses mains, sa force et son courage, et pour seul bagage une nombreuse famille à élever et à nourrir... Sa foi aussi. Une foi à sa mesure, c'est-à-dire une foi sans compromission, sans concession, pas une foi d'apôtre portée vers la condescendance et le partage, non, une foi de patriarche qui place sa confiance dans la Famille, la Terre, le Travail, jusqu'à l'impossible besogne et cela sous le regard de Dieu, que lui seul interprétait dans le sens de la récompense ou de la punition. Chez Antonio, la récompense était rare, la punition toujours exemplaire.

1. Province du sud de l'Espagne, patrie de Don Quichotte.

Ce jour-là de février, Christophe et lui avaient mangé en tête à tête, à la cuisine. Cet homme simple avait refusé qu'on mît pour lui le couvert à la salle à manger. Un repas de travailleur des champs ; une bonne soupe fumante, une daube de bœuf qui mijotait son glouglou parfumé depuis deux jours, à l'angle de la cheminée, dans un vieux pot de terre cuite, bien calée dans les cendres et les braises. Il avait un solide appétit, le vieil Antonio, mais il mangeait lentement, posément, découpant son pain en petits carrés à l'aide de son énorme couteau de poche à cran d'arrêt dont la lame, à force d'être aiguisée, aurait contenu deux fois dans le manche...

« Il doit avoir une histoire ce couteau, avait hasardé Christophe comme pour engager la conversation...

– Oh ! oui, monsieur Christophe, vous avez raison, il en a une histoire ce couteau, une histoire toute simple, la mienne. Je l'ai acheté en Espagne avant mon départ pour l'Algérie, avant d'embarquer et de quitter ma terre natale, à Alicante pour ne rien vous cacher. C'est un couteau à cran d'arrêt comme on n'en fait plus aujourd'hui à Albacete. Aujourd'hui, on fait des couteaux pour les touristes ! Ça, c'était non seulement un couteau mais une arme et, lorsqu'on partait comme moi à l'aventure, il fallait s'attendre à tout, pas vrai, monsieur Christophe ? Oh ! rassurez-vous, j'étais trop croyant pour verser le sang, même des Arabes, mais j'avais les petits à défendre et, s'il avait fallu, je m'en serais servi. »

Ils étaient restés ensemble, après le repas, près de la grande cheminée, fumant l'un et l'autre cigarette sur cigarette, sans avoir souci du chantier de fèveroles que Ludovic semait grand train maintenant et qu'il aurait, sans peine, fini avant le soir. Ils avaient beaucoup parlé de l'Algérie, de sa terre défrichée, plantée, travaillée durant cinq années pour rien, sans récoltes, pour finalement tout quitter, alors que tout ce travail et ce courage investis allaient enfin payer. Terre de conquête et terre de désespérance.

Ce qui surprenait le plus Christophe, c'est que le vieil Antonio Sanchez n'avait au cœur ni regrets ni haine... Ni haine surtout ; ni contre les Français, qui l'avaient laissé choir après l'avoir encouragé, ni même contre les Algériens, qui l'avaient finalement chassé. Cette époque pour laquelle il avait mobilisé toutes ses ressources d'homme lui apparaissait comme une conquête inutile.

Christophe l'écoutait parler de tout cela entre deux quintes de toux qui le coupaient en deux sous la violence de la crise et le faisaient se relever le visage rouge cramoisi pour sourire après, la crise écartée, de ce même sourire désarmant, un sourire à convertir les pauvres.

Ce soir-là, une crise fut particulièrement violente et soudaine. Plié en deux vers la grande cheminée, le vieil Antonio ne parvint pas à reprendre son souffle… Il s'était mis à geindre d'une façon étrange, les yeux clos, les tempes battantes avec des gouttes de sueur qui perlaient, énormes, au bord de ses favoris gris… Christophe avait vainement tenté de le redresser, de le conforter, de lui faire avaler un cordial, rien n'y avait fait… Un mot simplement, un seul mot qui franchissait le seuil des gémissements : « Mon Dieu… »

Appelé par Christophe, Petitbon était arrivé sur l'heure. Diagnostic : crise aiguë d'emphysème avec dénouement fatal prévisible dans les heures qui suivraient. On avait amené le vieil homme avec l'aide de ses enfants François et René prévenus par téléphone, et il était mort dans la nuit, sans avoir repris connaissance.

Antonio était mort un vendredi, ses obsèques eurent lieu le dimanche dans l'après-midi. Bien qu'il fût évangéliste, tous les siens demandèrent à l'abbé Lavergne, le curé chargé du secteur, de venir dire la prière des morts. L'abbé Lavergne était un saint prêtre. Ancien professeur du petit séminaire d'Auch, il avait remplacé à la tête du secteur paroissial son prédécesseur, qui avait quitté le sacerdoce pour l'état laïc. Il était un peu intimidé d'avoir à officier dans une famille dont il ne voyait jamais personne aux cérémonies de Pâques et de

Toussaint, rares dates où il venait encore au Couloumé... Christophe l'avait rassuré. Le vieil Antonio avait la foi des charbonniers ; cette foi évangélique qui se passait fort bien de toutes les formules, médiévales ou modernes d'expression, mais qui se réfugiait dans la crainte du Seigneur et dans l'abandon à sa clémence infinie... L'abbé Lavergne était un homme du Seigneur ; il sut trouver les mots pour consoler cette famille qui s'abandonnait dans les démonstrations les plus exubérantes du désespoir et pour donner à la cérémonie funèbre un semblant d'organisation et de piété.

Toute la paroisse fut présente. Non seulement pour témoigner de l'estime générale portée à la personne du défunt et à sa famille, mais aussi en manifestation de solidarité à la grande famille terrienne, une fois de plus frappée dans un des siens. Toute la famille se rassembla, elle aussi. Ceux qu'il avait chéris de son amour intransigeant et autoritaire, mais aussi ceux par qui le scandale et le malheur étaient arrivés. José était venu, accompagné de Monique avec laquelle il vivait désormais. Un José pâle, défait, vieilli, portant mal le poids de son malaise et qu'un chagrin mal contrôlé désignait au regard de tous. À défaut du vieil Antonio, intraitable, c'était la vieille mère, la « marna », qui avait pardonné à son fils chéri parce que premier-né. Elle était restée à la maison, entourée de quelques voisines.

Lorsqu'on se mit en marche pour quitter la maison et rejoindre le cimetière, le soleil perça la brume et éclaira tous ces visages crispés et lugubres qui se confondirent dans un même cortège.

À la sortie du cimetière, Christophe se retrouva avec Ville, le marchand de biens ; le seul qu'il n'eût pas voulu rencontrer. Il eut la force de lui sourire et celle de l'écouter. Il lui serra même la main, cette main toujours molle et moite qu'il détestait. Il y a des moments où l'on est submergé par l'adversité, où l'on aspire au repos et surtout au silence, mais ce sont ces moments de désarroi et d'impuissance que les êtres malfaisants choisissent pour attaquer, à la manière des charognards qui longent toujours à distance les cortèges de moribonds mais qui s'abattent dès que leur proie fait un faux pas et tombe d'épuisement. Ville était de ceux-là. Il savait attendre et choisir... Son œil de lynx et son instinct de chasseur ne le trompaient que rarement, et il ne tirait ses cartouches que sur les cibles offertes et impuissantes. Après avoir épuisé les banalités, sur la santé, la situation politique et sociale, la triste réalité de la terre en général, il en vint à ce qui l'intéressait au premier chef : le Couloumé et, en premier, la situation des Sanchez.

« Écoutez, Ville, je n'en sais rien. Le vieil Antonio, dont j'étais l'ami, ne m'a fait aucune confidence sur ce qu'il avait décidé, je sais simplement qu'il avait souscrit une assurance sur la vie et qu'à l'heure actuelle le domaine se trouve libre de toutes dettes. C'est tout ce que je sais...

– Merci, merci, Christophe... Merci de ce renseignement que j'aurais pu avoir, par ailleurs, au Crédit Agricole par exemple, où je dispose d'un éventail d'amis, des mieux intentionnés à mon égard et qui m'auraient donné les renseignements, mais...

– Mais quoi ? Que me voulez-vous encore ?

– Voyons, Christophe, vous n'allez pas, à nouveau, laisser passer le coche ?... Une première fois vous n'avez pas acheté alors que l'affaire était à votre portée... Maintenant, avec le désarroi de ces gens, dans l'abandon où ils se trouvent, la menace de la vente et du partage qui les attend... car vous le comprenez bien ? José, poussé par Monique, va vouloir réaliser sa part et ce n'est pas sa mère, dont il est le fils chéri, qui va s'opposer à ses désirs ? Plus personne ne s'intéresse d'ailleurs à la propriété... Plus personne, j'en ai la conviction profonde... C'est fini, bien fini. Les femmes n'ont qu'un désir : aller au chef-lieu, trouver une location à côté de François et de René. Bénéficier, enfin, des allocations logements, de l'Aide sociale, de l'école sur place avec le C.E.G. pour les plus grands... Vous comprenez, Christophe ? Elles en ont assez de la terre, de leurs vaches, de leurs chèvres, de leurs poules, elles sont libérées, Christophe, libérées !... Libérées du vieil Antonio, qui exerçait sur elles je ne sais quelle incroyable mystique de vieux fou illuminé... Elles vont vendre, Christophe ! Que dis-je vendre ? Elles vont brader tout ça, d'autant plus facilement qu'elles n'ont plus de dettes !... Plus une, plus aucune dette !... Elles vont toucher de l'argent, elles, ces pauvresses humbles et soumises. Elles vont avoir de l'argent et cet argent va coïncider avec leur libération du tyran, ce vieux grigou insupportable qu'elles pleurent pour le moment comme un martyr, mais qu'elles vont bénir bientôt pour les bienfaits qu'elles n'attendent pas et qu'il va indirectement leur procurer. Allez, Christophe !... Allez, mon petit !... Je me permets de vous appeler "mon petit" parce que vous êtes plus jeune que moi et que, dans le fond, moi, je vous ai toujours compris. C'est pour vous, Christophe ; c'est pour vous ! Nom de Dieu ! C'est dans le sac ! Tout le monde ne jure que par vous dans cette maison. Vous y êtes le bon Dieu descendu sur terre ! Un mot de vous et l'affaire est conclue... Vous êtes chez vous !... Le Couloumé porté à cent cinquante hectares ! D'un coup de baguette magique. »

Christophe ne répondit pas. Ils marchèrent ainsi, côte à côte, lui, Christophe, de son pas long et mesuré de terrien, et Ville, un peu essoufflé par sa longue tirade, d'un pas plus rapide qui tentait vainement de rattraper la cadence régulière et soutenue de celui de Christophe. Ils avaient maintenant dépassé le vieux calvaire qui marquait, à la croisée des chemins, la limite des terres d'Emmanuel et la grande allée de chênes qui menait au perron du Couloumé.

« Et vos enfants ? Y pensez-vous, reprit Ville de plus belle, après s'être interrompu quelques instants pour reprendre son souffle... Vos enfants... Deux beaux enfants, deux garçons superbes m'a-t-on dit, et qui aiment leur Couloumé ? Mais c'est qu'il va en falloir de la terre pour des appétits jeunes et qui ont de l'ambition dans le ventre... Hein ? Qu'en pensez-vous de vos deux lascars, Christophe ? Ils ne vont pas se contenter comme vous des cent hectares du vieux Solignac ? Il est vrai que vous, vous aviez tout à faire, tout à bâtir, tout à défricher tandis qu'eux, les petits malins, ils vont s'installer dans les pantoufles de papa Christophe ? Et si leur père achète encore la propriété du vieux Sanchez, ce sont deux paires de pantoufles qu'ils trouveront ces beaux enfants ! Deux paires ! Ah ! Ah ! On peut dire qu'il y en a qui sont heureux d'être bien nés ! »

... Ils arrivèrent au perron du Couloumé. En d'autre temps, Christophe en aurait franchi la porte et il l'aurait claquée au nez de Ville sans une parole. Il n'en eut pas le courage. Il le laissa entrer, il l'aida même à enlever son pardessus et à suspendre son chapeau dans le hall d'entrée. Il était si las et si écœuré de cette comédie qu'il ne l'entendait plus, il n'était plus présent, il souriait, présentait un fauteuil, faisait asseoir Ville à la manière des automates mais il n'était pas un automate... Comme par une espèce de miracle, il s'opérait en lui un dédoublement. Ce n'était pas Christophe qui recevait Ville, l'écoutait, lui souriait, non, c'était son double, et Christophe, lui, le vrai, regardait ce double se forcer à la politesse, présenter Sylvie et les enfants, engager des conversations insensées, verser à boire, trinquer au bonheur du Couloumé et aux affaires futures, ce double presque rieur, bon enfant, qui supportait tout, condescendait à tous les projets et qui raccompagnait Ville jusqu'au perron, après l'avoir aidé à renfiler son manteau, et lui serrait même la main dans un « au revoir » non seulement sans rancune, mais plein de promesses. Un charmant Christophe, en vérité, que Sylvie félicita chaleureusement et questionna à la légère sur les obsèques, leurs participants et le déroulement de la cérémonie... La soirée s'acheva dans la joie et la bonne humeur. Paul et Pascal étaient tous deux fiers de leurs bonnes notes, le programme de télé était formidable... Allons, vraiment, une bonne journée passée...

* *
*

Le lendemain, lundi, dans son courrier, Christophe eut la surprise de trouver une enveloppe en franchise militaire qui portait la provenance de « Brest-Naval » : c'était de Junior.

Brest, le 20 février 1975.

Mon cher parrain,

Je ne veux pas te laisser sans nouvelles de ton filleul « unique » comme tu disais au temps où tu m'aimais bien... Je suis très heureux ici ; tout est très chouette, vraiment les copains sont très sympas et les officiers sont des types vraiment formidables... Quand je pense que tu ne voulais pas que je fasse mon service dans la marine !

J'ai passé mon examen de matelot breveté avec la spécialité de timonier. J'ai été reçu le numéro un !... Premier de la promotion, tu te rends compte ? Je pense que je te fais honneur ? Je vais préparer maintenant mon examen de quartier-maître. Je vais vachement bûcher car, si je suis reçu dans les premiers numéros, il y a de fortes chances que j'embarque sur La Jeanne *pour faire le tour du monde ! Tu te rends compte, parrain, le tour du monde ? Pour un petit paysan comme moi, tu parles d'une promo ! Je l'ai écrit à maman, elle doit être folle de joie... Comment vont les affaires au Couloumé et à Lassalle ?... Vous avez dû avoir pas mal d'emmerdements pour semer les fèveroles et labourer pour les maïs. Allez, courage, vous y arriverez bien, un mauvais moment est vite passé et puis vous ne vous découragez pas facilement, maman et toi...*

J'embrasse Paul et Pascal.

À bientôt peut-être...

JUNIOR

Christophe replia la lettre et la rangea dans son sous-main... Il soupira... « Le tour du monde... » Ah ! oui, ça c'était une ambition à la mesure d'un jeune, d'un jeune courageux, bien bâti, sain de corps et d'esprit... Nul doute que ces messieurs devaient être satisfaits de leur élève. Ce n'était pas tous les jours qu'il se levait un « Junior » de cette trempe, docile et enthousiaste pour mordre à toutes ces tentations nouvelles... Puis ses pensées le ramenèrent aux Sanchez. Non que les propositions de Ville aient éveillé en lui un intérêt, non ; simplement à cause des conséquences logiques de la mort du vieil Antonio : le partage, la vente et le départ de la famille vers le chef-lieu. Encore une famille qui allait partir. Non seulement une famille sympathique que tous les voisins appréciaient mais une famille nombreuse dont les enfants avaient sauvé son école primaire de la fermeture...

Quelques jours après, tard le soir, on sonna à la porte. Qui pouvait bien venir l'importuner à cette heure-ci ? Intrigué, il diminua le son de sa télé et alla ouvrir ; c'était Trinquette.

« Ça alors ? C'est toi et à cette heure-ci ? Si je m'attendais à te voir, par exemple...

– Et quand veux-tu que je vienne ? Lorsque j'ai fini tout mon toin-toin, soigné les bêtes, fait mon ménage, je n'ai que le soir pour venir te voir et, comme je n'ai plus de lumière à mon cyclo, je viens à pied... Il y a quand même un bout de chemin de Lassalle au Couloumé... »

Christophe l'aida à se débarrasser de son imper ; elle ôta son foulard mais, comme elle portait les cheveux courts, elle n'eut pas besoin de secouer ses lourdes boucles brunes comme autrefois...

« Je les regrette, tu sais, s'amusa Trinquette qui avait suivi le regard de Christophe... Mais je suis plus à l'aise comme ça et ça me rajeunit, ajouta-t-elle avec un rire faux et amusé...

– Tu étais vraiment très belle avec tes boucles brunes et je les aimais bien...

– Enfin un compliment ! Ça fait toujours plaisir à une femme surtout à une femme de la campagne qui n'en reçoit pas souvent. »

Trinquette soupira et resta songeuse un instant. Elle avait parfois des moments d'absence durant lesquels elle se perdait dans des rêveries soudaines et muettes, et elle restait, là, la bouche entrouverte, les yeux fixés sur quelque chose qu'elle semblait être seule à voir, puis, aussi brusquement, elle revenait à elle et, surprise, elle rougissait et baissait la tête sans rien dire.

« Allons, lui dit en souriant Christophe... Quelle chimère poursuis-tu à ton tour ? Je m'étonne toujours, lorsque je te vois partir comme cela, pour quelques secondes. Moi, qui te connais bien, je me demande vers quel royaume peux-tu t'enfuir, vers quel bonheur veux-tu t'envoler ?... À moins que ce ne soit, tout simplement, vers ton fils ?...

– Bien sûr, c'est de Junior dont je venais te parler... »

Christophe ne voulut pas lui faire de peine et fit semblant de la croire...

« Il m'a écrit, tu sais ? reprit Christophe ; une lettre à son cher parrain, c'est presque un prodige et une lettre très chouette par-dessus le marché, une lettre dans laquelle il m'annonce tout un tas de choses étonnantes ; qu'il est matelot breveté timonier, qu'il prépare le cours des quartiers-maîtres et que, s'il est reçu dans les premiers numéros, il est partant sur *La Jeanne* pour le tour du monde !... Et allez donc ! »

Trinquette rougit visiblement de plaisir pour annoncer :

« Moi aussi j'avais une lettre et, comme je ne savais pas qu'il t'avait écrit, je te l'avais apportée pour que tu puisses partager ma joie.

– Partager ta joie ?... Rien que ça !... Parce que tu t'imagines que je suis particulièrement heureux des succès aux examens de ton marin de fils ? »

Trinquette baissa la tête et Christophe comprit, trop tard, qu'il lui avait fait mal, très mal. Il se reprit bien mala-droitement.

« Allez, lis-la-moi cette lettre ! Tu vois que je l'aime bien ton petit ; je ne peux pas l'oublier comme ça... »

L'orgueil et l'amour maternels mélangés reprirent le dessus chez Trinquette et elle sortit la lettre de son sac pour la tendre à Christophe...

« Non, lis, je préfère. »

Et il entendit les mêmes choses banales, mais dites différemment ; il les entendait, cependant, de la bouche même de celle qui aurait dû avoir le cœur serré de tout cet éloignement annoncé, mais qui rougissait, au contraire, de la joie procurée, de la fierté maternelle. Christophe aurait voulu voir sur ce visage la crainte, l'angoisse, la détresse et il n'y trouvait, au fur et à mesure de la lecture, que la plénitude du bonheur partagé. Ainsi la mère et le fils étaient d'accord, cela ne faisait aucun doute.

« Il ne parle même pas de la ferme, ni du travail.

– Comment ? Mais oui, il en parle ! Il m'a demandé si la Rousse et Valseuse avaient mis bas ? Tu n'as pas écouté pendant que je lisais ? »

Trinquette, vexée, replia sa lettre et ils restèrent tous deux sans parler, les yeux fixés sur les braises qui croulaient et rougeoyaient dans l'âtre. Au fond de lui-même, Christophe avait honte de lui. Cruellement honte. Il la connaissait trop, depuis trop longtemps pour savoir qu'elle n'était pas venue pour lui lire la lettre de Junior ; la lettre de Junior, c'était un prétexte, une coquetterie de femme, elle avait trop de fierté, Trinquette, pour demander un service, pour se confier peut-être à un moment difficile. Elle avait eu tellement de coups durs, Trinquette, et elle n'avait personne à qui se confier sinon à lui, Christophe, auquel la liaient tant de souvenirs communs, tant de bons moments partagés, tant de douloureux et cruels aussi...

Il demanda brusquement :

« C'est simplement pour la lettre que tu es venue ?

– Non.

– Alors ?

– Ville est venu me voir...

– Ah ?...

– Oui. Il est venu après t'avoir raccompagné chez toi ; le jour de l'enterrement du vieil Antonio Sanchez. Je ne m'attendais pas à sa visite, tu penses, et lorsqu'il est entré à la maison, je n'avais qu'une peur, c'est que ma sœur Monique soit avec lui... Il a compris à mon visage et à la panique que je devais mal dissimuler. Il m'a rassuré tout de suite : Monique ne vivait plus avec lui, elle était définitivement avec José... Je l'ai fait entrer et asseoir, et c'est alors qu'il m'a dit qu'il venait simplement pour affaires. Il m'a dit ensuite que, vraisemblablement, les Sanchez vendraient leur terre car José réclamerait sa part, ce qui était son droit, et que les autres ne pouvant le désintéresser, il faudrait vendre pour faire le partage. Moi, je me taisais, l'histoire des Sanchez ne m'intéressait pas... C'est alors qu'il m'a proposé de vendre également la mienne de terre...

– Bien sûr, il a su que ton fils était dans la marine et il en a conclu, logiquement, qu'il ne reviendrait pas et que ce que tu avais de mieux à faire c'était de vendre, à ton tour.

– C'est bien ce qu'il avait compris, mais j'ai répondu que la terre de Lassalle était à mon fils et non à moi et qu'il ne la vendrait pas parce que j'en avais la jouissance jusqu'à ma mort.

– Et qu'est-ce qu'il a dit, monsieur Ville ?

– Il a dit qu'il comprenait, qu'il n'était pas pressé et qu'il reviendrait...

– Bien sûr qu'il reviendra, ricana Christophe. Les vieux corbeaux flairent toujours la charogne...

– C'est pour moi que tu dis ça, pouffa Trinquette, je te remercie...

– Mais non, idiote ! La charogne, pour Ville, c'est la terre ; la mienne, la tienne et celle des Sanchez, c'est la même chose !... Il a le temps, Ville, tout le temps. Il sait déjà qu'il tient celle des Sanchez... tôt ou tard elle tombera dans son escarcelle... Il essaie simplement de réaliser la grosse affaire... Il est venu ici et ça n'a pas marché, alors il est allé chez toi... C'est sa hantise à lui, Ville, la terre ; mais pas pour les revenus qu'elle donne, il n'est pas fou et il est trop fainéant pour la travailler. Il ne nourrit pas de rêves, Ville, il n'échafaude pas des plans de récoltes mirifiques, il ne se fait pas de cinéma comme nous, Ville, il ne croit pas, comme nous, aux vertus paysannes, aux héritages familiaux. Il achète et il vend, c'est tout.

– Je ne vendrai pas ma terre », dit Trinquette.

Il la raccompagna un bout de chemin, sur la route goudronnée. Ils ne prirent pas par l'allée des chênes, trop sombre car la nuit était sans lune ; sur le goudron, luisant de pluie, elle avait moins peur...

On en est là maintenant, à la terre, songea Christophe. Il faut peu de chose pour faire mourir un village ; il faut également peu de chose pour le faire vivre. Une seule famille qui part et tout peut être compromis à jamais, une seule famille qui arrive et tout peut être sauvé. Christophe ne se faisait aucune illusion. Il savait bien que la terre des Sanchez ne resterait pas en friche, il savait qu'elle trouverait un preneur, mais quel preneur ? Pas lui, surtout ! Son parti était pris depuis longtemps ; il n'en changerait pas. Là-dessus, il était bien d'accord avec Sylvie : assez de terres, assez de dettes, assez de soucis, assez de tout. Mais les autres, ceux qui viendraient, par la force des choses, ceux qui achèteraient... Qui ? Seraient-ils jeunes ? Auraient-ils des enfants ? En avaient-ils déjà ? Pour sauver l'école, cellule indispensable de la vie communale et de l'avenir d'un monde rural pour lequel le combat n'est jamais terminé...

III

Le vendredi, il avait plu toute la journée. Une pluie fine et continue, presque chaude après le froid de ce mois de février. Une pluie qui annonçait le printemps, ces printemps pluvieux et doux de Gascogne, ces longs printemps maussades, rarement ensoleillés, qui n'en finissent pas de prolonger l'hiver et que les vents d'ouest alimentent sans cesse de cortèges de nuages bas, crevant en crachins sales ou en pluies longues et diluviennes... Christophe était habitué à ces printemps-là. Il partait dès le matin en vêtements imperméables, accompagné du fidèle Ludovic, pour taper les piquets de la vigne du lac, tendre et remplacer les fils de fer, avant de lier pendant les rares matinées ou après-midi durant lesquels la pluie daignait s'arrêter. Il y a toujours du travail à la terre, même lorsqu'il pleut. Un travail que l'on a renvoyé à ces jours-là : réparer les clôtures des pacages, nettoyer et désinfecter les étables, passer la revue des bêtes qu'il faut vacciner et traiter en prévision de la remise à l'herbe, réparer les outils cassés, passer la revue de tout le matériel, même celui de fauche et de fenaison car il ne faut jamais attendre le dernier moment pour aller chez le forgeron ou chez le mécanicien réclamer d'urgence l'outil dont il faut se servir le lendemain. Christophe ne pouvait pas voir un outil traîner dans un champ sans un serrement de cœur. Il y avait assez de granges à Emmanuel et à Lasserre pour que les outils puissent être rangés à l'intérieur, à l'abri des intempéries et de la rouille. Ludovic connaissait parfaitement les manies du patron et, bricoleur né, il s'entendait à merveille à tout réparer et à tout mettre en état pour la saison des gros travaux. Président, depuis peu de temps, de la caisse locale du Crédit Agricole, Christophe allait, tous les jeudis, à la commission des prêts et il examinait, avec les autres membres de la commission, les demandes d'achat de matériel présentées par les sociétaires. Il en était parfois effrayé. Pas des besoins d'équipement, qu'il savait réels, mais des prix du matériel neuf et des engagements énormes qui en découlaient... Que faire ? Fallait-il refuser ? De quel droit s'opposer à des demandes que chacun justifiait de son mieux en arguant de la vétusté de son équipement précédent et des nécessités de la mise en place de nouvelles terres ou de nouvelles cultures ? Toujours plus puissant, toujours plus adapté, toujours plus moderne... Oui, sans doute, mais aussi toujours plus cher, toujours moins rentable à un moment où les prix agricoles, stoppés dans leur hausse légitime par une volonté délibérée, condamnaient les exploitations agricoles à la stagnation ou à la faillite... Dans une période où l'agriculteur aurait dû faire face par un refus des investissements, il cédait à la tentation d'une productivité plus grande qui le forçait à s'équiper encore et à s'endetter davantage... L'exploitation familiale aurait dû être la dernière à céder à cette tentation. Elle avait déjà atteint un haut niveau de perfectionnement. Limitée dans sa surface d'exploitation, elle aurait dû se maintenir, dans ces années de crise, au niveau de ses cultures traditionnelles, diversifiées par la polyculture et l'élevage et, surtout, elle aurait dû diminuer ses investissements et laisser passer l'orage... Et au lieu de cela ?

Heureusement, les années 73 et 74 avaient été de bonnes années. L'année 73 surtout. Un record pour les maïs que les pluies d'été avaient accompagnés comme à plaisir. À croire que les ondées fécondes avaient été programmées par l'arroseur céleste selon les souhaits des maïsculteurs : deux grandes pluies d'un jour et une nuit, en juin, après la levée ; un orage monumental au 14 juillet, ce qui était souvent dans la tradition, enfin en août, lors de la fête locale du chef-lieu dont les courses landaises s'étaient achevées dans la déroute et sous un déluge... Été copieusement beau, aussi, suivi d'un automne magnifique, chaud et ensoleillé qui avait mené les maïs sans un à-coup, sans une gelée précoce, jusqu'à la grille de la moiss-batt... Trinquette, qui n'avait pas eu besoin des ressources de son lac collinaire, avait battu les records de la Coopérative : 110 quintaux de grains secs à l'hectare !... Laissant loin derrière Christophe avec ses quatre-vingts quintaux de moyenne... On n'avait jamais vu ça et on ne le reverrait sans doute jamais. Ce record avait été une des grandes joies manifestées par Junior ; une joie que Christophe avait interprétée alors comme la prise de conscience d'avoir à prendre la suite sur une terre qu'on lui avait faite...

... Junior était parti dans la marine et Ville attendait son heure.

* *
*

Ce samedi-là, les enfants et Sylvie rentrèrent de plus bonne heure que d'habitude. Christophe en manifesta de la surprise, ce qui déchaîna leurs rires et fit lever les épaules à Sylvie.

« Mon pauvre ami, si ça continue tu vas sombrer dans l'abrutissement total !... Tu ne t'es même pas rendu compte que nous étions à la mi-mars et que ce sont tout simplement les vacances de carnaval... Je comprends que tu sois occupé, préoccupé même, mais il t'arrive de regarder la télé, non ? Et de consulter le calendrier, ne serait-ce que pour tes semis et tes projets agricoles ?... »

Elle l'embrassa tout de même, en accompagnant son geste d'une petite moue gentille, la même que celle qu'elle avait autrefois du temps où elle était encore amoureuse...

« Demande plutôt aux enfants, tiens... Ils ont quelque chose à te dire... »

Paul jouait déjà à l'indifférent, mais Pascal, plus jeune, ne pouvait tenir longtemps les secrets...

« On est premiers en classe tous les deux et puis, attends, pas n'importe quels premiers : Paul a 18/20 de moyenne et moi j'ai 17,5/20... J'ai foiré en français, tu comprends, papa ? Sans ça, j'aurais eu un 18 comme Paul... N'empêche qu'on a eu les félicitations tous les deux et que maman était drôlement fière de ses deux gars...

– Et tu crois que je ne suis pas fier, moi aussi ? Et heureux ? Et comblé ? Et tout et tout... Qu'est-ce que je vais bien profiter de vous durant ces vacances, eh, mes grands ? Nous, tous ensemble, pour huit jours et avec maman par-dessus le marché ! Dis donc, Paul, tu pourrais me répondre, non ? »

Paul continuait de retirer de la voiture les valises, les sacs et autres paquets ; ce fut Sylvie qui répondit...

« Paul et Pascal m'accompagnent au ski. J'ai eu trois places au chalet de montagne que le collège loue pour les vacances, à Superbagnères. Je leur devais bien ça, non ? Après les notes et leur classement, je me devais de les récompenser et je savais d'avance que nous serions d'accord. Nous partons donc demain, samedi 9, et nous reviendrons jeudi prochain 14, dans la soirée...

– Puisque tu as tout arrangé comme ça, c'est très bien, murmura Christophe...

– N'est-ce pas que j'ai bien fait ? J'étais sûre que tu m'approuverais. Après tout, on revient jeudi soir et tu nous auras durant trois jours, même le dimanche en entier, car le lundi c'est jour de week-end prolongé au collège et nous ne rentrerons que le mardi... Je crois que c'est le 17... Tu te rends compte ?

– Je me rends compte, en effet... »

Les garçons se poursuivaient déjà dans les chambres en riant aux éclats ; Sylvie s'approcha de Christophe, entoura son cou de ses bras et, les yeux toujours rieurs, l'embrassa longuement sur la bouche... Christophe en demeura tout interdit, il ne se souvenait pas d'un geste aussi tendre depuis...

« Heureuse ?

– Heureuse. Heureuse des enfants, heureuse de toi, heureuse de tout...

– Même du Couloumé ?

– Oui, même du Couloumé, pourquoi pas du Couloumé ? C'est une belle demeure, un beau domaine, la vie y est, disons, aussi bien qu'ailleurs. La seule différence entre nous est que, toi, tu y places ta finalité. Le Couloumé pour toi, c'est ton but, ta raison d'être, ta vie, ta chimère comme tu dis... Pour moi, c'est un moyen, pas plus. Un moyen de vivre, plutôt mal d'ailleurs et tu le sais très bien. Sans moi, où en seraient les enfants ? Quel avenir auraient-ils ? Regarde autour de toi, Christophe. De tous les jeunes gens ou filles qui sont sur les exploitations familiales, combien se destinent à rester à la terre, oui, combien ? Ne cherche pas, c'est inutile... aucun. Même dans mon collège agricole où je professe maintenant depuis dix ans, j'en suis à chercher ceux ou celles qui veulent prendre la suite de leurs pères ou de leurs mères... Bien sûr, beaucoup veulent rester à la terre, mais dans les organisations agricoles : Coopératives, C.U.M.A., C.E.T.A.[1]... Ils veulent passer leurs diplômes, être conseillers agricoles, techniciens d'élevage ou de cultures, ingénieurs même, mais la ferme ? La culture ? L'élevage ? Par

1. *Centre d'études techniques agricoles.*

eux-mêmes ? Pour le toin-toin, l'incertitude, le travail forcé ?... Non.

– Comme tu y vas !... Le travail forcé !... Je ne suis pas aux galères tout de même, et Trinquette non plus n'est pas aux galères !...

– Bon, bon, tu as raison, mon pauvre ami... Tu vis replié sur toi-même et avec tes chimères. Tu ne vois pas les jeunes tels qu'ils sont. Moi, je les fréquente tous les jours, je les écoute et je les comprends. J'essaie de les aider dans la solution de leurs problèmes car tous ne sont pas comme Paul et Pascal, ils ont des problèmes ; ceux de leur instruction et du choix qu'ils se proposent de faire... Ce n'est pas si simple et nous savons que la vie à la terre ne les encourage pas à y rester... Leurs parents, qui tirent le diable par la queue à longueur d'année, sont les premiers à faire des sacrifices très lourds pour les aider à partir... »

Les deux garçons revenaient en chahutant et hurlèrent à l'unisson :

« On a faim ! On a faim ! Qu'est-ce qu'il y a à bouffer ?

– Eh là ! Eh là ! s'amusa Christophe en barrant de toute sa stature la porte de la cuisine... Il y a de tout mais pas de pillage ! S'il vous plaît ! Je garde la porte de la cambuse et l'équipage me passera sur le corps plutôt que d'entrer !

– À l'abordage ! » hurla Pascal.

Tiré par les bras et la ceinture, Christophe dut céder le passage ; le Frigidaire fut pris d'assaut, tout fut sorti en un tour de main : beurre, pain, saucisson, œufs durs...

« Toi aussi, tu as eu quinze ans, non ? murmura Sylvie en entourant de son bras l'épaule de Christophe.

– C'est vrai, murmura Christophe, moi aussi, j'ai eu quinze ans. »

* *
*

Peu importait si Sylvie et les enfants s'amusaient dans la neige à Superbagnères. Christophe, Ludovic et Trinquette passèrent leur mardi gras à lier la vigne. Malgré un froid vif, accentué par moments d'un petit vent de nord-ouest aigrelet qui n'arrivait pas à déclencher la pluie, ils avaient travaillé tous les trois sans relâche, s'aidant parfois au bout des sillons pour repartir ensemble dans les sillons suivants. Le chantier avait débuté à 10 heures avec un arrêt de quelques minutes à midi ; juste le temps de faire un feu de sarments et de grignoter un semblant de repas pris sur le pouce, sans même s'asseoir : saucisson, grillade de porc sur les braises, un bout de fromage, une pomme, un coup de blanc sec à la régalade et on était repartis... L'an dernier, ils étaient quatre car

Junior était là ; il n'était pas encore dans la Marine nationale en train de passer son brevet de matelot timonier de première classe !... Personne n'en avait parlé. Quelques rares considérations sur l'état de la vigne et des bois de taille, quelques nouvelles brèves sur le voisinage et plus particulièrement sur le prix du vin et les règlements de la Cave coopérative, qui étaient loin de donner satisfaction, et chacun se replongeait dans sa besogne que la force de l'habitude rendait machinale : plier la courroie contre le fil de fer bien tendu, présenter l'osier souple au pouce, un tour, deux tours, l'œillet et un coup de couteau pour couper le bout d'osier qui dépassait... À un autre. Même geste ainsi répété deux, dix, cent, mille fois et le chantier serait terminé. Trinquette l'avait promis : « Ce soir, grande ribouldingue à la maison... J'ai tout prévu et il ne manquera de rien... » Toujours rieuse, Trinquette. Toujours le sourire malgré ses multiples travaux de maison, malgré ses reins douloureux et ses doigts raidis par ce travail rapide où les mains finissent par souffrir de crampes continuelles... Lorsqu'elle avait quitté les hommes, « ses » hommes, disait-elle en riant, il pouvait être 6 heures du soir et, sous ce ciel gris, la nuit allait venir vite. Il restait encore trois sillons à faire ; Christophe avait tranché :

« Allez, sauve-toi... Tu as les vaches à rentrer et les bêtes à soigner. Nous finirons bien avec Ludovic... »

Trinquette avait quitté le chantier et elle avait ajouté en se retournant :

« J'espère qu'il ne faudra pas vous porter une lampe électrique pour finir ? À tout à l'heure... »

Ludovic et Christophe finirent le dernier sillon à la nuit noire et c'est à tâtons qu'ils firent les derniers nœuds.

« Ouf ! Enfin une corvée terminée, patron, avait conclu Ludovic. Mais il nous reste les bêtes. Nous pouvons nous dépêcher ; les mères doivent manifester à la porte de l'étable pour allaiter leurs veaux... »

Elles manifestaient, en effet. Les bêtes se moquent pas mal des servitudes de leurs maîtres. Elles ont les leurs, qui ne souffrent pas de retard et, lorsque leurs mamelles sont douloureuses du poids du lait qu'elles portent, elles entendent, avec impatience et mauvaise humeur, les appels de leurs petits attachés à l'étable. Encore une bonne heure, et à deux hommes pour mettre un peu d'ordre dans tout ce monde d'affamés et d'impatients. Ensuite, sortir le fumier, balayer les étables, remettre de la paille fraîche pour la nuit, jeter un dernier coup d'œil à la stabulation des jeunes et des gestantes, il était déjà 8 heures.

« Excusez-moi, patron, mais il faut que je rentre... J'ai promis à ma femme d'être là à 8 heures. Nous avons du monde à dîner à la maison. Des amis de Paris qui sont venus passer les vacances de carnaval à Plaisance. Vous m'excusez auprès de Mme Lassalle ? Je ne pouvais pas prévoir, vous me comprenez ?

– Bien sûr. Mais tu aurais mieux fait de t'excuser toi-même, au chantier... Tu avais très bien compris lorsqu'elle a dit « à tout à l'heure » ?...

– J'avais compris, patron, mais je n'ai pas osé. J'ai eu peur de lui faire de la peine. Et puis...

– Et puis quoi ?

– Vous mangerez bien pour deux, patron ?... Je sais que vous êtes au mieux avec Mme Lassalle ; vous lui tiendrez bien compagnie sans moi ? »

Sur le moment, Christophe se contenta de marmonner un « au revoir » machinal et indifférent. Mais, sur le chemin de Lassalle, après avoir fait un peu de toilette et s'être chaudement vêtu, la réflexion de Ludovic commença à lui trotter par la tête... « Vous êtes au mieux avec Mme Lassalle et vous lui tiendrez bien compagnie sans moi ? » C'était donc ça ! Dans le pays, la vieille histoire reprenait. Une belle fille comme Trinquette ne pouvait éternellement rester seule... Pensez donc !... Avant, il y avait son père et puis le petit et puis il y avait eu l'épisode José... mais maintenant ?... Toute seule, sans son père, sans son fils... à trente-huit ans ? Une belle fille comme ça et qui n'a connu que des malheurs ? C'est sûr qu'elle est prête à tout et en plus avec M. Christophe !... Un beau gars, plus tout jeune, c'est vrai, mais la cinquantaine, c'est le démon de midi !... Et un démon qui n'a même pas le secours de chasser chez lui ! Sevré qu'il est avec sa dame qui n'est jamais là et qu'il ne voit que rarement, à croire, qu'elle aussi, elle chasse ailleurs... Mais voyons, c'est normal qu'elle chasse ailleurs cette jeune et jolie femme, toujours coquette et si bien mise, qui fréquente des garçons si comme il faut : professeurs, notaires, journalistes... Et allez donc ! C'est sûr que c'était reparti, comme autrefois, pire qu'autrefois puisque, maintenant, il n'y avait plus d'obstacles !... Aucun. La voie était libre. Des deux côtés. Alors ? Pourquoi se gêner... Ce n'était pas un reproche qu'on leur faisait à Trinquette et à lui, Christophe... Pourquoi un reproche ? Pour une chose si naturelle ? Tout le monde savait très bien que ça ne finirait pas par un mariage, ou par un divorce... ou encore moins par une naissance... Alors ? Quel mal y avait-il à reprendre une liaison, ancienne d'accord, mais tout de même... Il avait rendu tellement de services à Trinquette, M. Christophe... Service pour service ? Hein ? Comme disait Ludovic, porte-parole de la vérité publique... Pourquoi faudrait-il que nous soyons trois, là où vous pouvez très bien vous suffire à tous les deux ?... C'est en cheminant avec ces pensées que Christophe arriva à la porte de Trinquette. Tout en soliloquant de la sorte, il n'avait jamais eu envie de faire demi-tour, au contraire !... Jamais il n'avait été aussi content de venir comme ce soir. Il serait venu même si chaque haie ou chaque arbre rencontré avait eu des yeux pour l'épier et pour le suivre. Aussi est-ce d'une main ferme et même amusée qu'il frappa à la porte de Lassalle.

Trinquette vint lui ouvrir. Elle s'était habillée fort convenablement d'une petite robe de lainage bleue qui faisait ressortir encore son teint de brune ; de discrets souliers à talons grandissaient sa taille, encore élancée. La table était mise à la salle à manger : une jolie table avec trois couverts.

« Tiens, à propos, tu peux en enlever un ; Ludovic ne viendra pas. Il m'a demandé de l'excuser, ce que je fais, après lui avoir dit qu'il aurait très bien pu le faire lui-même... »

Trinquette parut surprise et fit une légère moue de mécontentement ; elle enleva le couvert de Ludovic.

« Allons, ne te plains pas, renchérit Christophe, nous allons dîner en tête à tête, comme des amoureux.

– Pourquoi pas ? » murmura Trinquette, et elle rougit violemment.

... Ils passèrent une bonne soirée en compagnie de la télé qu'ils ne regardèrent même pas et qui faisait de temps en temps intrusion dans leur conversation par l'éclat de voix plus aigu d'un acteur ou d'une speakerine. Ils continuèrent leur conversation même lorsque Trinquette desservit et alla à la cuisine... Ils élevaient simplement le ton et ils mêlaient leurs rires ou leurs interrogations sur les sujets du présent comme sur les souvenirs du passé. Un passé qui, pour tous les deux, était toujours présent. Enfin, les fameux beignets vinrent sur la table et Trinquette les arrosa d'un sirop d'armagnac de sa composition.

« Attention, dit-elle, j'éteins la lumière et j'allume le brûlot... Tu m'en diras des nouvelles. »

Ils restèrent ainsi, face à face, dans le noir, tandis que la flamme haute et bleue, légère comme un voile enchanté, les séparait. À travers ce voile, Christophe devinait son visage et parfois, à un brusque sursaut de la flamme, il le voyait ce visage étrangement figé, les lèvres entrouvertes, les yeux fixes comme fascinés par ces flammèches qui semblaient entretenir pour eux une sorte de magie... Elles s'éteignirent enfin et lorsque Trinquette passa derrière lui, pour aller allumer la lumière, il la prit doucement par la taille et elle se laissa faire, glissant tout doucement sur ses genoux... Elle lui caressa le visage et lorsque Christophe prit sa bouche, il vit que ses yeux étaient noyés de larmes... À la lumière douce de la télé, il la redécouvrit, sans hâte, avec une joie attisée par un désir fou. Après tant d'années de solitude et d'éloignement voulus, il retrouvait, pour elle, les gestes de l'amour jamais oubliés. Il ne pensait ni aux années écoulées ni au temps perdu... Les drames et les misères étaient passés sur eux, les avaient meurtris, torturés, ils avaient subi des épreuves et franchi des solitudes qui les rapprochaient, maintenant... Pour quelques instants du moins, tout, autour d'eux, était effacé. Il n'y avait même plus d'ombres ou étaient-elles complices ? Il n'y avait plus que le désir qui les noyait, les submergeait de sa vague merveilleuse jusqu'au râle heureux qui les jetait, ensemble, au bord de l'abîme où ils avaient voulu s'engloutir. Elle voulut parler, mais Christophe lui mit un doigt sur la bouche. Alors, contre son épaule, nichée dans ce coin d'homme qu'elle avait toujours désiré, elle ferma les yeux et se blottit, frileusement.

IV

L'ANNÉE 1975 s'acheva par un automne qui n'en finissait pas de prolonger l'été. Octobre fut royal. Un ciel bleu où le vent d'ouest amenait rarement quelques nuages, une lumière du jour douce et transparente que le soleil dorait de ses chauds rayons, des soirs limpides où la nuit venait, comme à regret, semer ses étoiles d'or. On aurait dormi dehors et, à défaut d'y dormir, on y travaillait, sans relâche, même aux phares, pour finir les travaux des champs... Comment les finir d'ailleurs ? Devant un temps aussi clément, une terre aussi belle, les hommes entreprenaient de labourer et de préparer, sans fin, comme poussés par une main invisible qui semblait dire : encore un hectare, encore et encore. La Coopérative était à court de semences. Toutes les variétés de blé passaient au semoir les unes après les autres. Il en allait de même à la plaine et à la côte... Les journées étaient si belles, la terre si meuble que tous les chantiers labourés se préparaient en un seul passage. La terre s'effritait, se brisait sous le cover-crop, s'étalait sous les herses avec une complaisance qui tenait du prodige. Toutes les terres, aussi bien celle du lac, sablonneuse et friable, que celle argileuse et calcaire d'Emmanuel. Dès fin septembre, on avait semé les escourgeons, puis début octobre les avoines... Puis les blés mais, là, pour les semis, il avait fallu attendre la Toussaint car les blés semés trop tôt risquent, au printemps, une épiaison trop rapide et un échaudage toujours possible. Alors on avait fait des fèveroles qui, l'année avant, s'étaient mieux vendues que le blé. Enfin, les blés. Durant les quinze jours qui avaient précédé la Toussaint, le D4 n'avait pas arrêté de tourner. Christophe n'en finissait pas de labourer et de disquer. Toutes les terres libres du Couloumé avaient été semées, puis celles de Lassalle car Trinquette voulait profiter de l'aubaine et était venue demander main-forte... Les deux grandes pièces qui descendaient de Lassalle vers le bois des noisetiers, les deux grandes pièces de cinq hectares chacune, avaient été semées. Le lendemain de la Toussaint... À la terre on est souvent superstitieux, pas par ignorance ou malignité, mais parce que chaque coin de terre, chaque coin de bois, chaque passage vous rappelle des souvenirs et vous rattache au passé... Un passé qui colle à la peau, que l'on oublie souvent mais qui revient car il est fixé à jamais à la terre, une terre qui ne change pas et qui vous remet, en un éclair, en mémoire, des images que l'on a du plaisir à retrouver ou, au contraire, que l'on voudrait avoir perdues à jamais. Christophe était trop solide, trop équilibré, pour être superstitieux, loin de s'effrayer des fantômes qu'il retrouvait dans ses souvenirs, il leur parlait et il savait qu'ils étaient des amis, des amis détachés maintenant des mesquineries de la vie... À la terre, il n'y a pas de place pour le mensonge, pour la dissimulation, pour l'envie, non, il n'y a de place que pour le courage, le travail, la belle besogne accomplie avec cœur et avec foi, et cette foi habitait Christophe, comme elle l'avait toujours habité depuis les premiers jours orgueilleux et entêtés du Couloumé retrouvé. Peu importait si, maintenant, les tempes un peu grisonnantes, il se retrouvait seul à la terre, seul avec Trinquette, alors que les autres étaient morts ou s'en éloignaient pour une autre vie par d'autres chemins... Oui, Christophe avait labouré tous ces champs avec une sorte de joie profonde, une joie mêlée d'une sorte de rage sourde qui lui faisait lancer son D4 à l'assaut de toutes les croupes, de toutes les combes libres de sillons... Tout ce qui avait pu être semé sur le Couloumé était terminé et, de rage, il était passé chez les Sanchez. François, qui avait maintenant la charge de la grande maison et de toute la famille, n'arrivait pas à se sortir de la succession et des problèmes laissés à la mort du vieil Antonio. Il n'était pas encore décidé à vendre ; désorienté, malade même à la pensée de tout brader et de donner, au bout du compte, si peu à chacun... Il se débattait, travaillait le matin avant de partir à sa Coopérative, recommençait le soir et passait ses samedis et ses dimanches sur son tracteur pour, à la fin, mal nourrir tous les siens... José était là qui réclamait sa part d'héritage...

François n'avait pas eu besoin de venir demander de l'aide. Christophe s'était proposé. On avait une fois de plus vidangé le vieux D4, on l'avait graissé, bichonné, on avait retendu ses trains de chenilles, fait le plein et allez... François avait remplacé Christophe aux commandes pour ne pas arrêter aux heures des repas et, en une semaine, trente hectares étaient tombés ; toutes les croupes qui longeaient les terres d'Emmanuel et qui n'avaient jamais été ensemencées depuis l'arrivée des Sanchez sur le domaine. Ah ! lorsque le temps veut s'y prêter, quels miracles peut-on réaliser à la terre !... Seulement voilà, il faut que le temps s'y prête.

« La baraka, avait murmuré Trinquette qui, elle, était superstitieuse. Tu as la baraka, je l'ai toujours dit et c'est vrai... »

Christophe avait souri.

« La baraka, tu parles ! C'est peut-être toi, ma baraka ? »

Lors du chantier des Sanchez, Pascal était venu l'aider, un samedi ; il avait insisté pour venir.

« Tu es crevé, papa, tu ne vois pas ta tête... ? Maman l'a dit à midi.

– Ah ? Qu'est-ce qu'elle a dit, maman ?

– "Je ne sais pas ce que fait votre père à aller travailler comme il le fait chez les uns et chez les autres, mais il a une tête !"

– Ah ! elle a dit ça, maman. Elle ne sait plus ce que c'est que le travail à la terre, maman ; elle l'a oublié... Elle ne sait plus que lorsqu'on a un temps comme ça, il faut en profiter pour faire le maximum, nuit et jour s'il le faut ; on n'a plus le droit maintenant de négliger une pareille chance. Dans la merde où on est, il faut faire un effort pour s'en sortir... Tu comprends ça, toi, Pascal ?

– Oui, papa, moi, je te comprends parce que je t'aime bien, tu sais, papa, et que j'aime bien Trinquette et François Sanchez et que moi aussi, je veux les aider, alors, moi, je viens aussi. »

Et Christophe lui avait laissé les commandes du D4, pour préparer, avec le cover-crop... C'était facile. Il n'y avait pas de sillon à suivre, il suffisait d'aller tout droit et, au haut de la grande pièce de labour, de virer le plus large possible pour ne pas brider les disques et risquer la casse... François Sanchez suivait avec la herse attelée au gros Ferguson. Un chantier de rêve... Christophe regardait sans voir. Assis dans le soleil, il fumait, en silence. Avait-il seulement des pensées ? Non, il n'en avait pas. Il était las, fatigué, meurtri soudain dans ses muscles et dans sa chair... Il ne voyait devant lui que la terre, la terre au-dessus de laquelle flottait une poussière légère soulevée par les engins et qui lui faisait un halo... Il ne savait même plus s'il l'aimait cette Terre ou s'il la haïssait... Cette Terre qui lui avait pris, déjà, tant de vies... Xavier, Joseph, Maria, Trinquet, Antonio. Cette Terre si dure, si cruelle, si jalouse même que maintenant elle ne voulait plus personne auprès d'elle ; plus de vieux et puis, plus de jeunes... Même plus de Junior né auprès d'elle et qu'elle éloignait sur mer, plus de François qui allait à son tour partir, vaincu par elle qui prenait tout et qui rendait si peu... Personne. Elle ne voulait plus personne cette Terre. Même pas Paul, même pas Pascal peut-être ? Pascal qui sifflait, heureux, sa casquette tirée sur les yeux et qui, gouailleur, en passant près de son père, lui avait lancé :

« Alors, papa, ça boume ? »

Sans doute leur jetait-elle cette splendide saison d'automne comme un défi ? Sans doute était-elle décidée à tout leur donner, d'un coup, pour tout leur reprendre ensuite, grain par grain, dans les années suivantes qu'elle connaissait, elle, de toute éternité mais que ses hommes, ses parias, eux, ignoreraient toujours...

Christophe se leva. Il était las. Après l'ivresse de tous ces jours de grand labeur, il se sentait fatigué, la tête lourde, les tempes douloureuses... Où étaient ses jambes de trente ans ? Ses reins des impossibles chantiers du Couloumé ?... Il fit quelques pas, parcourut des yeux le chantier pour voir si tout allait bien et il décida de ne pas attendre Pascal. Il entreprit de remonter au Couloumé par la grande pente d'Emmanuel. Il marcha lentement à travers la terre fraîchement semée, cette terre sur laquelle le passage du cultipaker avait laissé des traces fines qui montaient, lignes légères gonflées des grains des moissons futures, vers les derniers rayons du soleil couchant... Il marcha ainsi quelques minutes puis il eut brusquement un malaise : un vertige brutal qui le plia en deux ; la tête dans les mains, il tomba à genoux sur cette terre souple et chaude qui lui fut soudain comme une caresse et là, vaincu, douloureux, presque humilié, il se prit à prier tout bas d'une litanie jamais apprise et qu'il ne connaissait pas...

« Terre des hommes, Terre des pauvres, Terre des parias, Terre des humbles, Terre des déshérités, Terre des miséreux, Terre des travailleurs, Terre des paysans... »

Et des voix lointaines répondaient :

« Priez pour nous...

– Terre si belle, Terre si riche, Terre si féconde, Terre si généreuse, Terre si heureuse...

– Priez pour nous...
– Terre rebelle, Terre ingrate, Terre douloureuse, Terre maudite, Terre cruelle...
– Ayez pitié de nous... »

Il se releva avec peine en titubant et regagna l'allée qu'il remonta à pas lents... En haut de la pente, il entendit la voix de Pascal qui le hélait d'en bas. Il l'attendit quelques brèves minutes à peine car le garçon avançait vite. Le soleil avait maintenant basculé derrière l'horizon. Il serra son petit homme tout contre lui comme pour lui prendre un peu de ses jeunes forces et ils entrèrent tous deux, enlacés, dans la grande paix du soir.

* *
*

Que dire de la Noël sinon qu'il n'y eut pas de Noël ? Tout est changé maintenant, même Noël, même à la terre. Peut-être même surtout à la terre que l'on croit gardienne de tous les passés, de toutes les traditions et qui se trouve plus abandonnée et plus déshéritée que toutes les villes de la chrétienté... Les Noëls de la terre, si simples, si près du cœur des hommes, sont partis là où sont partis les hommes et ils sont devenus ce que les hommes en ont fait, c'est-à-dire des Noëls « folklos », à grand renfort de santons et autres bergers ou bien des Noëls « yé-yé » où l'on chante des chants nouveaux au son de la guitare ou des castagnettes... La terre, elle, fête ses Noëls muets, dans ses clochers silencieux et dans ses églises vides ; vides de prêtres, vides de fidèles, vides de souvenirs car les souvenirs meurent de ne plus être évoqués. Clochers muets dans la nuit étoilée et froide de Noël, clochers de vieilles pierres édifiés, jadis, par des mains pieuses, qui aurait jamais pensé que vous puissiez un jour mourir ? Clochers des villages perdus ou qui se perdent, jour après jour, de leurs maisons qui se vident, clochers de la nuit de Noël qui n'avez plus de joie à annoncer à la terre par vos carillons mais seulement une éternelle et muette prière à adresser à Dieu pour vos vieux morts, vos générations de vieux morts qui ont chanté Noël et qui dorment, maintenant, à vos pieds, leur dernier et long sommeil de paysans. Les Noëls du Couloumé ?... Où étaient-ils ces Noëls des retrouvailles, des querelles soudain arrêtées, des amitiés renouées dans un voisinage qui se voulait, pour un soir au moins, absent de jalousies mesquines et d'envies mal contenues ?

Paul avait déclaré de son ton de jeune coq qui se voulait toujours commandant :

« Eh bé ! La belle affaire, nous irons à la messe de minuit à la chapelle de la station de ski... Pas vrai, maman ? Certainement qu'elle sera drôlement chouette, cette messe-là, et qu'il y aura un fameux monde ! »

Parce qu'ils avaient décidé, à nouveau, de partir à la neige pour huit jours. C'était la nouvelle mode, le ski. Depuis les vacances de carnaval, où l'on avait découvert les sports de neige, il n'y avait plus qu'eux qui comptaient.

« Vachement chouette même, avait renchéri Pascal, qui ne voulait pas être en reste et qui en avait profité pour chiner à son père une nouvelle paire de skis en stratifié. Tu m'avais promis, papa ? Tu te souviens, au moment du labour ? Lorsque je t'ai donné la main avec le D4 ? Chose promise, chose due. »

Allez, va pour les skis ! Et puis il y avait aussi cet Américain qui avait débarqué de la voiture de Sylvie, à leur arrivée pour les vacances. Johnny. C'était son prénom et Christophe n'en sut pas davantage durant les deux premiers jours. Courant avec les enfants, Johnny passait de longues heures à baragouiner en anglais avec eux... Il fallut, pour en savoir plus long, qu'il interroge Sylvie, le soir, dans leur chambre, le seul endroit où il pouvait encore lui adresser la parole, sans trop provoquer de réaction :

« C'est un Américain, expliqua Sylvie. Il s'appelle Johnny Lecointe, il a vingt-huit ans et il est d'origine française... Il est au lycée des garçons comme lecteur d'anglais et il en profite pour passer sa licence de français. C'est un type très bien, ses parents sont fermiers dans le Wisconsin... Tu verras, tu t'entendras très bien avec lui... Les enfants, eux, l'adorent.

– Et toi ? plaisanta Christophe...

– Comment moi ! Qu'est-ce que tu vas chercher ! Il a huit ans de moins que moi !...

– Justement, ça te changera de ton vieux mari, grincheux et acariâtre... Les femmes sont des ogresses qui sont, par principe, végétariennes mais qui adorent la chair fraîche... »

Christophe se rendit compte qu'elle avait rougi violemment et lorsqu'il tenta de l'attirer à lui, au bord du lit pour l'embrasser, elle se dégagea brusquement sur un coup de reins, en proie à la colère...

« Non, laisse-moi ; tu es trop bête, à la fin ! »

Il s'enfonça dans son oreiller, éteignit sa lampe et rigola un bon coup sous les couvertures... Il pensa même : « Heureusement que j'ai Trinquette... » Mais il ne le dit pas : à quoi bon ? Ça aurait vraiment changé quoi que Sylvie sache ou ne sache pas ? Sylvie, c'était un autre monde, un monde qu'il comprenait de moins en moins, un monde qui lui devenait, jour après jour, de plus en plus étranger : le monde du sport, le monde des voyages, le monde du ski, le monde des Américains maintenant... Il ne manquait plus que celui-là, pensa Christophe... Et il a des parents fermiers au Wisconsin... Sait-il au moins reconnaître un grain de blé d'un grain d'avoine ? Mais du moment qu'il était américain, il avait toutes les vertus et tout à enseigner à ce pauvre minable de paysan gascon qui se démenait comme un diable dans un bénitier pour tirer quelques maigres revenus de ses deux cents arpents de coteaux !

« Ah ! l'Amérique, c'est l'Amérique », conclut-il et, sur cette lapalissade énoncée à haute voix, Sylvie leva la tête de son bouquin, lui lança un regard furieux et, à son tour, éteignit sa lampe.

* *
*

Heureusement Junior eut la bonne idée de revenir en permission de Noël... Christophe fut tout heureux d'aller le chercher à la gare de Tarbes car la ligne de Castelnau-Rivière-Basse avait été depuis peu fermée aux voyageurs. Il était magnifique, le matelot-de-première-classe-breveté-Xavier-Lassalle. La Marine nationale l'avait habillé de neuf, de pied en cap, et Christophe retrouva, avec joie, ce grand garçon que le contact des hommes avait déjà dégrossi et dont le grand sourire ravi disait assez la joie qui était la sienne de se voir accueilli avec chaleur et affection. Oui, Junior était heureux ; cela se sentait non seulement à sa manière d'être mais surtout à la façon presque volubile qu'il avait d'expliquer sa vie... Lui, si réservé, presque bourru, n'arrêtait pas de décrire, d'expliquer, de se raconter enfin... Décidément, le monde qu'il avait lui aussi découvert l'enchantait et il en était aussi enthousiaste que Paul ou Pascal de leur ski et Sylvie de son Américain !

Allons, un bon Noël en perspective, ravivé par la joie de Trinquette, muette d'admiration devant son produit soudain si beau, si policé, si changé en somme. Elle avait quitté un garçon, celui qui avait toujours été son petit garçon, et c'était un homme qui lui revenait et qui plus est... un marin ! De quoi combler une maman qui, comme toutes les mamans, devait avoir eu ses rêves, des rêves qui se trouvaient soudain réalisés... Christophe y pensait souvent. Trinquette était secrète, violente parfois, mais secrète... On ne subit pas durant des années de jeunesse les affronts, les rebuffades et les abandons qu'elle avait subis sans en garder des traces profondes. Christophe se demandait souvent si les absences de Trinquette ne venaient pas d'un repli au plus profond d'elle-même, un repli où elle réfugiait, lorsqu'elle en avait besoin, ses rêves et ses chimères... Et ce Junior était sa chimère... Enfanté dans l'abandon, élevé loin d'elle, retrouvé par miracle après la mort de son père et l'installation à Lassalle, nourri de son seul amour et de sa seule affection, il était devenu pour elle quelque chose de merveilleux, une sorte de trésor qu'elle se devait de protéger et de choyer comme pour lui faire retrouver, d'un coup, toutes les années de l'enfance et de la jeunesse qu'à ses yeux il avait perdues.

Oui. C'était tout cela, la joie de Trinquette. Uniquement cela. La terre, dans ces retrouvailles-là, n'avait aucune place. Aucune. Même pas la plus petite place. Elle avait été, la terre, le lieu de la naissance, le refuge des misères, la maison des servitudes toujours et toujours recommencées. Elle avait été, même, la prison austère de la vie gâchée par les services qu'il fallait accomplir sous la sainte loi familiale aux ordres du grand-père Trinquet et de maman que l'on ne pouvait abandonner... Et puis, après la maison, les autres... Les autres qui faisaient l'environnement, cet environnement d'amis et de parents auxquels on devait tout. La vieille tante Maria avec ses manies à l'ancienne, ses commissions toujours à faire, le tabac du vieux Joseph... Et puis Christophe... Le parrain protecteur et respecté auquel il fallait sacrifier, pour un coup de main, les quelques après-midi de soleil qu'on aurait pu passer avec les copains d'école, au foot ou au basket. Ah ! les silences de Trinquette !... Ils étaient tout cela, ses silences, ses silences permanents à longueur de mois et d'années... Ce qu'elle voulait, Trinquette, c'est que son fils vive, qu'il vive sa vie, celle qu'il aurait choisie, loin de tout ce chemin bien droit que d'autres avaient tracé, pour lui à la terre, avec des raisonnements qui semblaient être immuables de toute éternité...

Et Junior, tout d'un coup, comme pour lui donner raison, avait vu sa vie d'une autre façon... Pour fuir les vieilles chimères que l'on avait mises dans son cœur d'enfant et d'adolescent, il avait décidé de frapper un grand coup. Il avait décidé du grand départ, de l'éloignement définitif, d'autre chose en somme, comme d'une énorme porte violemment ouverte, par laquelle entrerait, non une petite brise légère faite pour rafraîchir, mais le grand vent du large mêlé de tempêtes pour tout balayer... Tout. Tout ce qu'on lui avait enseigné et qu'il avait patiemment appris ; tout cet ordre immuable des champs et des saisons. Il ouvrirait les bras à une autre chimère, peut-être, mais à une chimère à lui, celle de la mer, de ses vagues, de ses horizons toujours les mêmes et toujours renouvelés...

... Un fameux Noël en somme, auquel il ne manqua que Sylvie et les enfants. Junior se trouva déçu d'être obligé de repartir sans les avoir vus. Il n'avait que cinq jours de permission et devait repartir le mardi, la veille du retour de l'équipe sportive du Couloumé.

« Tant pis, je les reverrai lorsque je serai quartier-maître ; je réussirai mon concours, tu sais, parrain. Tu sais aussi que je suis têtu, comme maman, et que lorsque j'ai une idée dans la tête...

– C'est vrai, tu es têtu comme ta mère et tu es têtu, aussi, comme ton vieux Vendéen de grand-père auquel on pouvait commander ce qu'on voulait mais qui n'en faisait qu'à sa tête ! »

L'abbé Lavergne vint dire la messe de Noël au Couloumé le lendemain à 10 heures. Ils y allèrent tous et, comme par miracle, l'église fut trop petite. Non seulement ceux du Couloumé étaient présents mais ceux de Bières, de Mondébat, de Peyrusse, de Louslitges, de Gazax, de Saint-Pierre... Toutes les vieilles familles dont beaucoup de vieux avaient bravé le froid, le vent, la pluie coupée de neige pour venir, une dernière fois peut-être, dans leur vieille église où l'on se rassemblait souvent, autrefois, pour prier. Christophe avait dit à Junior : « Dis donc, si on sonnait les cloches ? » Et, une bonne heure avant la messe, ils avaient sonné à la volée, se balançant aux cordes de tout leur poids, chassant les vieilles corneilles blanchies qui avaient élu dans les clochetons leur domicile douillet... Soudain, unis par une même joie, sans différence d'âge, aussi gamins l'un que l'autre, ils sonnèrent durant une heure... Christophe, plus lourd, avait pris le bourdon et Junior s'occupait des deux autres cloches. Au bout d'une demi-heure, ils étaient en nage... Mais la frénésie du bruit et du carillon les enivrait et ils avaient continué jusqu'à ce que l'abbé Lavergne vînt les remercier et leur dire que l'office allait commencer. Il resta avec eux après la messe, et Christophe voulut qu'il vienne au Couloumé déjeuner avec lui. Junior et Trinquette avaient à profiter ensemble de ce dernier jour, veille de la rentrée sur Brest.

V

L'AMÉRICAIN REVINT plusieurs fois au cours du printemps de l'année 76. Sylvie et lui formaient vraiment un beau couple et Christophe les avait plusieurs fois surpris, bras dessus, bras dessous, dans la grande allée des chênes ou aux abords de la vigne du lac. Au début, il en avait conçu quelques rages froides qui lui faisaient prendre Sylvie de force, le soir, lorsqu'ils se retrouvaient dans l'intimité de leur chambre... Jamais Sylvie n'avait été aussi gentille, aussi prévenante même, devant son désir. Elle n'avait jamais été aussi belle. La fréquentation d'un autre homme lui faisait vraiment du bien... Un peu comme ces biches farouches et craintives qui ne se sentent vraiment à l'aise que lorsqu'elles sont dans un troupeau de mâles ; plus elles ont d'hommages, plus elles en demandent !... Puis, pour répondre gentiment aux prévenances de Sylvie, Christophe finit par appeler l'Américain Johnny, comme tout le monde.

Pas un mauvais type, après tout, ce Ricain. Vraiment pas m'as-tu-vu, semblant toujours découvrir la lune. Christophe avait vu juste : il ne savait pas distinguer un champ de blé d'un champ d'avoine !... Il est vrai que ses parents cultivaient le maïs en monoculture. Cinq cents hectares ! Lors d'un week-end, il arriva au Couloumé muni d'un projecteur portatif et d'une collection de films sur la ferme paternelle. Durant toute une longue soirée, ponctuée par les cris enthousiastes de Paul et de Pascal, les commentaires élogieux de Sylvie, on discuta des vertus et des mérites de l'agriculture américaine, des miracles qu'elle faisait chaque jour, on vanta les semences de maïs hybrides que le père de Johnny avait sélectionnées et qu'il avait même vendues à Khrouchtchev... Un dieu ce Johnny ! Un eldorado cette Amérique !... Christophe écoutait, opinait, demandait des explications timides du genre de : « Et lorsque le maïs ne se vend pas à la bourse de Chicago, comment payez-vous vos dettes à la banque ? » ; ou bien : « Ce qui m'étonne, c'est que la fortune de vos parents ne vous ait pas tenté et que vous ayez choisi l'enseignement ? ». Et pour conclure :

« Nous, voyez-vous, Johnny, nous sommes en réalité très pauvres... Et nous n'avons pas à le cacher... Tout ce que vous voyez ici et qui, je crois, vous enchante n'est qu'une façade qui couvre ou cache des dettes cruelles auxquelles nous faisons face difficilement... En France, la vie est dure à la terre ; il serait trop long d'en analyser les causes et puis cela ne vous intéresserait pas. Votre père est un homme de la terre, comme moi ; il doit avoir comme moi ses joies et ses soucis. Les joies de la récolte et les soucis qui la précèdent ou qui la suivent...

– Maintenant, interrompit Johnny avec son fort accent, nous avons un gouvernement qui soutient une politique agricole.

– C'est vrai, reconnut Christophe. Notre gouvernement ne nous est pas toujours favorable, à nous, paysans français et c'est, hélas, la clé du problème. »

* *
*

Le printemps fut pluvieux, comme d'habitude mais sans excès. Les deux premières semaines de mars furent même très froides avec des gelées matinales et ce froid providentiel permit de désherber les blés et les escourgeons. Dès le début d'avril, on commença sérieusement à penser aux maïs. Trinquette, qui avait, toute seule, hersé et roulé ses prairies, vint trouver Christophe pour définir avec lui le plan de travail. Elle était radieuse, Trinquette. Pas d'avoir reconquis Christophe, non, ça elle s'en moquait. Elle avait cédé, c'est vrai, mais elle n'était pas folle, Trinquette, elle n'était pas fille à suivre pareille chimère !... Mettre Christophe dans sa poche ? Le voler à sa péronnelle ? Elle n'y pensait même pas ! Elle avait cédé à un moment d'intimité, à de vieux sentiments qui avaient tout d'un coup flambé comme un violent feu de broussailles. Après tout elle était libre, non ? Elle était chez elle, non ? Elle n'avait fait de tort à personne... Entre Christophe et elle, ce n'était pas du flirt, même pas de la coucherie, c'était autre chose que seuls eux deux pouvaient comprendre. Trinquette venait au Couloumé pour parler du travail et pas de la bagatelle.

« Combien veux-tu ensemencer en maïs ?

– J'ai pensé aux quatre hectares, à côté des pacages...

– Ceux que tu voudrais mettre en prairie l'automne prochain ?

– Oui, c'est ça.

– Tu as raison. Tu peux faire un maïs du groupe 1 et, si tu récoltes de bonne heure, en octobre, avec un peu de chance, tu peux semer une prairie à la suite... Ça te suffit quatre hectares ?

– Mais, Christophe, avec tout ce qu'on a semé l'automne dernier, je n'ai plus de terres ! »

Christophe, lui aussi, ne ferait que dix hectares ; la pièce du petit lac, celle qui était en contrebas de celle de Trinquette, après son lac collinaire dont le trop-plein se déversait d'ailleurs dans le petit lac.

« Dis donc, on devient un kolkhoze tous les deux, s'amusa Christophe, pour peu que Sanchez vienne nous demander de l'aide... On n'a pas fini d'en jaser au Couloumé et dans les chaumières. »

François ne vint pas. Tout allait mal chez les Sanchez. À plusieurs reprises, les notaires avaient demandé des relevés de cadastre et une indiscrétion du successeur de Me Thorre avait fait comprendre à Christophe que le tribunal de grande instance d'Auch serait bientôt saisi d'une demande de vente aux enchères... La vieille propriété passerait ainsi à l'affiche et, à moins d'un miracle de dernière heure, serait jetée à l'encan. Christophe en avait le cœur serré. François Sanchez ne pouvait pas abandonner la certitude et la tranquillité de son salaire pour une aventure dont il ne retirerait que des galères. Peut-être en allait-il différemment dans l'eldorado de Johnny-le-Ricain mais, en France, il n'était maintenant plus possible à un jeune de s'installer. Lorsqu'il avait retiré de son travail ses frais et ses moyens d'existence, encore bien modestes, il ne lui restait plus rien pour couvrir ses emprunts et ses dettes. Comment en aurait-il été autrement puisque ceux qui étaient chez eux, qui avaient eu la chance de trouver un bien de famille ne s'en sortaient pas ? Certains se lançaient cependant. Courageux, inconscients et un peu rêveurs, ils croyaient dur en leur chimère, cette chimère qui faisait miroiter à leurs yeux ce que les autres n'avaient pas trouvé... Un « truc » nouveau : une porcherie modèle, un élevage de faisans, un pondoir ultra-moderne... Et Dieu sait s'il y en avait des « trucs » nouveaux dont la rentabilité se démontrait crayon en main, à croire que tous les gens qui n'avaient pas vu « ça » étaient tous des imbéciles...

François, lui, n'avait pas le droit de croire aux chimères... Celles qui se présentaient à lui, dans ses rêves, n'avaient ni les couleurs chatoyantes des déesses des Mille et Une Nuits ni la voix ineffable des sirènes... Sa triste chimère, à lui, avait la figure austère et la robe noire d'un huissier de tribunal, lequel, à l'extinction des feux de la troisième bougie, abaisserait son marteau d'un coup sec pour dire d'une voix impersonnelle : « Pour la somme de trois cent mille francs, la propriété agricole des Sanchez est adjugée ! » À la moitié de sa valeur.

Le 5 mai, lendemain de l'Ascension, le vent tourna à l'est et s'y maintint durant une quinzaine. Dans le ciel d'un bleu léger pas un nuage. Dans les soirs dorés, le soleil sombrait derrière l'horizon qu'il colorait de vert, de violet, d'orange, et la nuit s'étalait calme et paisible pour ne céder la place qu'à une aube fraîche, brumeuse et presque irréelle. Et le soleil recommençait sa course pour une grande journée de lumière. Les maïs semés dans une terre chaude levèrent dans les huit jours. Le beau temps dura jusqu'à la fin mai, sans un nuage, sans un orage, sans une averse même légère... Trinquette, qui n'avait peur de rien et qui savait « qu'un binage vaut un arrosage », partit biner les maïs avec le Ferguson. Un bon travail qui leur permit d'atteindre bientôt les quarante centimètres et de couvrir de leurs larges feuilles les intervalles des sillons... Ils étaient vigoureux, noirs, superbes. Les premiers jours de juin, il fallut changer les bêtes de pacage, mais sur les pacages qu'elles venaient de quitter, l'herbe resta rase... Il n'était pas tombé une goutte de pluie depuis le 15 avril. Les matinées étaient fraîches, curieusement fraîches, et la rosée elle-même avait disparu. Christophe alla voir Trinquette.

« Tu sais qu'il ne faut jamais se laisser surprendre en agriculture et je suis venu pour te parler sérieusement de l'arrosage.

– J'y pensais également. Il ne me reste que quatre hectares de trèfle et ray-grass à faire pacager ; pour mes vingt bêtes, c'est un peu juste... surtout s'il ne pleut pas !...

– Il ne pleuvra pas, dit Christophe. Combien as-tu de tuyaux d'arrosage ?

– Trois cents mètres au plus avec douze sprincklers[1] ; ce qu'il me faut pour aller de mon lac à l'extrémité de mes pacages...

---

1. Canne portant à son sommet l'arroseur qui tourne sous la pression de l'eau.

– Bon. Je vais acheter trois cents mètres de tuyaux supplémentaires et huit sprincklers. De plus, il n'est pas question de mettre le D4 ou ton Ferguson à l'arrosage. On risque le gros pépin à faire tourner un tracteur sur place... Il chauffe ; de plus, si la pompe se désamorce, il s'emballe et c'est la casse, inévitable.

– Que vas-tu faire ?

– J'ai mon plan. Nous sommes aujourd'hui mardi, vendredi on commencera chez toi l'arrosage des prairies. »

Christophe était prompt à la décision. Ses amis rencontrés espéraient tous la pluie prochaine... Il devait pleuvoir pour Pentecôte... On n'avait jamais vu une fête de Vic-Fezensac sans orage et sans pluie... Puis viendraient les marées d'équinoxe de fin juin qui déclencheraient de forts vents d'ouest. En quelques heures le ciel se couvrirait de nuages et des pluies abondantes viendraient, à point nommé, pour l'épiaison des maïs... À quoi bon s'affoler ? À quoi bon se ruiner encore en achat de matériel coûteux qui resterait sous la grange durant des années, sans servir ? Christophe laissait dire.

Le jeudi suivant, tout son matériel était en place, bien rangé sur sa remorque par catégories de tuyaux. Pour tourner la pompe, Christophe, toujours à la recherche du matériel impossible, avait dégoté chez son ami Roucayrol un Someca DA50L des années 56 !... En parfait état de marche, bien chaussé.

« J'ai refait le joint de culasse l'an dernier, j'ai rodé les soupapes ; le moteur était intact ! Ces vieux engins tout de même ! Quelle résistance ! Quels matériaux !... Les batteries sont d'origine, tu te rends compte ? douze ans ! »

Christophe avait enlevé l'affaire pour quatre mille francs. Deux mille au comptant et le solde payable en quatre mensualités de cinq cents francs.

« Le relevage hydraulique n'est pas bien fameux, avait avoué Roucayrol...

– Le relevage, je m'en fous. Ce n'est pas ce qui m'intéresse. »

Christophe n'avait pas de confidences à faire ; c'était son job, pas celui des vendeurs.

Trouver l'endroit idéal pour installer la station de pompage, défricher et débarrasser le talus du lac des vieux bois et des épines, descendre la crépine et le lourd tuyau d'aspiration dans un endroit propre, dépourvu de vase, autant d'opérations délicates qui prirent une bonne partie de la matinée du vendredi. Heureusement, il faisait un temps chaud et patauger dans l'eau n'était pas désagréable.

« L'eau, ça va encore, mais la bouillasse... » remarqua Ludovic.

Christophe ne répondit pas ; pour le moment, c'était lui qui donnait l'exemple et qui était descendu dans la gadoue. Il savait que ce ne serait pas la dernière fois. Les patrons sont faits pour ça... C'est la mode maintenant. Les ouvriers agricoles veulent bien travailler la terre mais à condition de se réserver la besogne intéressante. La merde c'est pour le patron, y compris celle des étables car lorsque c'était son jour de corvée, Ludovic avait toujours un autre travail plus pressant à accomplir.

À midi, toute la ligne d'arrosage était installée. Ils amorcèrent la pompe, mirent le moteur en route au régime de moteur adéquat, puis Christophe embraya, surveillant son manomètre, ouvrant la vanne de refoulement par petits gestes doux et prudents ; il fallait remplir toute cette longueur de canalisation avant de faire monter en pression. Enfin, au bout d'une dizaine de minutes, les premiers jets d'eau apparurent aux buses des sprinclers... Christophe ouvrit un peu plus la vanne, la pression monta rapidement à un, puis deux kilos ; il accéléra le moteur, ouvrit la vanne en grand et fixa le régime du moteur à douze cents tours. La pression se stabilisa à trois kilos cinq cents. Sur toute la longueur de la ligne c'était les grandes eaux de Versailles !

Trinquette vint chercher les hommes pour la soupe. Elle était toute joyeuse.

« Dis donc, ça en crache de l'eau, ce truc-là !

– Soixante mètres cubes à l'heure.

– Et il en faut combien pour arroser convenablement une prairie ?

– Six cents mètres cubes à l'hectare, ce qui fait dix heures de marche sans arrêt.

– Et pour mes quatre hectares ?

– Quatre fois plus ! Que tu es sotte ! Ah ! on ne se rend pas compte de ce que le bon Dieu nous envoie parfois de bon, comme la pluie... On ne s'en rend compte que lorsqu'il faut la remplacer... Pas commode ça ! Heureusement que tu as fait ton lac collinaire, et moi, mon petit barrage-réservoir sur le Midour, à côté de la stabulation... J'ai l'impression qu'il va me servir à quelque chose... »

Il alla seul vers minuit arrêter le matériel... La nuit était si brillante, si lumineuse, que l'on y voyait comme en plein jour. Le vieux Someca tournait à sa cadence régulière, lançant de temps en temps dans le noir les étincelles de son pot d'échappement... Les arroseurs, dont aucun ne s'était bouché, faisaient leurs révolutions, comme un ballet bien réglé. Christophe jouait au magicien : après avoir distribué l'abondance, d'un coup de poignet sec il ferma la vanne d'admission et débraya la prise de force, puis il arrêta le moteur... Tout retomba dans le silence troublé seulement par la complainte lancinante des petits grillons des prés.

Le lendemain, il se leva à 5 heures. Il fallait démonter la ligne et la déplacer de quarante mètres par rapport à sa position première. Deux heures plus tard, l'eau jaillissait à nouveau et lorsque Ludovic arriva à 8 heures pour déjeuner et qu'il questionna :

« Après ? On va à l'arrosage, patron ?

– L'arrosage est en route depuis une heure déjà. Ludovic, il va falloir réviser vos horaires suivant les nécessités du moment, mon vieux... À partir d'hier et jusqu'à nouvel ordre, il n'y a plus d'horaires fixes sur le Couloumé. On n'arrive plus à 8 heures pour partir à 7 heures. Celui qui commande ici, maintenant, ce n'est plus M. Christophe, c'est l'arrosage... Si cette sécheresse se maintient, il y a seize hectares de prairies et dix hectares de maïs à arroser une première fois dans les quinze jours qui viennent et les nuits sont comprises dans cette rotation. De plus nous souhaitons, vous et moi, que la pluie arrivera à ce moment-là, sinon il nous faudra recommencer, et encore recommencer jusqu'à ce qu'il pleuve...

– Et il y a la moisson, patron...

– Je sais qu'il y a la moisson et que, dans huit jours, nous allons couper les escourgeons et, à la suite, les avoines... Je sais qu'il faudra être là avec tracteurs et remorques, et je sais aussi qu'il faudra ramasser la paille... Je sais tout cela Ludovic, et je sais qu'il va falloir faire face à tout cela, j'essaye de ne pas m'affoler et de m'y préparer… Nous nous y préparerons, n'est-ce pas Ludovic ?

– Bien sûr, patron. »

Le ton de sa réponse n'était guère enthousiaste. Il y avait de nombreuses explications à cela qui se résumaient dans la formule : « Pour ce qu'on me paye ! » ; ou : « Il ne s'imagine pas, le patron, me faire travailler de nuit et de jour pour le même salaire ? » Christophe devinait tout cela. Depuis quinze jours, il n'y avait plus rien à faire sur le domaine… Ludovic arrivait à 8 heures, déjeunait puis bricolait, à droite et à gauche, pour passer le temps… Il en est toujours ainsi à la terre, en été, comme en hiver ; il y a des jours et des semaines où l'on « bricole », où l'on est en « roue libre », même s'il y a des bêtes à nourrir : une heure le matin, une heure le soir, c'est vite expédié… Par contre, il y a des moments de travail intense, des grandes manœuvres auxquelles il faut faire face… À ces moments-là, il n'y a plus d'horaires possibles… On n'arrête pas un semoir à 6 heures du soir alors que la pièce de terre est presque terminée… On n'arrête pas de ramasser les bottes de foin à 6 heures du soir lorsque l'orage menace… On n'arrête pas une moissonneuse-batteuse de midi à 2 heures alors que le voisin qui veut aussi ramasser son blé attend que votre champ soit fini… Les jours sont très longs à la terre mais aussi, parfois, très courts. Et le matériel moderne n'y change rien ; il a simplement permis d'entreprendre davantage... Christophe citait en exemple son cousin Paul Daudignon qui, au moment des maïs, passait des journées entières sur son tracteur. Il partait le matin de bonne heure, après un copieux déjeuner, et il emportait, pour midi, deux sandwichs et une bouteille de lait. On le traitait de fou mais il haussait les épaules.

« Vous avez voulu, disait-il, du matériel moderne, comme les Américains et vous voulez continuer à vivre comme autrefois ; moi, je travaille avec du matériel américain, comme les Américains... »

Tiens, et l'Américain de Sylvie ? Johnny ?... Qu'était-il devenu celui-là ? Il était reparti passer ses congés dans son Wisconsin natal au grand dépit de Sylvie, laquelle avait décidé de suivre un stage de formation pédagogique d'anglais...

« Pourquoi pas, avait minaudé Christophe au bout de la table lorsque la nouvelle avait été annoncée, on ne sait jamais ? »

Paul se préparait à son voyage de groupe auquel il avait été admis. Ce n'était pas encore le Mexique et les Incas mais c'étaient les pays scandinaves, et ce n'était pas si mal. Pascal, lui, toujours limité dans ses ambitions, bouclerait son sac de scout pour un camp de montagne auquel l'abbé Lavergne participait... L'arrosage n'était pas prévu dans le programme des vacances ! Il est vrai qu'il ne l'était pas non plus dans la célèbre formule du brave Sully...

Le 1er juillet, on attaqua la plaine du Midour. Le ciel était toujours aussi serein. Que le vent vînt de l'est ou qu'il tournât dans la journée au sud ou à l'ouest, pas un nuage ne venait sur l'horizon, pas la plus légère brume. Rien. Un peu partout, on commençait à perdre espoir. Les prairies jaunissaient, les maïs tiraient péniblement leurs huitièmes feuilles, les agriculteurs et les éleveurs surtout s'interrogeaient, inquiets, sur le beau temps qui lançait avec joie les vacanciers sur les routes, et qui les remplissait, eux, d'appréhension et de craintes. Il n'était plus question de trouver du matériel d'arrosage, même à prix d'or. Roucayrol avait été dévalisé et il avait beau téléphoner tous azimuts, impossible d'avoir du matériel, même d'occasion. Heureusement, dans tout ce climat de craintes qui s'installait, la moisson fut à l'image des semailles : splendide. À la terre, il en est souvent de même ; elle vous ménage toujours quelques satisfactions, comme si elle voulait ne pas trop décourager les siens, ses derniers fidèles, et les récupérer avant qu'ils ne soient obligés de la maudire, pour toujours. Cette fin de printemps et cet été de sécheresse avaient mûri les céréales et éliminé les mauvaises herbes, grandes mangeuses de grain. Ce grain qui chantait dans les grilles de la Moiss-Batt et qui se précipitait aux goulottes était un grain de rêve. Un grain rond, replet, rempli de bonne farine, sans une salissure, sans une poussière, un grain à faire pâlir d'envie tous les marchands de semences et tous les meuniers de la terre toujours prêts à la critique et au refus. Aucun rendement ne descendit au-dessous de quarante quintaux l'hectare... Chez Trinquette, les avoines donnèrent du soixante quintaux... « l'avoine noire du Prieuré »... C'était son nom. Une fois ses greniers remplis, Trinquette en livra cent quintaux à la Coopérative et, grâce aux élevages de chevaux qui s'installaient en vue du tourisme équestre, elle la vendit plus cher que le blé... Chez Christophe, le blé d'Emmanuel rendit les trente quintaux pour un à l'hectare ! On n'avait jamais vu ça en vingt ans sur le Couloumé... De même chez les Sanchez, où François fut ainsi récompensé de son grand labeur : trois cents quintaux sur six hectares !... Il en embrassa Christophe, les larmes dans la voix, jurant qu'il n'oublierait jamais... Merveilleux moments de la terre, de la terre qui donne, de la terre qui rend au centuple selon la parole de l'Évangile. Ah oui, « si le grain ne meurt »... Celui-là était tombé dans la bonne terre, la terre bien labourée, bien préparée, bien fumée, bien ensemencée. Travail de sueur, de poussière collée à la peau, d'heures de courbatures sur les sièges des tracteurs ou les attelages cahotant des semoirs... La récompense était là, une récompense que l'on touchait du doigt, que l'on palpait, que l'on soupesait, dont on craquait les grains entre les dents, en connaisseurs, pour en apprécier la qualité boulangère, le poids spécifique et finalement le prix, le prix qui serait payé ; le prix de l'effort, celui qui allait libérer des dettes, couvrir les annuités d'emprunt et qui sait, avec un peu de chance, refaire les réserves qui permettraient à l'automne prochain de repartir avec plus de confiance et avec plus de joie au cœur. Oui, blé de chimère que ce blé-là.

Marcillac lui-même sortait du gouffre. Et avec lui sa Coopérative... Il était loin, soudain, du désespoir avec lequel il s'était confié à Christophe au mois de juillet de l'année passée... 1975 avait failli sonner le glas de l'entreprise. Sans la caisse régionale du Crédit Agricole, elle était au bord de la faillite... Ce n'est pas rien de diriger un organisme qui doit faire vivre cent salariés et, dans un même temps, procurer à ses adhérents la rentabilité normale de leurs exploitations... Tout cela sous l'œil de Dieu. Il compte, cet œil de Dieu... Et c'est vraiment une gageure à l'heure actuelle de pouvoir, à la terre, tenter quelque chose sans son appui ou sa compréhension... Une gelée tardive, des pluies continuelles, une sécheresse malvenue et ce sont des milliards qui partent en fumée... Oui, comment bâtir sur une pareille chimère, comment entreprendre, investir, emprunter, risquer son lendemain et parfois les lendemains du lendemain sur le temps qui n'appartient qu'à Dieu ? Foi des hommes d'autrefois qui semaient et qui lui étaient reconnaissants de leurs récoltes... Du moins n'engageaient-ils alors que leur travail. Si le sort du temps ne leur était pas favorable, ils trouvaient dans les ressources de leur foi les moyens et la force de recommencer, une année de plus. Mais aujourd'hui ? Aujourd'hui où la foi n'est plus rien. Aujourd'hui où la machine semble rendre le miracle quotidien ? Aujourd'hui où la chimère condamne l'homme à la satisfaction ou à la révolte ? Aujourd'hui où elle les condamne à réussir ou à tout perdre, sur une récolte, c'est-à-dire sur un coup de dés ?

Marcillac était heureux. Pour lui, pour ses ouvriers qui voyaient leurs emplois préservés, pour les adhérents ensuite dont il partageait sincèrement la joie et la réussite. Le dernier conseil d'administration avait été euphorique : la collecte dépasserait cent cinquante mille quintaux... le double de ce que l'on espérait ! Allons, il y aurait pour tous des lendemains qui chantent.

« Pas pour tous, avait alors lâché Christophe à la stupéfaction de tous les participants.

– Comment, pas pour tous ?

– Vous savez très bien, aussi bien que moi, que tous les adhérents avaient besoin de cette récolte non seulement pour payer leurs dettes de l'année mais aussi leurs arriérés...

– Ce n'est déjà pas si mal de pouvoir faire face avec une seule récolte, tu n'es pas de cet avis ?

– Non. Je ne peux pas me satisfaire de la misère des gens. On ne peut pas définir la dignité des hommes sur une sorte de miracle. »

Il y eut un silence. Personne ne releva le propos. Chacun se repliait déjà dans son égoïsme... La joie était là, qu'on la vive sur le moment et qu'on en profite.

VI

On arriva à la mi-juillet. La fête du 14 fut un succès de foule. Bal, défilés, feu d'artifice, rien n'y manqua. Même pas la chaleur. Pas une chaleur moite, lourde, insupportable, annonciatrice d'orages, mais une belle chaleur d'été, tempérée par quelques souffles d'air frais et légers qui laissaient présager un été sur mesure, chaud et bien établi. Les piscines étaient remplies, les bistrots faisaient recette, les agriculteurs, eux, étaient vraiment anxieux : on se prit à craindre sérieusement pour les maïs. Lors de la fête de la Coopérative, quelques jours plus tard, on commença à s'interroger sur les perspectives de la collecte.

Christophe avait repris les arrosages, sans Ludovic. Ce dernier avait prétexté des affaires de famille et avait demandé quinze jours de congé. Furieux et loin d'être dupe, Christophe l'avait renvoyé. La deuxième période d'arrosage commença, comme la première, chez Trinquette. Mais avec elle.

« Tu sais, avait-elle timidement expliqué, il pleut toujours à fin juillet... Ce sont les pluies de la Madeleine et c'est vraiment rare que les jours, du 22 au 26, passent sans pluie...

– On reprendra demain matin, à 6 heures. Je passerai te prendre. »

Ils installèrent la ligne à tous les deux. Trinquette conduisait le Ferguson, Christophe descendait et alignait les tuyaux ; puis ils les emboîtèrent, installèrent les sprincklers et une heure après, tout était en marche.

« C'est simple et pas fatigant du tout », s'amusa Trinquette.

À minuit, il frappa à sa porte pour la réveiller. Elle se leva et vint lui ouvrir, les yeux bouffis de sommeil.

« C'est toi ? Qu'est-ce qui se passe ?

– On déplace », dit simplement Christophe.

Il partit au-devant et, lorsqu'elle le rejoignit, il avait déjà démonté la ligne d'arrosage.

« Fais comme moi, expliqua-t-il. Il faut prendre les tuyaux par le milieu pour qu'ils se maintiennent en équilibre. Compris ? Moi, j'en porte trois ; toi, tu en porteras un et le sprinckler, compris ? »

Il la regarda faire un moment, maladroite et gauche, équilibrant mal ses poids ; son tuyau tombait d'un côté, le sprinckler de l'autre... Elle posait le tout, se reprenait. Jamais il n'esquissa le moindre geste pour l'aider. Il faisait sa besogne de son côté, lentement, à pas comptés, rangeant ses tubes, les prenant à bras-le-corps, bien calés contre sa hanche et les portant quarante pas plus loin pour les aligner à nouveau... La chaleur qui se dégageait de la terre était à peine atténuée par la fraîcheur de la nuit. Les pieds trempés par l'eau d'arrosage retrouvaient avec peine le sol sec, crevassé et dur ; la marche y était douloureuse... Trinquette, qui était venue en sandales de toile, les empêtrait parfois dans les ronces fines qui couvraient le sol et qui la griffaient brutalement aux chevilles... Christophe, lui, avait ses bottes. La chaleur du caoutchouc était intolérable, mais il l'estimait préférable aux griffures des ronces.

Ils remirent en route à 2 heures du matin après avoir fait le plein d'eau et le plein de fuel.

« Va dormir maintenant, lui dit-il. Moi, j'ai porté mon duvet et je vais dormir là, à côté du matériel, on ne sait jamais... »

Défaire les lignes, porter les tuyaux, refaire les lignes, remettre en route, dormir, recommencer, redormir ; à ce rythme, le 22 juillet, ils auraient fini les prairies. Toutes les prairies, même celles de Christophe au bord du Midour. Elles avaient été arrosées deux fois en un mois. Un coup de girobroyeur, un épandage d'ammonitre, un arrosage, elles étaient vertes à souhait...

« C'est pas la Gascogne ici, ricanait Christophe, c'est la Normandie ! »

Voire, la Normandie... Sur la côte de l'Atlantique, de la Gironde à la Bretagne en passant par les Deux-Sèvres, c'était une catastrophe sans précédent. Tout était raclé, tondu, pillé. On avait fait pacager aux bêtes non seulement les prairies, les céréales de printemps mais même les maïs... Il ne restait rien. Rien. On parquait les pauvres animaux dans un coin de champ avec pour toute pitance quelques bottes de paille que des chaînes de solidarité, faites dans toute la France, envoyaient pour conjurer ce nouveau fléau.

Christophe était épuisé, Trinquette hagarde. Lorsqu'il passait, le soir vers minuit ou le matin vers 4 heures pour la réveiller, il lui fallait cogner fort à la porte et l'appeler plusieurs fois avant qu'elle ne se lève. Elle était pourtant costaud, Trinquette ; c'était une fille de la terre, mais ce travail n'était pas un travail de la terre, c'était une besogne de galérien.

« Les prairies ce n'est rien, expliquait Christophe. Ce matin, on attaque les maïs. Puis rieur : Tu vois, ta sainte Madeleine ? Il faut croire que si ses pleurs étaient comme ses remords, elle n'en avait pas beaucoup ! »

Il rigola un bon coup pour se donner du courage mais il était crevé lui aussi. Ses épaules lui faisaient mal ; ses articulations étaient douloureuses de tous ces gestes répétés dans l'eau et dans la boue. Il savait, lui, pour avoir fait les mêmes manœuvres, cinq ans auparavant chez Paul, ce qui les attendait. Les maïs atteignaient maintenant un mètre vingt à un mètre cinquante. Il n'était plus possible de franchir leurs rangs en portant les tuyaux à hauteur des hanches, il fallait les porter à l'épaule, puis, dans le rang où on installait la ligne, il fallait les lever à bout de bras et les reposer dans le sillon. Il sourit à Trinquette pour l'encourager.

« Allez, ma grande, on sera toujours condamnés à tout, tous les deux, pas vrai ? J'ai besoin de toi, tu sais ? Sans toi pour m'aider, je n'aurais pas le courage... Allez ! Comme dans la chanson : “Quand faut y aller, faut y aller.”

– Pourquoi faut-il les arroser à nouveau..., questionna-t-elle. On les a bien arrosés une fois, déjà ? »

Il la prit par les épaules, bien en face de lui... Il avait la voix dure des hommes qui commandent :

« Parce qu'il ne pleuvra pas, tu entends ! Pas une goutte de pluie. Rien. Ni demain, ni après-demain, ni dans huit jours, ni pour la fête de Riscle, le 4 août, ni pour celle de Plaisance, le 12 août... Et si nous ne continuons pas notre besogne, le premier arrosage aura fait plus de mal que si nous n'avions rien fait... C'est maintenant que nos maïs tirent l'épi. C'est maintenant qu'ils ont le plus besoin d'eau... Alors ? Il le faut... C'est tout. »

Ils mirent plus de deux heures pour monter la première ligne. À 8 heures, la pompe n'était toujours pas amorcée. Le niveau du petit lac avait baissé et il fallut descendre le vieux Someca pour que la crépine de la pompe soit bien couverte... Puis creuser à la pioche et à la bêche sous les roues du tracteur pour qu'il soit bien de niveau... Sans un niveau parfait, on courait le risque de couler une bielle du moteur. À 10 heures, on mit en route. Christophe était en nage, il alluma une gitane et fit signe à Trinquette qu'il restait et qu'elle pouvait disposer. Elle remonta à Lassalle. Christophe s'étendit un moment sur un tas de fougères qu'il avait fauchées, autour du tracteur, avant de le descendre au ras de l'eau. Il s'enfonçait, d'ailleurs, le vieux Someca. Sur la vibration continue du moteur, les pneus faisaient insensiblement leur nid dans la terre humide. Christophe attrapa la gourde de vin qui pendait à la pompe et but à larges gorgées... Il avait faim. Il se souvint d'avoir apporté, le matin même, un saucisson et une demi-miche... Il ouvrit son couteau et mangea de bon appétit. Il savait, lui, que maintenant et maintenant seulement le vrai bagne commençait. Il fallait tenir et pour tenir à la terre, comme à la guerre, il faut avoir le ventre rempli... Il s'amusa soudain de sa réflexion et se replongea quelques décades en arrière dans les bagnes nazis ou dans l'enfer d'Indochine... C'était vrai : « bouffer d'abord », c'était la consigne, même si pour cela il fallait voler ou tuer... Son appétit le sauvait et, à cinquante ans sonnés, son estomac supportait tout et à n'importe quelle heure. Par contre, il ne buvait jamais sans manger. Vieux principe de la terre qui veut que manger sans boire soit une erreur mais boire sans manger, un défaut. Ragaillardi par ce frugal repas, il décida d'aller à la terre du grand lac pour aller voir les fèveroles. Dès les premiers sillons, il comprit qu'elles ne donneraient que le tiers de ce qu'elles promettaient un mois auparavant. Elles baissaient la tête lamentablement. Seules les fleurs, au bas des tiges, avaient produit des gousses ; les autres fleurs, les supérieures, étaient toutes échaudées et pendaient sur les hampes... Il murmura :

« Un arrosage leur aurait fait du bien, en juin, mais en juin il fallait arroser les prairies, puis les maïs... On ne peut tout arroser... »

De la grande pièce du lac, il revint à la maison. Sur la table du hall d'entrée, le facteur avait laissé le courrier ; il le prit machinalement. Une carte de Paul lui apprit que tout se déroulait normalement et qu'il faisait un temps superbe. Sylvie, entre ses cours d'anglais, trouvait la mer très belle et faisait de gros progrès au tennis. Seul dans ce concert de gens heureux, Pascal espérait que son papa n'était pas trop fatigué par les arrosages... Pauvre petit Pascal, il était le seul à se rendre compte que son papa travaillait, qu'il se faisait vieux et qu'à la terre il n'y avait jamais de vacances.

Lorsqu'il rejoignit le tracteur, Trinquette s'y trouvait déjà, toute joyeuse... Elle avait une lettre de Junior.

« Allez, va, plaisanta Christophe. Fais-toi plaisir à nouveau et fais-moi plaisir, lis-la-moi. »

Trinquette ne se fit pas prier.

« "Brest, ce 20 juillet 1976. Ma petite maman, ouf ! Le 14 juillet est passé. C'est pas trop tôt. J'en avais vraiment marre des revues, des prises d'armes et de tout le toin-toin... Ils nous ont mené un drôle de train depuis huit jours ! Visite de l'amiral, visite du ministre... Heureusement après, pour nous récompenser, ils ont été chouettes : trois jours de permission de minuit, double ration de bouffe, cigarettes et tout et tout... J'ai passé mon examen de quartier-maître et j'ai réussi non seulement les tests mais toutes les questions, le premier-maître principal qui surveillait les épreuves m'a dit que je serai reçu et en très bon rang. Je suis très heureux pour moi et pour toi, maman, parce que je veux que tu sois fière de moi. Comment ça va à Lassalle et au Couloumé ? J'ai su par le fils Anselme, qui est dans l'infanterie de marine et qui était en permission, qu'il fait là-bas une sécheresse pire qu'ici... Si c'est vrai, ça doit pas être brillant... Que faites-vous ? Avez-vous pu arroser ? Ça m'étonnerait que parrain se soit laissé prendre au dépourvu ; il a dû combiner quelque chose avec toi pour que ça arrose. Je lui fais confiance. Gros baisers de ton Junior." »

Trinquette replia la lettre ; elle était heureuse et ses pommettes étaient roses de plaisir...

« Tu vois, s'amusa Christophe, tout lui réussit et il est content parce qu'il se doute qu'on arrose !... Allez, va, relis ta lettre encore une fois. Prends des forces, tu vas en avoir besoin. Moi, je vais démonter la ligne. »

Il arrêta la moto-pompe et, d'un pas décidé et calme, il entra et disparut dans les maïs. Une demi-heure plus tard, il était de retour. Sans un mot, il monta l'antenne des gros tuyaux de 90 et plaça, en bout, le coude et la réduction qui devait recevoir la nouvelle ligne. Trinquette avait déjà pris les premiers tuyaux et s'avançait vers lui. On travaillait dans la boue maintenant. Une boue grasse, épaisse, qui collait aux bottes ; une boue qui ne collait pas seulement aux bottes mais également aux tuyaux. Au troisième portage, les mains glissaient déjà, grasses de terre, les maïs mouillés giflaient de leurs larges feuilles gluantes. Il y avait cent tuyaux à remuer, à décoller de leur boue, à lever à l'épaule, à porter durant quarante mètres dans cette forêt de feuilles. Ils se croisaient sans cesse, tous deux à leur besogne solitaire, sans se voir, sans se parler même, pour économiser leur souffle et leurs forces. Trinquette était tombée deux ou trois fois, les bottes lourdes de boue empêtrées dans des tiges collées à terre. Il fallait lever le tuyau, le tourner, le présenter de pointe, bien choisir son passage entre les tiges et foncer jusqu'à ce que l'on trouve la nouvelle ligne. Là, il fallait faire la manœuvre inverse, remettre le tuyau dans la ligne, l'enfiler dans le précédent, le tirer pour assurer l'accrochage et l'étanchéité, enfin le poser... Au suivant.

Ils firent cela durant dix jours. Sous le soleil brûlant ou dans les nuits sereines. Dix jours pour seulement dix hectares ! Il était temps ; le niveau du lac de Trinquette avait tellement baissé qu'il fut impossible de descendre le Someca plus près de l'eau. Il fallut, une fois encore, faire appel au D4 ; ses chenilles larges portaient mieux sur la boue des berges... Ce dernier jour d'arrosage était un samedi ; le samedi 13 août, veille de la fête patronale de Plaisance. Trinquette n'en pouvait plus et Christophe était au bord de la crise de nerfs. Ils déplacèrent vers 6 heures du soir, alors que le soleil était encore haut sur l'horizon. Les maïs avaient encore grandi sous les ondées bienfaisantes, ils semblaient grandir à vue d'œil. Dans cette humidité chaude, on se serait cru dans la jungle indochinoise après un typhon. Trinquette était trempée, couverte de boue jusqu'à la figure qu'elle tentait vainement d'essuyer à l'aide de ses avant-bras.

« Tu te grouilles, oui, cria Christophe... Porte tes tuyaux ! Tu te nettoieras après !...

– Je voudrais t'y voir, tiens ! J'ai tout collé à la peau, par la boue, chemise et robe...

– Fous-toi à poil, merde, mais grouille-toi ! Qu'on en finisse, j'en ai marre, marre, marre !... hurla Christophe. Si tu ne te grouilles pas, je te fous une trempe ! »

À 8 heures, la ligne était installée.

« Fini ? questionna Christophe.

– Fini », répondit Trinquette.

Et ils sortirent des maïs. Trinquette était nue. Complètement nue, vêtue seulement de son bonnet, de ses bottes et de la boue qui l'engluait de partout, des épaules aux cuisses. Christophe en eut le souffle coupé.

« Je t'avais dit ça pour rigoler », dit-il.

Trinquette éclata de rire. Elle était heureuse. C'était fini, fini, fini... Elle ramassa la boue à pleines mains, s'en barbouilla les seins, les épaules, les cuisses. Elle s'habilla comme à plaisir avec cette glaise chaude se transformant peu à peu, par jeu, en statue, une statue dont les yeux seuls vivaient et brillaient, étrangement... Christophe, qui l'avait rejointe après avoir mis l'arrosage en route, la regarda sans rien dire, médusé... Puis elle ôta ses bottes et, avec le même soin, elle gaina ses jambes de glaise comme elle avait habillé le reste de son corps. Elle faisait tous ces gestes avec une lenteur et une grâce incroyables. Dans la lumière dorée du soleil couchant, elle se dressa soudain, tendue, superbe, les bras levés autour de la tête, qu'elle pencha légèrement sur le côté et demeura ainsi, immobile, yeux clos, bouche entrouverte comme une déesse antique qu'un sculpteur aurait immortalisée.

Christophe s'avança, la prit dans ses bras solides, la souleva et la porta tout doucement sous la large douche du premier sprinckler... Là, avec d'infinies précautions et des gestes pleins de tendresse, il la débarrassa de sa gangue chaude, puis il la porta au soleil, les derniers chauds rayons de ce soleil d'août, chaud comme était l'air, chaud comme était le ciel, de toute cette chaleur accumulée depuis ces quatre mois sans pluie...

Trinquette, épuisée, s'endormit. Il la reprit dans ses bras, la porta sur le tas de fougères odorantes où, depuis une semaine, il passait ses nuits et là, le désir le prit, violent, malgré sa grande fatigue qui disparut d'un coup. Il ne se jeta pas sur elle, proie offerte, mais la couvrit de baisers, de la nuque aux pieds, et la caressa longtemps avant de la prendre ; mais là, brusquement, Trinquette s'éveilla, le saisit à la nuque ; d'un brusque coup de reins le roula sous elle et elle se mit à le chevaucher avec une force, une violence, une cadence inouïe, jusqu'au hurlement de joie qui libéra son plaisir et son bonheur...

... Ils restèrent longtemps vaincus dans les bras l'un de l'autre... Lorsque Christophe s'éveilla, le tracteur ronronnait sa romance, lançant dans la nuit ses étincelles, petits points brillants qui s'éteignaient aussitôt. Pour la dernière fois, les sprincklers, réguliers, répandaient leurs ondées bienfaisantes. Trinquette, les bras repliés en corbeille sur sa tête, dormait, nue, dans la clarté douce de la lune...

La première pluie ne tomba qu'avec l'orage du 23 août. Christophe avait dû réinstaller l'arrosage à la plaine du Midour. Sous l'averse de l'orage, mélangée à celle des sprincklers, il partit comme un fou, nu-tête, dansant, chantant, hurlant de joie.

C'était enfin fini.

VII

L'AMÉRICAIN REVINT quelques jours plus tard remettre de l'ambiance dans la maison. Il devenait, un peu plus chaque jour, le cousin d'Amérique... C'est ainsi du moins que le dénommait Christophe, dans le seul but de faire enrager Sylvie. Il avait été très chic, Johnny ; aussi généreux qu'un Américain peut l'être. Il était revenu de son pays les valises pleines de cadeaux de toutes sortes. Personne n'avait été oublié, même pas lui, Christophe, auquel il avait rapporté, de la part de son père, des semences de maïs hybrides extrêmement rares et non encore commercialisées en Europe. Il y avait même, jointe au paquet, une lettre du père de Johnny qui remerciait Christophe de l'accueil réservé à son fils et qui comptait bien le recevoir un jour prochain dans sa ferme, pour lui faire faire connaissance avec l'agriculture américaine... Christophe remercia, se déclara très touché, ce qui fit un plaisir immense à Sylvie et aux enfants.

Elle le lui dit d'ailleurs le soir dans leur chambre, lorsqu'ils furent seuls :

« Tu as été très chic avec Johnny, tu sais, et je t'en remercie beaucoup.

– Avec qui ai-je été chic, comme tu dis, avec Johnny ou avec toi ?

– Comment ? Que veux-tu dire ? Tu ne vas pas être jaloux de ce garçon, tout de même ?

– Que veux-tu que je réponde ? Si je te dis que je suis jaloux, c'est que je t'aime ; si je te réponds que je m'en fous, c'est moche pour toi, non ? Écoute, Sylvie, nous avons passé de bons et de mauvais moments ensemble, souviens-toi ? Maintenant le temps des amours est loin, du moins pour moi... Crois-tu que je t'en veuille pour cette amitié née entre ce beau garçon et toi ? Ce beau garçon musclé et sympathique qui te couve d'une adoration permanente ? Et même si une amitié amoureuse est née entre toi et lui, pourquoi voudrais-tu que je m'y oppose ? Je ne dis pas "de quel droit", non, ce serait trop mesquin et tu sais que je ne suis pas mesquin ; je dis simplement que je n'y suis pas indifférent et que j'en suis heureux pour toi, c'est tout. »

Sylvie le fixa de ses adorables yeux gris, dont les éclats filtraient entre les cils qui battaient très fort.

« Ce qui me fait peur chez toi, Christophe, c'est que je sens que tu es vraiment sincère...

– Pourquoi ne le serais-je pas ? Tu es heureuse, les enfants sont heureux. Vous menez la vie que vous avez choisie ; vous avez vos chimères à vous, que vous aimez ; les enfants ont les chimères de leurs rêves d'adolescents précoces et toi, Sylvie, avec le charme de ta beauté établie et sûre d'elle, tu poursuis ta chimère dans un bien beau rôle, de tact et de discrétion, ce qui, dans un amour sincère, est tout à ton honneur ; ce rôle, que je ne t'aurais jamais cru capable de tenir, tu le joues bien... »

Elle vint près de lui, sur son lit jumeau, et elle l'embrassa.

« Tu as de la peine ? demanda-t-elle.

– Veux-tu que j'en aie ?

– Oh non, je ne veux pas ! »

Il éclata d'un bon rire franc.

« Rassure-toi, va, je n'ai pas le moindre brin de peine mais puisque tu es là, à mes côtés, et que pour une fois je puis avoir une conversation qui démarre sur une bonne compréhension, moi, je vais te parler d'autre chose.

– Pas de Trinquette au moins, sursauta-t-elle.

– Non, pas de Trinquette. D'abord, pourquoi veux-tu que je te parle de Trinquette ? Tu ne veux pas établir un parallèle entre deux couples ? Trinquette et moi, et toi et ton Américain ?

– Je crois que ça n'est pas pareil, en effet.

– Non, ça n'est pas de la même nature et tu es assez intelligente pour ne pas établir de comparaison. Trinquette est peut-être une bonne fille, ce n'est pas une fille à épouser, c'est clair et définitif. Je travaille avec elle, je l'aide de mon mieux ; elle aussi se bat, comme moi, sans trop savoir pourquoi puisque son fils a l'intention de courir les mers... On mène côte à côte depuis trop longtemps un même combat pour s'abandonner. Tu comprends ça ? Le Couloumé et ce qui l'entoure, c'est un monde auquel on tient tous les deux, c'est notre chimère à nous deux ; une pauvre con de chimère, j'en conviens, mais on n'a pas le choix, nous, d'en changer, alors on continue ; elle à Lassalle, moi au Couloumé. C'est d'ailleurs du Couloumé dont je veux te parler... Il faut bien que je t'en parle un peu du Couloumé, non ? Tu y es un peu chez toi tout de même ? Même si un peu de ton cœur est... en Amérique ?

– Méchant !

– Non, pas méchant. C'est toi qui étais méchante en me parlant de Trinquette. Venons au fait. Tu sais que j'ai dû renvoyer Ludovic, qui m'a plaqué proprement la veille de la campagne d'arrosage. Je ne te donnerai pas d'autres détails, ils ne t'intéresseraient pas. Ce que je ne veux plus, à aucun prix, c'est vivre seul sur mon Couloumé. Je veux pouvoir rentrer à midi, trouver mon repas prêt, avoir quelqu'un à qui parler. Je ne veux plus travailler mes hectares, seul ; ce n'est plus possible ; physiquement, je ne peux plus... L'été dernier m'a donné la mesure de mes limites, je les ai atteintes maintenant. C'est lorsqu'on a un coup dur et que l'on « canne », proprement... qu'on se souvient du temps où l'on a été un costaud. À la terre, on croit toujours qu'on est le plus fort, c'est une chimère que l'on entretient avec soin d'abord parce que c'est beau d'être fort et que, à la terre, c'est nécessaire. Le courage physique, sans un minimum de santé pour le servir, c'est une utopie... Hélas ! je ne suis plus costaud ; je suis encore solide et, comme tous les types qui s'illusionnent, je travaille, je fonce, je m'étourdis et, au moment où j'ai le plus besoin de tenir, je m'écroule... Vidé, lessivé, les muscles soudain douloureux, les reins meurtris, la tête vide et lourde d'un sommeil que je me suis volontairement refusé durant de trop nombreuses semaines... Fini l'homme. Je fais encore bonne figure mais je triche, un peu comme ces boxeurs groggy qui se relèvent de leur coin, au coup de gong, et qui ne peuvent même plus regarder en face la lumière crue des sunlights... L'appréhension d'être seul est, en vérité, la plus forte. J'ai donc embauché un couple de Portugais qui s'installeront dans les trois pièces que nous avions aménagées pour Joseph et Maria et qui sont inoccupées depuis leur mort... La femme s'occupera de son ménage et du mien, elle vaquera au jardinage et à l'élevage des petites bêtes. Nous partagerons les journées de l'homme avec Trinquette, qui, elle aussi, ne peut plus faire face à ses problèmes.

– Tu as très bien décidé, murmura Sylvie les yeux soudain rêveurs... Je n'aurais jamais cru que le temps passât si vite... Ça me fera tout drôle de voir des visages nouveaux chez Joseph et Maria... Tant que leur logement était vide, il me semblait qu'ils étaient toujours là et que j'allais les voir paraître... »

Elle était sincère ; une larme brilla dans ses yeux embués.

« Ce n'est pas le temps qui passe, Sylvie ; et tu le sais très bien. C'est nous qui passons. Tu as, toi, encore, de belles années de femme à vivre. Moi, mes années d'homme sont déjà derrière moi. Je vais avoir cinquante-deux ans Sylvie. Toi trente-huit. J'ai encore des chimères, c'est vrai, mais je sens, jour après jour, qu'elles m'échappent... Je ne les retrouve que par moments, lorsque le soleil me fait trouver tout beau. Il me semble, alors, que le printemps est toujours le printemps bien que l'été soit depuis un moment sur moi et que je sente, confusément, l'automne arriver... »

... Par une pudeur d'homme, il se reprit. Il ne voulait pas paraître vieux et usé à côté d'elle si belle encore dans son vêtement de nuit, ce vêtement vert tendre, si léger qu'il laissait voir sa chair rose et ses formes parfaites, remplies de vie... Il coupa court.

« Alors, tu es d'accord ? »

Elle sursauta, toute surprise et désorientée... Elle répondit qu'elle était d'accord, mais Christophe comprit qu'elle avait été troublée autant que distraite et que sa réponse n'avait pour but que de dissimuler des sentiments qu'elle cachait avec peine. Aussi, dans le but de tout remettre en place et de casser ces moments d'émotion partagée, il ajouta en riant :

« Allez, va ! J'ai fait une belle récolte cette année. Très belle. Je crois même que ce sera la plus belle que nous ayons jamais eue sur le Couloumé... Puisque les parents de Johnny veulent recevoir la famille, c'est toi qui iras ; je te paye le voyage !... Il paraît qu'il faut avoir eu une Amérique dans sa vie... Alors ?... Autant vaut-il que ce soit toi... Non ? »

Elle demeura toute interloquée et, avant qu'elle n'ouvre la bouche pour répondre ou remercier, il enchaîna :

« Allez, maintenant, bonsoir ! »

Il la prit dans ses bras, la glissa dans l'autre lit jumeau, la borda avec des gestes tendres comme on borde dans son lit une petite fille sage, l'embrassa sur le front et éteignit la lumière.

À peine dans son lit, il sombra dans le sommeil comme un enfant. Alors que cela ne lui arrivait jamais, il se réveilla dans la nuit ; un bruit étrange, comme étouffé, lui fit tendre l'oreille. Sylvie pleurait, doucement, sur son oreiller.

* *
*

Marcillac vint lui-même l'avertir qu'il y aurait une réunion importante du conseil d'administration de la Coopérative, le vendredi soir suivant. Il avait insisté sur le mot « important ».

« Je n'ai pas le temps de t'expliquer mais je te demande surtout de venir, il y a des mesures à prendre, d'urgence... »

Il y avait toujours des mesures « d'urgence » à prendre... À croire même que la Coopérative ne marchait plus qu'à coups d'urgence ! Des urgences qui n'en étaient plus puisqu'elles constituaient la trame de la vie quotidienne. Aller à la réunion ? Bien sûr, il fallait y aller ; les copains n'auraient pas compris qu'il se dérobât aux décisions. Mais discuter de quoi, bon Dieu ? Toujours des mêmes et sempiternelles questions d'argent ! Car il n'y avait que des questions d'argent à la Coopérative, celles qui dominaient toutes les autres : financer les récoltes, payer le personnel, payer les fournisseurs, éponger les dettes. Toujours payer. On pouvait bien comprendre que les ventes étaient faites pour payer, mais pour que les ventes de céréales équilibrent les dépenses et surtout les frais, encore fallait-il qu'il y ait suffisamment d'apports... La Coopérative était tributaire des apports de ses adhérents... de la même façon que les adhérents étaient tributaires de leurs récoltes... La marge de la Coopérative s'amenuisait tous les jours, rongée par le cancer des frais généraux et, en premier lieu, des frais bancaires... Christophe savait cela, Marcillac aussi, l'ensemble du conseil d'administration également... Et tous les conseils d'administration, de toutes les coopératives, à de très rares exceptions près, étaient sujets aux mêmes angoisses... Christophe avait connu, quelques années auparavant, des conseils d'administration où l'on poursuivait des actions qui apparaissaient, aux yeux de tous, réalisables. On se réunissait pour organiser, bâtir, lancer des techniques nouvelles, entreprendre de nouveaux marchés, étendre l'action bienfaisante dans des secteurs nouveaux : les semences, l'élevage, la viande... Maintenant ? On était limité à la défense ; on n'attaquait plus, nulle part : on tentait, et souvent en vain, de protéger l'acquis. Après l'euphorie des cent cinquante mille quintaux de céréales d'automne qui avait relancé l'espoir, on sombrait, à nouveau, dans la déconfiture des maïs, grillés par la sécheresse de l'été. Rares étaient ceux qui, à l'exemple de Trinquette et de Christophe, avaient pu arroser. À la Coopérative, hélas ! on ne comptabilisait pas les efforts, on n'additionnait que des quintaux... et les quintaux de maïs prévisibles étaient... catastrophiques ! Des trois cent mille quintaux réalisés en année normale, on en escomptait deux cent mille et encore ces prévisions étaient-elles très optimistes. La Coopérative, jadis si prospère, vivait à l'heure de la sinusoïde... Un jour je suis sur la bosse du serpent, le lendemain je me trouve dans le creux... Où étaient les décisions des années 50 ? Celles que l'on prenait avec foi car elles étaient l'avenir de la profession... Le groupage des achats pour un meilleur service des adhérents ; le groupage des céréales pour un meilleur prix de vente au silo ; les conditions d'un bon progrès technique par l'intermédiaire d'une équipe solide de techniciens et de conseillers agricoles.

Mais aujourd'hui ? Face à la transformation d'une société économique dans laquelle l'agriculteur ne pesait que d'un poids bien faible ? Face à la volonté politique de réduire les aides financières aux organisations agricoles ? Face au refus constant de mettre les prix agricoles au niveau des coûts réels de production ? Face à un secteur bancaire agricole ramené à la situation des autres banques ? Les structures traditionnelles de l'exploitation familiale devraient-elles disparaître, laissant la place aux sociétés multinationales et aux groupements fonciers de production ? Mais l'exploitation familiale ne voulait pas mourir ! Elle était tellement consciente de l'utilité de ses structures qu'au bout du compte elle préférait se condamner à les porter, quelquefois à bout de bras. Elle abandonnait pour elles, sous forme de taxes, de prélèvements, de capital social, d'emprunts et de participation de toutes sortes quelques sacs de grains supplémentaires qui lui faisaient déjà tant défaut.

Marcillac était découragé, il en voulait à Christophe de ne pas être intervenu... C'est vrai, Christophe était resté muet ; il s'était contenté d'écouter et, lorsque le concert de hurlements avait atteint son paroxysme, il avait simplement allumé une cigarette, histoire de se replonger dans ses propres problèmes qui se recoupaient tous, forcément, avec ceux de l'organisme dont il était adhérent. Il était coopérateur à cent pour cent. C'était son honneur et sa fierté. Mais, en dehors de cela ? Il était un des très rares à avoir des rendements voisins de quatre-vingts quintaux à l'hectare... Mais à quel prix ? Non seulement le prix économique majoré du prix du fuel, mais le prix « physique »... Cet énorme effort pris sur ses réserves d'homme et qu'il aurait mieux valu, au bout du compte, ne pas accomplir... L'agriculture plongeait chaque jour davantage vers l'état de servage d'avant 1936... La différence ? C'était que l'on n'y connaissait pas ses maîtres. Ou bien, si on les connaissait, ils étaient intouchables car ils étaient devenus des maîtres anonymes, des organismes dont les adhérents devenaient des fermiers, fermiers qui avaient adhéré d'eux-mêmes, par votes d'assemblées générales, démocratiquement constituées, aux règles qui les étouffaient, jour après jour, davantage... Plus de révoltes, plus de révolutions, plus de jacqueries possibles : la mort lente par asphyxie, librement consentie...

« Tu m'étonnes, lui lança Marcillac... tu deviens gauchiste maintenant ? »

Christophe ne répondit même pas. Il ne gagnait pas douze mille francs par mois, comme Marcillac. Il lui serra la main. Ce n'était pas lui, Christophe, qui lapiderait ses dernières chimères !... Il y tenait encore trop. Ce qui fait le plus de mal à ces dernières, ce sont les minutes de vérité. L'agriculture c'est comme la religion, il ne faut pas toujours confronter les dogmes avec la froideur des raisonnements positivistes. Dans les deux, agriculture et religion, il faut la foi ; celle qui soulève parfois les montagnes et permet aux chimères de survivre ; ces chimères qui font vivre les hommes et hors desquelles il n'y a plus d'espérance.

VIII

LA PLUIE, qui avait été reçue en reine, s'installa en maîtresse absolue à la date du 23 août. Une royauté qui, après une si longue absence, avait un long règne à rattraper. Jusqu'au 15 septembre, personne n'y porta guère attention. Chacun se trouva heureux de ses prairies reverdies et du calme bienfaisant que la pluie apportait dans la nature et même dans les esprits. Chacun profita même de ce temps pluvieux pour préparer son tracteur, ses pulvériseurs à disques et ses semoirs en vue d'une campagne de céréales d'automne qui devait être au moins aussi bénéfique que la précédente. Oui mais, début octobre, on en était au même point. Profitant de quelques jours d'accalmie, certains avaient tout de même fini par labourer quelques hectares mais préparer et semer, c'était un autre problème... Dès qu'on était prêt à démarrer, la pluie, goguenarde et absente depuis quelques heures, faisait à nouveau son apparition et pas n'importe quelle pluie... Pas la pluie douce et légère d'octobre, qui chantonne et qui rafraîchit... Non. Une pluie d'orage violente, laquelle en deux heures vous transformait les champs en marécages, les allées en lacs et les ruisseaux en torrents... On attendait. En général, lors des premiers frimas d'octobre, le vent passait brusquement au nord et balayait les nuages. Après le vent du nord venait généralement le vent d'est, le vent d'est qui amenait avec lui les premières palombes et, avec les palombes, c'était connu, les semoirs à blé partiraient tout seuls... Les premiers vols de palombes arrivèrent, même les immenses vols de la Saint-Luc qui tournoyèrent sans fin dans la plaine sans pouvoir franchir les Pyrénées noyées de brumes et d'eau. Passer ses journées dans les bois, à l'affût des bestioles bleues affolées, était sans aucun doute un passe-temps agréable, mais les semoirs à grain, eux, restèrent sous les granges...

Le jour de Toussaint, Christophe et les siens allèrent à l'église pour la cérémonie des morts... Puis ils firent le tour des tombes ; des tombes gorgées d'eau, dont les chrysanthèmes s'effondraient dans la boue... Ils y rencontrèrent les Sanchez groupés autour de François, ils y rencontrèrent même Trinquette que Sylvie embrassa très gentiment. Christophe, lui, pensa à Trinquet et à Joseph... Eux qui n'avaient eu d'autres espérances que celles de la philosophie enseignée par les signes du temps ou par la bouteille. Eux auraient hoché la tête en disant : « Ça arrive parfois, patron... Quand on ne sème pas à la Toussaint, c'est mauvais signe. Il n'y aura point de blé. Point de blé, point de pain... Ce sera dur pour les pauvres, patron... » Ce qui les préoccupait, eux, c'était le sort des pauvres. Car à leur époque heureuse, il y avait des pauvres et des riches, et les riches étaient parfois généreux... Aujourd'hui, tous ces gens bien habillés qui s'étaient ruinés en chrysanthèmes et couronnes de toutes sortes étaient tous des pauvres. Tous. Mais ils se croyaient riches car ils n'étaient prisonniers que de leurs dettes ; dettes à court terme, à moyen terme, à long terme, ils ne savaient plus... mais ils regardaient le ciel avec une anxiété qui en disait long sur leurs soucis et leurs misères toutes dorées...

Ce fut vraiment par miracle que Christophe sema dix hectares sur les maïs : six chez lui, quatre chez Trinquette. Il sema avec le semoir à disques, traîné par le D4, directement sur le labour... Il avait honte de bâcler un pareil chantier, mais il avait acheté la semence et il n'avait pas l'intention de la laisser manger par les rats, dans les sacs... dix hectares au lieu des quarante de l'année précédente ; une foutaise !... Déception compensée en partie par une grande joie : celle de ne plus être seul sur le Couloumé... Mario et Isabelle, le couple de

Portugais, s'étaient installés depuis la mi-octobre... Ils avaient une petite fille, Fernande, et Isabelle attendait un bébé pour le mois de mai prochain. De braves gens, simples et dévoués. Christophe mangeait avec eux, à midi, et Isabelle lui préparait son repas du soir et le lui laissait, au chaud, sur la cuisinière. Il en avait assez de la solitude, Christophe, vraiment assez. Un homme ne peut indéfiniment rester seul. Les six jours de solitude de la semaine, qu'il avait auparavant supportés, lui pesaient maintenant beaucoup. Le matin, il se levait plein d'entrain, la tête remplie de projets et puis son enthousiasme du matin diminuait au fil des heures et, le soir venu, il se sentait las, las du travail accompli mais, aussi, las d'une fatigue qu'il n'arrivait pas à s'expliquer. La vérité, qu'il se cachait, c'est que ses forces déclinaient. Le Christophe des années 70 n'était plus le Christophe des années 60. Il lui fallait bien admettre que le temps qui passait sur lui blanchissait ses tempes et grisonnait ses cheveux... Il ne voulait pas le voir, mais la glace de son cabinet de toilette lui reflétait souvent un visage qui n'était plus le visage du courage et de l'audace des années passées...

Le 3 décembre, les vents d'ouest s'installèrent avec une force et une violence qui allèrent crescendo jusqu'à la nuit du 7 où ils se déchaînèrent en une véritable tempête... Les vents soufflant à plus de cent kilomètres à l'heure déracinèrent les arbres, démolirent les granges et soufflèrent, dans tout le pays, des pans entiers de toiture. Christophe fut obligé de se lever dans la nuit pour lier ses volets avec du fil de fer ; la violence du vent avait arraché les pitons et les fermetures... Avec le vent, ou à cause de lui, la pluie recommença à nouveau, mêlant ses trombes d'eau aux ravages de la tempête. Seul, dans la nuit, allant d'une grange à l'autre, bravant les éléments déchaînés, il alla se rendre compte si les bêtes ne s'effrayaient pas et si les toitures tenaient bon. Le grand marronnier de Lasserre, celui qui jouxtait l'étable, tordu et bousculé en tous sens s'abattit quelques secondes avant qu'il n'arrive au bâtiment. Heureusement il s'abattit dans le sens du vent, au milieu de la route, et, par un hasard extrême, ses branches ne touchèrent pas les fils électriques... Vers 7 heures du matin, la tempête cessa, brusquement, aussi brusquement qu'elle était venue et laissa la place à un déluge. En quelques brèves minutes, l'eau dévala de partout par les cheneaux des toits, les ruisseaux des champs ; les routes furent transformées en rivières, cascades, torrents ; flots furieux qui gagnèrent un Midour déjà hors de ses berges et transformé en fleuve de boue. Chez Trinquette, à Lassalle, c'était la désolation. La ferme était bâtie sur un coteau, protégée par une haie de chênes magnifiques, rideau naturel contre les vents d'ouest dominants. Plus de la moitié n'avait pas résisté à la tempête et ils s'étaient abattus sur les étables, le chai, les granges, occasionnant des dégâts énormes, des brèches dans les toitures par où l'eau s'engouffrait, noyant de sa masse aveugle les stocks de paille, de fourrages et de céréales. Lorsque Christophe arriva en compagnie de Mario, ils ne purent que s'apitoyer sur le désastre... Trinquette était effondrée. Elle n'était pas assurée contre ce risque ; elle n'avait donc à compter que sur elle-même et sur ses économies... Il y eut vraiment dans la commune un réel élan de solidarité. Tout le monde vint aider Trinquette. René Sanchez, le maçon, vint une semaine entière diriger les travaux de déblaiement. On coupa et on tronçonna les chênes. On put ensuite dégager les toitures et installer provisoirement des bâches en plastique sur une charpente de fortune. On tria le foin mouillé du foin sec afin de le faire manger en premier. Le troisième jour on y vit déjà plus clair ; même les céréales avaient été récupérées, grâce au séchoir de la Coopérative. On était passé près de la catastrophe. Christophe décida Trinquette à mettre son bétail avec son propre troupeau. La stabulation du Midour était suffisamment vaste et aménagée pour abriter les deux.

« Ils seront à l'abri, le temps que tu remettes tes toitures en état et Mario aura moins de peine ; il soignera les deux troupeaux en même temps. »

Elle avait l'œil noir et mauvais, Trinquette ; l'œil des filles superstitieuses et craintives qui s'attendent toujours au pire et qui n'aiment pas beaucoup les mélanges de capitaux, même provisoires. Elle avait confiance en Christophe, ce n'était pas une chose à discuter, mais elle était de l'ancien temps, Trinquette, son troupeau était son troupeau, ses bêtes étaient ses bêtes et elle n'était pas d'accord pour tout mélanger, même pour quelques mois... Elle céda sous l'empire de la nécessité, mais seulement parce qu'elle y était forcée. Elle le dit sans détour à Christophe :

« J'accepte, mais je veux que tu sépares ton troupeau du mien. Je veux aller voir l'installation moi-même. Mes bêtes et les tiennes ne se connaissent pas ; elles vont se battre, c'est sûr ; après la casse de la tempête, je ne veux pas qu'il y en ait dans le troupeau ; je préférerais les laisser dehors, dans la boue et la pluie... »

Mario et Christophe passèrent deux jours à séparer la stabulation en deux avec de vieux poteaux téléphoniques récupérés. Trinquette accompagna elle-même ses bêtes et vint tous les jours les voir et leur parler... C'était une fille de la terre, Trinquette, pas un éleveur de pacotille pour lequel les vaches sont une marchandise que l'on transplante comme des ballots de paille ou des sacs d'engrais. Trinquette connaissait toutes ses bêtes par leur nom et les bêtes la connaissaient. Elle flattait particulièrement celles qui approchaient de leur délivrance et qui mettraient bas dans les jours suivants ; elle veillait à ce qu'elles soient mieux nourries que les autres...

« Tu as ta façon d'élever, avait-elle déclaré à Christophe, moi, j'ai la mienne et, aux résultats, je suis encore capable de te donner des leçons... Cela dit, je n'ai pas encore de charpentier sur mon toit et ils ont toujours le même refrain : ils sont débordés de travail et il leur est impossible de trouver des tuiles ! Enfin. Après toute cette pluie, le froid et le sec finiront bien par s'installer... »

La pluie ne lâcha pas son royaume ; on l'en avait chassé durant de trop longs jours. Tout juste si, début février, elle permit quelques jours de froid mêlés de neige durant lesquels, à cause des sols détrempés, on eut toutes les peines du monde à vider et nettoyer les stabulations. Il fut par contre impossible de labourer les vignes transformées en bourbier fangeux et qui durent attendre des jours meilleurs.

« Rien de bon, toute cette eau au pied des vignes, avait marmonné Christophe : on n'a pas pu les chausser, ni les curer avant l'hiver. Toute cette flotte accumulée au pied des souches risque d'asphyxier les racines... »

On ne pouvait que philosopher et se perdre en conjectures... C'était vrai pour Christophe, c'était vrai pour Trinquette, c'était vrai pour tous, c'était vrai pour Marcillac, qui se rongeait les sangs devant les perspectives désastreuses que cette pluie continuelle permettait d'augurer de la campagne future... L'inspecteur de la caisse régionale du Crédit Agricole était déjà venu à deux reprises pour analyser la situation ; une analyse qui n'était guère compliquée à faire : les semailles n'ayant pas atteint le tiers des emblavures de l'année précédente, et les frais généraux de l'entreprise étant en hausse sensible, il était logique d'attendre un bilan largement déficitaire. Mais les chimères ont la vie dure à la terre. Même les tempêtes les plus inattendues qui balaient les prévisions les plus normales n'arrivent pas à les chasser tout à fait. À croire que, par nature, elles sont ancrées solidement dans l'horizon du paysan. Un horizon rarement bleu où on les devine parfois, où on les imagine même lorsque l'espoir devient très faible, mais où elles demeurent, prêtes à surgir au moindre vent d'est qui gonfle les cœurs de courage et permet des espérances toujours renouvelées... Puisqu'on n'avait pas pu faire des céréales d'automne, on se rattraperait avec celles de printemps. Le matériel moderne aidant, rien n'était impossible ; on était bien capable, en quelques semaines de soleil, de renouveler le miracle des semailles de maïs ou d'orge de l'année précédente... Les conseillers agricoles se mirent en route, allant de ferme en ferme mettre en place le plan de bataille qui devait permettre à chacun de se sauver. Devant les perspectives alléchantes de ces chevaliers de l'espoir, beaucoup se mirent en demeure de faire face à toute éventualité et, bien que les perspectives ne soient pas tellement favorables, ils s'endettèrent un peu plus dans l'achat de matériel neuf, pour être prêts...

IX

Les vacances de Pâques marquèrent une halte salutaire dans cette année qui s'annonçait mal. Comme il n'y avait que peu ou pas de choses à faire, Christophe profita de tous les siens au maximum. Sylvie s'était très bien habituée à Isabelle qui était une femme jeune mais vivant à la mode et à la manière de son pays natal. Toujours calme et souriante, elle travaillait toute la journée et, lorsqu'il n'y avait plus de besogne, elle en inventait. Et cela toujours avec cet inépuisable sourire des gens simples, heureux de vivre, d'avoir un toit, un travail sûr, et un foyer uni. Lorsqu'elle avait tout terminé et que son œil, exercé à voir la moindre anicroche, ne lui faisait rien découvrir, elle brodait ou tricotait en chantant, assise dans le coin de jardin qu'elle affectionnait, ou marchait dans les allées du parc à la poursuite de sa fille, laquelle, comme tous les enfants, ne pouvait demeurer en place. Sylvie en était enchantée. Elle avait déclaré à Christophe qu'il avait enfin découvert la femme rêvée pour l'entretien de leur maison. Paul et Pascal étaient du même avis.

« Tu sais, papa, il était temps que tu aies quelqu'un comme elle à la maison. Les poulets et les canards qu'elle fait venir sont un peu meilleurs que les tiens !... Ça nous rappelle les poulets et les canards d'autrefois... »

Christophe ne répondait pas. Il aurait pu leur dire « qu'autrefois » c'était toujours lui qui avait nourri et élevé poulets et canards, mais à quoi bon ? Il préférait se réjouir de leurs mines magnifiques et d'écouter leurs projets et leurs rêves qu'ils bâtissaient avec la foi des garçons solides, sûrs de leur avenir. Pour Paul : aucun problème. Il venait de terminer un brillant deuxième trimestre en math élém... L'an prochain, le proviseur l'en avait assuré, il rentrerait en classe de maths sup-préparatoire au lycée Fermat de Toulouse ; le lycée des « cracks ».

« Si je réussis l'X, tu comprends, papa, je peux, à ma sortie de l'école, choisir ce que je veux... Les Mines, le Génie maritime, le Nucléaire... À tout prendre, j'aimerais bien le Nucléaire et la Marine. C'est possible maintenant avec les techniques nouvelles de l'armement maritime : les sous-marins nucléaires, les missiles... Ça, la recherche à ce niveau, c'est du super !... J'y arriverai, pourquoi pas ? »

Pascal était plus réservé, moins enthousiaste. Il tenait de sa mère cet air réfléchi et parfois un peu têtu qui faisait que Christophe jouait plus sûrement sur lui que sur son aîné. Il mesurait ses ambitions, Pascal... Il s'en était ouvert à son père en l'accompagnant à un chantier de la digue du lac dans laquelle la dernière inondation avait pratiqué une large brèche :

« Tu sais, papa, Paul n'est pas seul à penser à son avenir et à s'y préparer. Je veux que tu saches que moi aussi je pense au mien et que je travaille dans ce but. »

Un long monologue avait suivi... Un long monologue dans lequel, à travers champs et sentiers, Pascal avait expliqué non seulement ses conceptions d'avenir mais aussi ses vues personnelles sur la nature et sur les bêtes. Ses certitudes, il les avait formées ici même, au Couloumé, au contact de la vie campagnarde et des gens qui la meublaient. Il pensait que le choix de Paul était un choix de matheux, auquel présidaient le calcul et l'ambition. Il avait, lui, une autre conception de la vie qui devait se dérouler dans un cadre humain et vrai qu'on se devait de préserver et de sauver. Il aurait bien aimé être médecin de campagne, pour être près des gens, les soigner et surtout les aider, oui, les aider. Il pensait que le médecin était le confident et l'ami des pauvres gens... Mais non, il ne serait pas médecin. Il préférait tenter le concours de l'école vétérinaire de Toulouse. Véto. Il voulait être véto. Les bêtes avaient peut-être autant besoin de bons vétérinaires que les gens de bons médecins. Et puis des médecins il y en avait trop, tandis que des vétos... Il n'y avait qu'à regarder autour du Couloumé. Ils étaient tous vieux et près de la retraite... Alors ? Il pourrait être véto et s'installer au Couloumé ? Il y aurait toute la place désirée pour y monter même une clinique pour les bêtes malades ou à opérer !... Et maintenant, avec un téléphone et la radio, on va chercher le véto là où il est... Si tout marchait bien, bien sûr...

Christophe ne l'avait pas interrompu. Dans le sentier du sous-bois qui menait au grand lac, il l'avait écouté, sentant monter parfois en lui une émotion et un trouble qu'il avait de la peine à dissimuler. Cet enfant, à ses côtés, réveillait dans son cœur de vieilles chimères qui y sommeillaient depuis longtemps... Le temps des années folles, le temps du courage, le temps de la foi et de l'espérance étroitement mêlées. Vieilles images d'un Couloumé ressuscité, rebâti, prêt à être donné en héritage à ceux qui suivraient dans la chaîne dont il avait, un jour, renoué les maillons... Bien sûr, ce n'étaient pas tout à fait les mêmes... Elles ne brillaient pas dans les petites fumées bleues, à l'échappement des gaz du vieux

D4, elles ne couraient pas comme des feux follets dans les blés que le souffle frais du vent d'est agitait au printemps, elles ne chantaient pas, sirènes invisibles et présentes, en accompagnant le chant du grain dans les grilles de la Moiss-Batt... Mais Christophe les reconnaissait ; c'étaient les mêmes qui se partageaient le vieux domaine, qui marchaient à côté d'eux, à l'instant même, sous la voûte des grands chênes, celles qui protégeaient la nature tutélaire, toujours si belle et qui tissaient, éternellement, autour du Couloumé leur réseau serré de charme et d'affection... Douces chimères auxquelles on accroche un jour sa petite étoile et auxquelles on voue un jour sa vie pour le meilleur et pour le pire...

Le jour de Pâques amena deux visiteurs de marque. Johnny, que Sylvie, rouge de plaisir et qui dissimulait mal sa joie, alla chercher précipitamment en gare de Tarbes. Il fit une apparition de jeune dieu, bronzé par son séjour à la montagne, le buste moulé dans un magnifique chandail de moniteur rouge et bleu orné du « chamois d'or », conquis de haute lutte sur les pistes de compétition. Il eut droit aux embrassades et aux bourrades amicales des jeunes, qui l'avaient finalement adopté. Il embrassa également Christophe. C'est brave, un Américain. Ce n'est pas compliqué. Johnny ne venait pas au Couloumé pour semer le trouble et la pagaille. Non. Il y trouvait une maison accueillante, et une femme à son goût, un goût qui, apparemment, ne gênait personne puisqu'on trouvait cela normal et qu'on ne lui en faisait pas le reproche. Ce n'était pas un garçon à chimères, Johnny. Il ne bâtissait pas des plans sur l'avenir ; il vivait son temps, et il trouvait son temps agréable à vivre... Il renouvela à tous son invitation pour l'Amérique et déchaîna son enthousiasme lorsque Christophe lui annonça que c'était décidé, et que, fin juin, Sylvie et Paul iraient représenter la famille Solignac au Wisconsin.

Un autre grand gaillard vint frapper à la porte de la salle à manger le jour de Pâques, alors qu'on achevait le dessert et qu'Isabelle se préparait à servir le café. Junior ! Junior qui venait faire admirer ses galons de quartier-maître, lesquels lui avaient valu une permission de trois jours... Un superbe marin que Junior, le visage encadré d'une magnifique barbe, un vrai loup de mer !... On lui fit fête et place autour de la table de famille pour déguster le gâteau, boire une coupe de champagne avant de lui servir le café... Il avait déjeuné dans le train d'un solide casse-croûte et avait fait du stop de Tarbes à Plaisance. De Plaisance au Couloumé, pas une voiture où s'embarquer, il était donc venu à pied, son sac de marin sur le dos et un sac de marin, ça pèse toujours un poids raisonnable. Christophe décida de le véhiculer chez sa mère mais, auparavant, du sac de marin sortirent des cadeaux que personne, mais personne n'attendait : un pompon rouge pour Sylvie, ce qui déchaîna les rires...

« Offert par un marin, c'est un porte-bonheur », avait surenchéri Junior sous les rires en cascade.

Des cendriers, des cigarettes timbrées du sceau de la Marine nationale, et pour son parrain, un magnifique ceinturon de cuir fauve portant sur la boucle l'insigne du croiseur porte-hélicoptères *Jeanne-d'Arc*, son bâtiment d'affectation.

Au moment d'embarquer dans la voiture de Christophe, il se ravisa, soudain :

« Parrain, ça t'ennuie d'aller à pied ?

– Pas du tout. Je te proposais la voiture parce que je croyais que tu étais fatigué, mais si tu préfères que nous allions à pied ? Avec plaisir. Et ton sac ?

– Tu sais, un kilomètre de plus ou de moins, maintenant que je me suis un peu réconforté... Non, non, ça va. On aura comme ça, tous les deux, le temps de causer un peu avant de rencontrer maman ; je préfère...

– Bon. En route pour Lassalle. »

Christophe apprit ainsi que Junior avait été reçu premier au concours des élèves quartiers-maîtres et qu'il avait été affecté à la *Jeanne*, navire-école d'application de la Marine nationale. Il embarquerait donc à Brest le 15 mai prochain, à son retour, pour la croisière autour du monde que le navire-école fait chaque année, avec les élèves officiers de l'École navale.

« Un bel avenir, tu comprends, parrain ? pour un petit cul-terreux comme moi. Ce sont les galons de second-maître pour l'année prochaine et second-maître timonier, c'est quelque chose, tu te rends compte, parrain ?

– Je me rends compte, en effet. »

Ils se turent un instant, le temps qu'ils mirent pour déboucher sur l'embranchement de la route départementale et du chemin privé qui menait à Lassalle. De cet angle de route on découvrait, d'un coup, toute la partie ouest de la propriété, la plus belle, celle que lui, Junior, avait labourée avec le vieux D4 pour la remettre en culture ; une succession de croupes légères et des vallons qui descendaient en pente douce jusqu'au petit lac...

« Et puis il y a le voyage, tu comprends, parrain... Quel voyage ! Pour moi qui ne suis jamais sorti de ma cambrousse !... Le Portugal, Dakar, le Brésil, l'Argentine, le cap Horn, Tahiti, la Réunion, Madagascar, Djibouti, l'Égypte et retour en France dans neuf ou dix mois... »

Il avait posé à terre son sac de marin pour allumer une cigarette. En jetant la première et longue bouffée de fumée bleue, il regarda l'horizon droit devant lui, mais Christophe se rendit compte qu'il ne voyait pas Lassalle, ni ses terres, ni sa maison, mais que, possédé par son désir d'évasion, c'étaient les images de son rêve qu'il avait maintenant devant les yeux, ce rêve qui avait balayé de son geste superbe les vieux paysages et les vieux souvenirs d'un passé pourtant si proche... Il n'en restait donc rien de ce passé que Junior pouvait encore toucher du doigt ? Vraiment rien ? Même pas un « tu te souviens, parrain, lorsqu'on labourait la vigne du lac ? » ; ou encore : « Je n'ai jamais oublié et je crois que je n'oublierai jamais la joie que j'ai éprouvée en moissonnant mon blé, il y a deux ans... » ; ou encore : « La Rousse que maman m'avait donnée, fait-elle toujours des jumeaux ? » Rien. Pas un mot. Ce passé auquel Christophe prêtait volontiers des merveilles, qu'avait-il représenté pour Junior ? Un passé subi et non souhaité, un passé de travail et de résignation, ou mieux un avenir de routine tout tracé à l'ombre des grands chênes de Lassalle et surtout à l'ombre de sa mère, qui n'entendait pas se séparer de sitôt de son autorité et de son pouvoir de décision. Allons, il fallait être aveugle pour ne pas voir la vérité toute nue : Junior avait maintenant ses chimères bien à lui, celles qu'il s'était imaginées dans un rêve que rejoignait maintenant la réalité. Il avait son bonheur à lui, pas celui que les autres avaient rêvé pour lui, non, le sien propre... Il était inutile de tenter de l'en détourner.

Sur le perron de sa maison, il eut un moment d'hésitation et, avec une crainte dans la voix, se tournant vers Christophe :

« Et si maman n'était pas là ?

– Bien sûr elle est là ; où veux-tu donc qu'elle soit ?

– C'est vrai ; suis-je bête ! »

Il frappa deux grands coups de heurtoir, mais soudain impatient, il poussa la porte pour appeler d'une voix forte :

« Maman ! C'est moi, Xavier ! »

Puis il courut vers ce cri, ce cri de joie qui venait de la grande cuisine, au fond du couloir, cette cuisine, un peu sombre, où Christophe les découvrit, les laissant quelques instants, heureux, berçant leur bonheur dans les bras l'un de l'autre.

X

SYLVIE ET PAUL partirent pour l'Amérique le dernier jeudi de juin, un 27 ; ils avaient bénéficié d'un vol de charter qui avait considérablement réduit les frais. Le départ se faisait de Londres. Ils avaient donc transité par Orly et Christophe avait tenu à les accompagner à la Caravelle d'Air Inter au départ de Toulouse-Blagnac. Sylvie avait minutieusement préparé son voyage et ses bagages ; son vestiaire surtout et Christophe s'amusa de voir, le soir, ses robes étalées, ses pantalons, ses ensembles où l'effet le disputait au bon goût. Elle avait choisi une tenue de voyage très claire, pantalon et chemisier, ses cheveux blonds, coupés courts, son teint mordoré de blonde et ses admirables yeux verts, tout en elle respirait le bonheur et la joie de vivre... Paul suivait, débonnaire, en jeans et pull-over, très distingué cependant, en chevalier servant discret et heureux. En les embrassant une dernière fois, au deuxième appel de l'hôtesse, Christophe ne put s'empêcher de les admirer, franchement, sans arrière-pensée aucune. Sylvie allait à son bonheur, c'était visible, c'était criant, mais elle n'y mettait aucune ostentation ni aucune manifestation déplacée d'une hâte mal contenue... « Un autre bonheur », pensa Christophe. Il trouvait naturel que certains êtres, fût-ce sa propre femme, puissent avoir un autre bonheur dans leur vie. Il y a des gens qui passent leur vie à procurer du bonheur aux autres ; Christophe était de ceux-là et il s'en trouvait satisfait.

Seul à nouveau dans sa voiture sur le chemin du retour vers le Couloumé, il revint peu à peu à ses préoccupations et à ses soucis. L'été, qui était déjà là, s'annonçait comme pourri. Autant le précédent avait été chaud et sec, d'une sécheresse cruelle et inexorable, autant celui-ci commençait dans les orages et les déluges. On avait commencé les foins en catastrophe et, seules, les nouvelles techniques d'ensilage avaient permis de sauver les premières coupes de fourrage. Trois jours de soleil de suite tenaient du miracle. Les maïs semés en remplacement des emblavures d'automne naissaient mal dans des sols boueux sans cesse tassés par les ondées d'orage. Que faire ? Rien. Sinon attendre, le nez collé au baromètre, dans une interrogation continuelle et muette qui n'annonçait rien de fameux. On se consolait avec le calendrier des P.T.T., lequel prévoyait un mois de juillet chaud et sec... Il faut bien croire en quelque chose et espérer ? L'été arrivera ; il n'est pas possible qu'il n'y ait pas d'été !

Trinquette, elle, s'attendait au pire. Elle avait très mal supporté, physiquement et moralement le coup du sort de ses granges démolies et de ses étables défoncées par la tempête de décembre. Elle avait encore plus mal encaissé le repli de son troupeau dans les stabulations de Christophe. Elle avait passé tout son printemps à se battre à la poursuite des charpentiers, des maçons et des couvreurs. Lasse de ce combat continuel et inutile, elle était peu à peu devenue d'une susceptibilité pénible, manifestant sa colère rentrée par un mutisme intégral. Elle n'était d'accord sur rien : ni sur les coupes de fourrage à faire, ni sur les rotations de pacage, encore moins sur le tri des bêtes, celles dont il fallait se défaire et celles qu'il fallait garder. La dernière crue du Midour, le jour de l'Ascension, celle qui avait failli être fatale à Ville et à sa Mercedes, avait porté un nouveau coup à ce qui aurait dû être une entente parfaite. Que pouvait Christophe contre le Midour ? Rien. Elle-même avait bien été impuissante devant la tempête, personne n'y pouvait rien, tandis que le Midour, lui, avait été curé et nettoyé par le syndicat d'assainissement de manière à canaliser tous les ruisseaux des coteaux, fraîchement nettoyés... Du bon travail sans doute mais qui amenait au Midour, en un temps record, toutes les pluies d'orage. Résultat : en moins de deux heures le Midour, enflé et grondant, quittait ses berges et inondait cultures et prairies. Un beau résultat, en effet, que les technocrates minimisaient de leur mieux en expliquant que, de toute façon, le temps de submersion serait plus court qu'autrefois !... On leur répondait que si la submersion, même courte, saccageait tout on ne voyait guère la différence... Quoi qu'il en soit Trinquette avait peur. Comme tous les gens habitués au malheur, elle prévoyait toujours le pire... Peut-être aussi en vraie fille élevée à la terre tenait-elle de son père cet instinct profond et presque primitif qui tient de la superstition ou de la prémonition et que les agriculteurs, modernes et mécanisés, n'ont plus guère, eux qui marchent, aveuglément, au pluviomètre et aux avis de la météo.

En regagnant le Couloumé par la route de crête, Christophe la rencontra avec une partie de son troupeau qu'elle ramenait à Lassalle. Une vingtaine de bêtes, celles qui avaient mis bas au printemps, avec chacune leur rejeton au pied. Lorsqu'elle croisa la voiture et reconnut Christophe, elle détourna la tête et fit semblant de courir le long du troupeau pour le faire garer sur le côté de la route.

« Qu'est-ce qu'il lui prend maintenant, ronchonna Christophe... Elle est dingue, non ? C'est elle qui va s'occuper de tout ça peut-être ? Nous allons avoir le double de boulot au gré de ses fantaisies ? Non mais, quelle tête de mule tout de même ! »

Mario, interrogé, ne put que hausser les épaules et laisser tomber les bras d'impuissance...

« Madame a dit comme ça qu'elle profitait que vous n'étiez pas là pour ramener chez elle les mères et les petits... qu'il fallait que je l'aide à faire ça, alors, je l'ai aidée.

– Et c'est tout ce qu'elle a dit ?

– Non. Elle a dit aussi qu'elle n'avait pas confiance en la petite rivière... Elle a dit qu'elle avait peur...

– Peur ? Peur de quoi ?

– Je ne sais pas moi, Monsieur, je ne connais rien à ce qu'elle racontait entre ses dents... Elle parlait tout le temps mais j'ai seulement compris ça : "la peur", elle avait peur. »

Christophe tourna court. Voilà Trinquette qui se mettait à jouer les sorcières !... Son vieux fou de père lisait, lui, dans la bouteille ; elle allait se mettre à lire dans les astres ! Il ne manquerait plus que cela maintenant au Couloumé !... Christophe rigola franchement et cette bonne rigolade le détendit... Il alla quand même, par acquit de conscience, faire un tour aux stabulations... Les bêtes y ruminaient paisiblement et il vit que Trinquette avait laissé son troupeau de jeunes, quinze ou dix-huit génisses d'un an. Depuis les stabulations, il jeta un coup d'œil au Midour. Il débordait de ses berges mais il lui fallait encore franchir deux cents mètres avant d'atteindre la plate-forme et les troupeaux, sans parler du niveau qui était bien supérieur à deux mètres... Tandis qu'il se retirait, le vent passa brusquement de l'ouest à l'est. Le soir tombait ; le soleil sombra derrière l'horizon qu'il empourpra de ses derniers rayons. Un paysage de beau temps. Un vrai. Celui que les anciens reconnaissaient entre tous et qui laissait présager, enfin, quelques longues journées de travail à rattraper. En se couchant, il eut même une pensée pour Sylvie qui volait vers son Amérique. Tout était en ordre et il s'endormit pour un bon sommeil.

* *
*

Le beau temps chaud dura même une bonne semaine ; une bonne semaine de vent d'autan qui fit rentrer les rivières dans leur lit ; juste un gros orage de nuit, venu des Pyrénées, pour faire disparaître les traces de boue et les souillures du dernier débordement. De tous côtés, les barres de coupe et les presses étaient en chantier et les chauffeurs se préoccupaient de leurs moissonneuses-batteuses, les escourgeons commençant à dégrener. Dans cette joie du travail retrouvé, une ombre, une grande ombre, le départ définitif des Sanchez. Comme l'avait souligné Ville, ils avaient retardé l'échéance mais maintenant elle était là, inéluctable et il fallait partir.

« Je suis venu vous dire au revoir et vous remercier, Christophe. Si, si, sincèrement, vous remercier. Je franchis le pas plus à l'aise grâce à votre aide et aux récoltes de l'année passée. Je n'ai pas à juger l'attitude de mon frère José ; il est dans son droit de réclamer sa part mais, comme il est l'aîné, c'était à lui de se préoccuper du sort des autres, il ne l'a pas fait, je ne le juge pas. Dieu le fera pour nous... M. Ville s'est bien occupé de nous et nous partons chacun avec un petit capital. La vieille tante Anna viendra avec nous. On se serrera un peu et on aura plus chaud l'hiver. Mon frère René en fera autant pour la tante Élizabeth. Voilà, tout est en ordre, et comme nous allons habiter Plaisance, nous restons voisins...

– Et amis », ajouta Christophe en serrant vigoureusement la main à François.

Une grande page de tournée, celle des Sanchez, la page des années 60. Ces terribles années 60 avec leur cortège de joies, de larmes, de drames et de désespoirs... Une grande page de vie étroitement mêlée à celle du Couloumé. Vieux souvenirs que le vent d'hiver avait balayés comme il avait déjà balayé les fleurs fanées sur les petites tombes de Joseph, de Maria et de Trinquet... Vieux souvenirs qui revenaient cependant à la surface, dès que l'on remuait l'eau tranquille de la mémoire, par une poignée de main ou un moment d'émotion mal contenue, comme ce soir...

... Le vent tourna de nouveau à l'ouest, le 5 juillet qui était un dimanche. Un dimanche qui fut comme les autres jours de la semaine, occupé par une besogne que les retards accumulés rendaient plus urgente encore. Les corvées succédaient aux corvées. On se mettait à deux, à trois, à quatre voisins pour rentrer et entasser les bottes de foin et de fourrage. Il fallait faire vite, toujours vite dans la crainte d'un orage ou d'un changement de temps toujours possible. Ce dimanche-là, vers 17 heures, le ciel se couvrit, devint rapidement d'un noir d'encre et la pluie, accentuée encore par un vent violent, se remit à tomber. Pas n'importe quelle pluie : une pluie continue, serrée, sans un moment de répit, interminable... Lors des orages d'été les averses sont dures et brutales, parfois diluviennes ; elles durent quelques minutes ou même des heures mais avec des arrêts, des accalmies et elles cessent aussi brusquement qu'elles sont arrivées. Rien de tout cela. Cette pluie n'était pas une pluie de juillet, c'était une pluie glacée de novembre ou de février. Une pluie qui ne pouvait être que de désolation et de ruine. Toute la nuit, Christophe, anxieux, l'entendit dégringoler des gouttières, et le matin, lorsqu'il ouvrit ses volets, le jour blafard était poisseux d'eau et de brouillard. Il pleuvait toujours, à la même cadence, d'un ciel gris-noir, au ras des arbres et qu'aucun souffle de vent ne venait nettoyer. Toute cette eau noyait les cours, les chemins, les routes, courait dans les rigoles, les ruisseaux, cascadait dans les fossés, enflait les petites rivières d'un flot boueux, d'heure en heure plus inquiétant. On tentait de se rassurer, en vain. La pluie continuait aveugle, insensible aux effrois des hommes, avec la rigueur monotone d'un châtiment programmé par une divinité vengeresse. Toute la journée du lundi. Les bruits les plus alarmants et naturellement contradictoires se mirent à circuler. On annonça des cotes d'alerte incroyables auxquelles personne n'ajouta foi. Cette eau allait bien se retrouver quelque part et où ? Sinon dans les rivières, lesquelles, dans l'après-midi, quittèrent toutes leurs berges et débordèrent leurs digues normales. On espérait. Il n'était pas possible que cette pluie continuât ainsi. Mario et Christophe allèrent aux stabulations ; le Midour en était à plus de cent cinquante mètres. Ils distribuèrent fourrage et ensilage aux bêtes, et chacun rentra chez lui pour la nuit. Pas une nuit de sommeil, non ; une nuit d'anxiété à guetter une détente ou un arrêt dans ce déluge qui allait croissant.

Christophe en aurait hurlé de rage et de colère contenues... Et puis l'effroi avait gagné son cœur et tout son être. Il fut pris d'un tremblement nerveux qu'il ne maîtrisa plus. Non, cette pluie n'était pas possible. Elle ne pouvait pas continuer, il fallait qu'elle finisse, qu'elle s'arrête, qu'elle cesse... Elle s'arrêta vers 5 heures du matin. Les nerfs à bout, prêt à crier, il se leva, s'habilla en hâte, enfila son vêtement de pluie, chaussa ses bottes et décida d'aller aux stabulations. Devant lui, dans le chemin qui descendait de Lasserre vers le Midour, une silhouette noire, chaussée de bottes le précédait ; il reconnut Trinquette et la rattrapa. Habitée par le même souci que lui, elle aussi allait voir ses bêtes, les rassurer, les sauver peut-être ?... Au lieu de suivre vers Lasserre et de descendre ensuite, ils décidèrent de couper court par un sentier au flanc de la colline, plus raide, plus rapide et qui conduisait au Midour, dont la nappe boueuse s'étalait largement dans la plaine... Trinquette le précédait toujours d'une bonne vingtaine de mètres. Au fond du sentier il la héla pour lui crier de faire attention, le terrain accidenté pouvait en effet lui cacher un trou d'eau dangereux. Elle se retourna et Christophe la vit soudain figée, la bouche ouverte, les yeux agrandis d'effroi. Il se retourna à son tour. Un mur d'eau venait sur eux. Une vague énorme, un mascaret qui barrait toute la vallée de sa puissance énorme charriant à son sommet des bottes de foin, de paille, des détritus et épaves de toutes sortes et qui, dans quelques secondes, serait sur eux pour les engloutir à jamais. Il eut le temps de se jeter sur Trinquette, de saisir le large ceinturon de cuir où elle serrait sa taille... Puis plus rien, que le néant, l'horreur, le froid glacial, des remous, des tourbillons, un instant d'arrêt horrible de déchirements et de souffrances dans ce qu'il crut être les branches d'un arbre d'où il réussit à arracher Trinquette au prix d'un effort surhumain pour se retrouver finalement, quelques instants plus tard, à genoux, gluant de boue, souffrant atrocement et traînant toujours Trinquette, pauvre pantin disloqué, par son ceinturon. Au prix de quels efforts parvint-il à la route de crête ? Par quel miracle un automobiliste, cloué de stupeur, le découvrit-il effondré sur le bas-côté et répétant sans cesse :

« Sauvez-la, ne la laissez pas mourir, sauvez-la... »

* *
*

Le trou noir. Un trou noir d'où il tentait d'émerger, avec une volonté confuse, coupée de brusques replongées au froid de l'abîme dans lequel il sombrait, malgré lui, avec des tintements de cloche accélérés et douloureux. Pas un tunnel, non, un trou ; un trou dans la terre ; un trou profond, comme devait l'être une cheminée de volcan aux parois noires et luisantes, avec, tout en haut, un petit rond de ciel vers lequel il tentait vainement de monter, vers lequel il montait parfois, soutenu par un courant ascendant tiède et doux qui cessait brusquement alors qu'il arrivait presque au sommet de cette immense cheminée et qui le laissait choir, à nouveau, brutalement, vers l'infinie profondeur. Un trou noir où il se désolait ; du fond duquel, il en avait la pesante et écrasante conviction, il ne sortirait jamais, jamais... Au plus fort de son désespoir, le souffle étrange reprenait, lent et doux, qui le soulevait à nouveau et il se sentait alors léger, léger, montant irrésistiblement vers le petit rond de ciel, tout là-haut... Un là-haut qu'il peuplait de merveilles, des merveilles qu'il allait chercher au fond de son enfance peut-être ou tout simplement au fond d'un inconscient peuplé de verdure, de grands arbres, de sources fraîches, de feuillages odorants, de chants d'oiseaux qu'il devinait, qu'il entendait même sans jamais les atteindre, ce qui le mettait au désespoir... Mais cette espérance le maintenait, lui rendait sa noire et profonde prison acceptable et, tant qu'il voyait le petit rond de ciel bleu où régnaient toutes ces merveilles, il sentait qu'il les posséderait un jour, le jour où le souffle devenu plus puissant le rejetterait hors du trou noir, à la manière des coulées de laves brûlantes qui crachent hors de leurs cheminées leurs richesses incandescentes qui coulent alors dans une vallée remplie de soleil, d'oiseaux étranges et de plantes aux couleurs flamboyantes, dans le chaud soleil de la vie. Sortant d'une longue absence, il entendit le chant du coucou et il fit un effort pour sourire... Un vent plus puissant que le précédent le souleva jusqu'au bord de l'abîme et il s'y cramponna, rassemblant ses forces... Il n'y retomberait plus, ce n'était plus possible, il fallait tenir, tenir... Et ce chant étrange du coucou des bois résonna dans ses oreilles douloureuses comme une moquerie suprême, un appel dérisoire à sa faiblesse et à son impuissance... Il se cramponna prêt à défaillir et dans un effort horrible de tout son être, poussé par une volonté surhumaine, il bascula dans une vallée de rêve où, épuisé, il s'abandonna. Des milliers d'oiseaux avaient rejoint le coucou des bois. Il reconnut la mésange à tête noire, le bouvreuil à la gorge chaude, le rouge-gorge fier de son plastron écarlate, la huppe orgueilleuse, la bergeronnette légère. Un gros geai, idiot et satisfait, vint faire à ses côtés son tour de paon ridicule, un couple de pies jacassant à contresens se fit huer par l'assemblée, puis tout se tut soudain et dans la nuit douce et finissante, le chant du rossignol s'éleva, royal, pour annoncer la lumière, cette lumière qui dissiperait définitivement pour lui les ténèbres où il avait sombré.

Une prière lui vint soudain en mémoire. Une litanie à la Vierge qu'il affectionnait dans son enfance et dont il connaissait par cœur les invocations, invocations qu'il égrenait, alors, machinalement dans sa ferveur naïve, comme une cloche légère balance, en cadence, son tintement répété et jamais le même :

« Reine des anges, Reine des patriarches, Reine des prophètes, Reine des apôtres, Reine des martyres, Reine de tous les saints... »

Une prière qui lui revenait souvent en mémoire sur le siège du D4, une prière qui le replongeait dans le souvenir et dans la foi de son enfance et dont il avait enrichi la litanie par des invocations qui rapprochaient la Reine du Ciel des merveilles de la terre. Ces invocations, il les avait imaginées, un jour de printemps où tous les oiseaux de la forêt, près du grand lac, étaient venus lui faire cortège sur la terre fraîchement retournée par les charrues :

« Reine des merles, Reine des merlettes, Reine de bouvreuils, Reine des mésanges, Reine des bergeronnettes, Reine des huppes, Reine des moineaux, Reine des coucous, Reine de tous les oiseaux... »

Il aurait voulu les dire ces évocations, les chanter même comme on les chantait autrefois, lors de la procession des Rogations où l'on priait Dieu pour la conservation des fruits de la terre... Il ne pouvait même pas les murmurer. Il se résigna à les égrener dans ses pensées et à les reprendre, sans fin, jusqu'à ce que la Mère du Ciel lui tende sa main secourable, cette main qu'on ne suppliait jamais en vain...

Soudain, on parla autour de lui. Un bruit confus de voix. Il pensa qu'après les oiseaux qu'il aimait tant et qui étaient venus l'accueillir, des hommes étaient là, maintenant, s'étonnant, sans doute, de leur découverte mais qui allaient tout faire, il n'en doutait pas, pour le tirer du trou noir, dans lequel il risquait à chaque instant de retomber. Ils allaient s'occuper de lui, le transporter, le soigner et le guérir. C'est ainsi que font tous les hommes lorsqu'ils découvrent un malheureux ou un moribond et c'est ainsi qu'il aurait agi, lui, dans une semblable situation. Il se sentit pris en effet, palpé, soulevé, et dans ce murmure continuel de voix basses et inintelligibles il ne comprit qu'un mot : « sauvé ». Il était « sauvé »... Il n'en douta pas un instant et, malgré un éclair fulgurant de douleur qu'il ne parvint pas à localiser, il sombra à nouveau mais dans son paradis retrouvé ; son paradis d'oiseaux, sa calme nature dans la douceur d'un matin d'été...

Puis des voix. Pas des murmures confus, des voix. Des voix qui disaient distinctement : « Oui, docteur, non, docteur. » Puis une voix, une voix qu'il aurait reconnue entre toutes, une voix qui questionnait : « Et Mme Lassalle ? » Cette voix, c'était celle de Petitbon, son ami ; il l'aurait reconnue entre mille autres voix, cette voix-là. Elle l'aida à remonter encore dans son inconscience vers la lumière qui filtra sous ses paupières, enfin !... Un court instant de conscience légère, un regard sur des murs blancs, des draps blancs, décor où se mouvaient des silhouettes vêtues de blanc, il sentit une main vigoureuse presser la sienne et la même voix lui murmurer :

« T'inquiète pas, je suis là. »

... Ce furent les douleurs qui le tiraillaient de toutes parts qui l'aidèrent à remonter la pente de sa conscience et de ses souvenirs. Oui, dans sa lumière un instant retrouvée, sous ses paupières douloureuses de fièvre, il se souvint du drame et, brusquement, il vit Trinquette, Trinquette qu'il traînait à côté de lui, dans la boue... Il voulut parler, questionner, mais aucun son ne dut sortir de sa bouche car les ombres blanches qu'il sentait autour de lui n'eurent aucune réaction... Il rouvrit ses paupières douloureuses sur une lumière bleue... Une ombre blanche s'approcha de lui, il tenta de lui parler, en vain. Il savait ce qu'il voulait demander mais il ne put proférer un son. Une main fraîche sur son front brûlant ne put lui faire passer l'obsession qui le mobilisait tout entier : Trinquette ? Qu'était devenue Trinquette ? Il savait maintenant qu'il n'aurait pas un instant de calme tant qu'une réponse ne viendrait pas à sa question, cette question qu'il ne pouvait poser mais qui maintenait tous ses sens en éveil avant qu'une nouvelle piqûre de calmant ne vienne le replonger dans son néant... Un néant dans lequel, d'une manière étrange, son ouïe conservait une acuité parfaite, une acuité qui lui permit d'entendre (qui sait ? Un jour ou deux plus tard ?) la réponse qu'il attendait ; c'étaient deux voix de femmes.

« Comment va ton malade ?

– Beaucoup mieux, mais il est très agité et parle sans cesse de Trinquette... Qui c'est ça, Trinquette, tu connais ?

– C'est la femme qui est à côté. Mme Lassalle. Trinquette c'est son surnom paraît-il. Elle par contre, hélas, c'est la fin... fracture de la colonne vertébrale, méningite, elle ne s'en sortira pas... Dommage. Une femme jeune encore, un corps superbe. »

Voilà. Il savait maintenant et il n'y eut alors en lui qu'une immense douleur impuissante dont les vagues successives de révolte se heurtaient à un mur infranchissable.

Le lendemain, il se découvrit pour la première fois... La tête enserrée dans un énorme pansement, la poitrine et le bras gauche enfermés dans un étau de plâtre, la jambe droite entièrement bandée... Il pleura de misère et d'impuissance, et ces larmes lui firent du bien...

Une obsession l'occupait : Trinquette. Il voulait savoir. On ne pouvait pas ne pas lui dire. Il ne pouvait pas la laisser mourir ainsi, à côté de lui, seule, abandonnée... Chaque fois qu'il demandait des nouvelles, il se rendait bien compte qu'on éludait ses questions.

Le lendemain, il reprit une partie de ses réflexes et se souleva sur ses oreillers. Il assista même au pansement de sa jambe, une jambe noire, tuméfiée, où une longue cicatrice suturée portait un drain... Du courage ? Il en eut moins lorsque l'on refit le pansement de la tête, l'odeur de l'éther lui fit perdre connaissance. Peu importait. Il s'était forgé une décision... Il irait voir Trinquette. Aucune force au monde ne l'en empêcherait. Il irait en s'y traînant, mais il irait.

La nuit suivante, il entendit dans le couloir des bruits de pas précipités, un brouhaha de voix assourdies, la porte de sa chambre s'ouvrit et une voix questionna :

« Qu'y a-t-il ?

– Mme Lassalle vient de mourir.

– Non ?

– À l'instant. Je vais prévenir l'interne pour qu'on l'embarque en ambulance... Viens un moment me surveiller la 12... »

L'ombre sortit. Christophe se dressa, raidi par la souffrance qui lui parcourait le corps. Assis au bord de son lit, il faillit basculer en avant et tomber : non, il se leva, marcha comme seuls les spectres doivent marcher, ouvrit sa porte, gagna le couloir, ouvrit celle de la chambre voisine. Dans la lumière de la veilleuse, il vit le lit blanc, la forme couchée sur le visage de laquelle le drap était tiré... Il le retira. Trinquette semblait dormir ; la mort avait ramené le calme sur son visage, et sur les yeux clos, les longs cils noirs étaient fermés à jamais... Christophe voulut crier, pleurer, supplier... Tout se mit soudain à devenir flou autour de lui tandis que des mains le saisissaient, l'entraînaient dans un affolement précipité. Il trébucha, tomba et se mit à glisser inexorablement sur la pente qui le ramenait vers le trou noir...

Ce fut Trinquette qui l'arrêta et le remit debout en lui prenant la main... Elle avait un sourire radieux, Trinquette, et elle ressemblait aux créatures de lumière comme il en existe dans les rêves des enfants. Ils marchèrent ainsi un grand moment, sans parler, dans un décor qu'il ne connaissait pas, puis il lui parla mais elle ne répondit rien et se contenta de lui sourire. Un sourire qui illumina son visage et rendit l'éclat à ses yeux noirs. Puis elle lâcha sa main et il lui fut impossible de la suivre... Elle se retourna alors et lui fit « au revoir » de la main, de la manière qu'elle avait de prendre congé lorsqu'il la raccompagnait, le soir, jusqu'au chemin qui menait à Lassalle...

XI

DES JOURS, de trop longs jours inégalement partagés entre l'espoir et la désespérance. Il avait été nécessaire de le conduire d'urgence à Purpan, l'infection de la jambe nécessitant une opération très délicate, Petitbon avait tenté l'impossible pour éviter l'amputation. Tout lui était devenu indifférent. Il n'était occupé que du souvenir de Trinquette ; elle hantait en permanence ses rêves et ses cauchemars... Ses rêves lors des moments d'inconscience lorsque ses souffrances s'éloignaient sous l'effet des calmants administrés à dose massive ; rêves étranges et sans suite, venus dans un monde irréel de chimères, de couleurs et de phantasmes où les personnages étaient des héros des Mille et Une Nuits. Trinquette s'y mouvait à moitié nue, déguisée en princesse orientale, couverte de perles et de bijoux précieux, elle était royalement servie par des esclaves soumises et innombrables, et lui, Christophe, venait la visiter, chevauchant des coursiers toujours blancs et impétueux... Un amour fou et érotique les réunissait souvent, ils erraient alors dans des jardins aux mille fleurs odorantes dont les parfums capiteux stimulaient leurs étreintes... Ils étaient tous deux si légers, si remplis de pouvoir magique, ils buvaient des philtres si étranges, qu'un simple choix de leur part les transportait au lieu de leurs désirs, fût-ce au bout du monde ou au bout du temps. Et puis, brusquement, comme si une divinité mauvaise leur avait jeté un sort, ils se perdaient de vue. Le rêve doré et lumineux faisait place à une nuit chargée de funestes présages, les étoiles tombaient du ciel, les éclairs remplaçaient la clarté enchanteresse de la lune et, au lieu et place des chimères dorées du désir et de l'abandon, s'installaient les dragons horribles de la peur et de la souffrance. Il n'y avait plus de jardin enchanté et, sous leurs souffles puants et empoisonnés, s'installait un décor effrayant de pluie et de brouillard où le vent déchaîné faisait se tordre les arbres et au fond duquel un torrent fangeux et nauséabond menaçait de tout engloutir.

Durant ces jours de fièvre et ces nuits d'insomnie, jamais le Couloumé ne vint effleurer ses pensées. Ce ne fut que lorsqu'il quitta le bloc des urgences et que l'infection de sa jambe fut surmontée que Petitbon, toujours lui, docteur et ami fidèle, lui remit en mémoire le drame de l'inondation du 8 juillet. Alors il sut comment un automobiliste les avait découverts, Trinquette et lui, au bord de la route de Loussous au Couloumé...

« Je me suis toujours demandé comment tu avais pu parcourir cette distance avec le fardeau de Trinquette à traîner... En plus de ta déchirure au front qui t'aveuglait de sang, tu avais le bras gauche, l'omoplate et la clavicule fracturés, quatre côtes enfoncées et ta jambe droite ouverte sur vingt centimètres... La volonté du désespoir, sans doute ? Et aussi la terreur de fuir les moments d'épouvante que tu venais de vivre...

– Et Trinquette ?

– Elle était encore plus mal en point que toi bien qu'en apparence elle fût intacte. Sans doute, le flot a dû la coincer et la plier irrésistiblement sur un arbre ? ou contre une branche quelconque ? Elle avait la colonne vertébrale brisée...

– C'est moi qui l'ai tuée », murmura Christophe et il raconta comment en se précipitant sur elle, il l'avait saisie par le ceinturon de cuir qui entourait sa taille. Comment, même dans les tourbillons, il ne l'avait pas lâchée et avec quelle force affreuse il l'avait arrachée de l'arbre où elle était restée prisonnière. Le ceinturon de cuir n'avait pas cédé ; ce ceinturon dont la boucle portait l'insigne de la *Jeanne* : le navire-école où son fils étrennait, sur les mers lointaines, ses galons de quartier-maître...

« Elle n'a pas souffert, crut bon d'ajouter Petitbon.

– Vous dites toujours ça, les toubibs, conclut Christophe ; je préfère que tu me dises qu'elle ne s'est pas vue mourir.

– C'est plutôt ça, en effet. »

Le second à lui parler du Couloumé fut Mario. Il vint, à ses frais, en taxi, jusqu'à Toulouse pour prendre des nouvelles et l'assurer de son dévouement. Christophe en fut tout ému. Ce fut comme une odeur de sa terre qui rentrait pour la première fois dans sa chambre de malade.

« Alors, Mario, le Couloumé ? Comment ça va au Couloumé ?

– Ça va, monsieur Christophe, ça va.

– Et les bêtes ? »

Mario avait rougi et baissé la tête.

« Il n'y a plus de bêtes, monsieur Christophe. Elles sont toutes mortes, noyées, le jour où vous avez failli mourir... Toutes les vôtres et celles que Mme Lassalle avait laissées. »

Prenant son courage, en homme simple qui a tout à dire, il continua :

« Il n'y a plus rien, monsieur Christophe ; plus de stabulation, plus de fourrage, plus d'ensilage, plus de foin, plus rien. Le Midour a tout balayé, détruit, démoli ; il est monté jusqu'au sommet du chêne qui était au bout du silo. La trace s'y voit encore... »

Puis il rendit compte, en ouvrier consciencieux, des labours qu'il avait entrepris, de la moisson qu'il avait faite, de la façon dont il partageait son temps entre le Couloumé et Lassalle, où il allait encore, soigner les bêtes, celles que Trinquette avait sauvées et qu'elle ne verrait plus jamais.

Christophe ne lui portait aucune attention mais, au seul nom de Lassalle, il repensa à Trinquette et demanda à brûle-pourpoint :

« Tu as été aux obsèques ?

– Bien sûr, monsieur Christophe, nous y étions tous les deux, avec Isabelle... Il y avait toute la commune et aussi beaucoup de monde, de partout...

– Je te remercie, Mario, tu as été bien brave de venir me voir... Continue ton travail. Je te fais confiance... »

Il voulait être seul, soudain. Un besoin physique. Seul pour vivre intensément les images et les pensées qui se bousculaient dans sa tête et dans son cœur. Il voulait les avoir pour lui seul ces images que son imagination était seule à lui procurer... Sous ses paupières closes, il revit la petite église dont les corneilles s'envolaient dérangées par le glas... Le cimetière avec ses cyprès et, au pied du mur, ce mur qui séparait le cimetière de ces terres lourdes et grasses d'Emmanuel, les petites tombes alignées... celle de Xavier, celle de Joseph et de Maria, et celle de Trinquet... Où l'avait-on mise ? Sans doute sur le cercueil de Xavier, son mari...

Son mari ?... Quel mari ? Elle ne l'avait vraiment connu que comme moribond, paralysé sur son lit de souffrance, attendant jour après jour une mort qui tardait tant à venir... Xavier, le costaud, l'insouciant... Celui qui disait à qui voulait l'entendre : « Trinquette ? C'est une fille à baiser, pas une fille à marier... »

... Oui, on avait dû mettre Trinquette avec lui, c'était normal. Ils avaient été mariés pour le meilleur et pour le pire. Trinquette avait choisi, librement ; librement ? Quelle liberté de choisir avait-elle eue, Trinquette ? La liberté des esclaves... « Ou tu fais la pute ou tu reviens t'occuper de ton paralysé et de ton gosse... » Comme c'était loin tout ça !... Trinquette avait choisi. Elle avait fait son chemin, droite, inflexible, avec cette détermination farouche de petite fille têtue qui n'avait qu'une volonté, celle de s'en sortir... Oui, on avait dû la mettre avec Xavier, son mari. Ceux qui avaient ainsi décidé avaient bien décidé. Elle était devenue Mme Lassalle, aux yeux de Dieu et devant les hommes. Les Lassalle, c'était quelque chose : une maison, des terres, des générations de travail, de sacrifices, d'économies, de privations... Tout ça ce n'était pas une chimère, tout de même ? Un enclos magnifique, des hectares, du matériel, du cheptel, de l'argent en banque... Et, pour finir, une tombe au haut du cimetière et un héritier courant la mer à la poursuite de ses galons de second-maître...

Christophe se rendit compte, soudain, de l'inanité de la vie... Il avait jadis vécu le drame de l'accident de Xavier, son ami, comme on partage un mauvais coup du sort... Il avait tout fait pour pousser Trinquette à revenir à Lassalle, épouser Xavier et élever son fils qui, un jour, prendrait la suite de cette lignée ininterrompue de gens, âpres au gain sans doute, mais courageux, aimant leur terre... Il s'était dit et répété, avec la sérénité de ceux qui pensent et réfléchissent pour les autres : « Trinquette fera ce choix, ce sera le bon choix. Pour elle d'abord et pour son petit qui se trouvera établi dans une vie d'homme libre et entreprenant... Une belle vie d'homme... » Lui, Christophe, avait voulu faire partager ses chimères... Il avait voulu les imposer à Junior et, au moment où il avait cru le gamin définitivement conquis, ce dernier s'était dérobé pour se fabriquer ses propres chimères... À la place de la terre, la mer ; à la place des hectares, l'immensité des flots ; à la place de la vie libre... Quelle vie libre ? Lui, Christophe, avait connu la vie des hommes libres. Elle avait succédé à sa jeunesse pliée à la servitude des bagnes nazis et à l'obéissance aveugle dans l'enfer d'Indochine... Le Couloumé retrouvé, ressuscité à force de courage et de volonté avait été sa chimère, c'est sûr, mais aussi un combat pour la liberté. Ce combat du défricheur de terres, ce combat de bâtisseurs de coopératives, cette chimère des hommes libres d'alors bâtissant, pour eux et pour leurs enfants, les demeures de leur destinée... Une définitive destinée ? Qu'y avait-il eu en somme de définitif dans ce combat ? Rien. Comme dans tous les combats. Sinon le moment. La rage de la bataille qui ne se soutient que par elle-même ; pas par le sens qu'on veut lui donner, encore moins par les leçons qu'elle est supposée donner. Passés la rage du combat, l'enthousiasme de la victoire, les leçons sont démenties par les faits et les sacrifices demeurent vains... Restent les souvenirs... Ces souvenirs chers aux anciens combattants de toutes les guerres qui, en ressassant leurs souvenirs, caressent avec complaisance l'époque de leurs chimères, celles d'une jeunesse à jamais disparue...

... Les larmes aux yeux, la gorge serrée d'émotion, c'était bien cette jeunesse que Christophe caressait sans trêve sur son lit d'hôpital. Et s'il voulait être seul à la caresser, c'est qu'il savait être le seul à la comprendre et à l'aimer. Jeune et éternelle chimère, compagne exclusive et fidèle qu'il retrouvait toujours avec la joie débordante des premières amours ; joie du Couloumé retrouvé, joie du Couloumé des espérances. Vieux Couloumé des années folles, celui de Trinquet, de Joseph, de Maria, de Trinquette aussi, mais de la Trinquette, belle et impudique venant, le soir, le retrouver dans sa chambre pour une nuit d'amour bercée par le souffle chaud du vent d'autan qui entrait, par bouffées, par la fenêtre ouverte, en portant le chant lancinant des petits grillons du soir...

Il arrivait à Christophe de pleurer longtemps, longtemps... On ne pleure jamais que sur ce que l'on a perdu, et c'était là, cloué sur ce lit d'hôpital, que Christophe réalisait, soudain, que rien ne serait plus comme avant sur le Couloumé. Rien. Les années 70 avaient fait le vide autour de lui. Plus personne chez les Lassalle ; plus personne chez les Sanchez. Et dans sa propre maison ? Cette maison où il avait tout enduré, tout supporté, pour quoi ? Pour qui ? Pour Sylvie ? Oiseau volage toujours prêt à prendre son envol fût-ce pour l'Amérique ? Pour Paul, ce matheux calculateur et égoïste dont l'avenir était déjà sur ordinateur ? Restait Pascal (le petit Pascal comme il se plaisait encore à l'appeler), avec ses idées de clinique vétérinaire au Couloumé... Une manière comme une autre de maintenir le domaine quelques années encore, le temps pour lui, Christophe, de finir sa vie avant qu'on ne l'allonge, pour l'éternité, aux côtés du vieil oncle Solignac.

Il vint, Pascal. De retour de son camp de rangers en Norvège. Ne pardonnant pas à son père son silence têtu :

« C'est mal, papa. Je m'amusais comme un fou dans ce pays merveilleux où la nature est encore reine, et toi, tu as failli mourir, loin de moi...

– Tout doux, tout doux, mon ranger. J'ai failli mourir, c'est vrai, mais l'essentiel c'est que je sois vivant et que tu aies trouvé cette nature merveilleuse et que tu te sois bien amusé, comme tu dis... On n'a qu'une jeunesse dans sa vie et, moi, je suis déjà un vieil homme...

– Papa ! Tu n'as prévenu personne ! Tu n'as même pas prévenu maman, qui m'a écrit d'Amérique qu'elle ne rentrerait qu'en septembre...

– Tu vois, qu'est-ce que je te disais ? Ta mère et Paul sont si heureux !... Ils doivent profiter au maximum de leur séjour là-bas... C'est loin l'Amérique, on ne peut y partir tous les week-ends ! À quoi bon les prévenir ? Puis j'étais incapable de me souvenir de leur adresse durant ces trois semaines d'hôpital, je n'avais pas toute ma tête... Et puis les prévenir de quoi ? Penses-tu que le sort des vaches du Couloumé les ait jamais beaucoup passionnés ?

– Les vaches, sans doute, mais toi, papa ! »

Il fit un geste vague du bras, comme pour dire : « Oh ! moi... »

Pascal resta avec lui jusqu'au soir et ne le quitta que pour aller chercher des cours polycopiés à la fac de sciences. Il lui laissait sur la chaise un volumineux paquet de journaux et de courrier divers. Christophe le regarda machinalement et découvrit une carte postale. Elle était de Sylvie. Il lut : « Tout est merveilleux, ne t'inquiète pas de nous et surtout ne sois pas jaloux... »

Elle était datée du 8 juillet. Ce jour-là, il avait été vraiment bien loin de la jalousie...

* *
*

Et Ville ? Ayant son agence immobilière à Toulouse et sachant Christophe à Purpan, sa visite était inévitable. Il vint. Son entrée fut très remarquée, il portait des fleurs et la boutonnière de son complet gris s'ornait d'un large ruban noir... « à cause du décès de Mme Lassalle », expliqua-t-il. Monique avait exigé qu'il porte le deuil de sa belle-sœur... de la main gauche ! On ne pouvait être plus ridicule. Ville se sentait, maintenant, moralement chargé de cette lamentable situation.

« Pensez, Christophe, il n'est pas possible de laisser cette propriété à l'abandon ?

– Mais elle n'est pas à l'abandon !...

– Et qui en a la charge ?

– Mais moi-même. Mme Lassalle et moi avions décidé des derniers arrangements et nous avions en commun un ouvrier agricole qui s'occupait de l'urgent...

– De l'urgent, de l'urgent. C'est vous qui le dites, bien sûr... Et il m'est pénible, particulièrement de vous contredire sur ce sujet monsieur Christophe, mais l'urgent n'est pas précisément là où vous le placez ! Le travail n'est pas tout ! Il y a un tas de déclarations de sinistre à faire, le gouvernement a décidé d'accorder des indemnités très importantes... On n'a pas le droit de laisser perdre cet argent que, pour une fois, la République vous offre en dédommagement !... Vous comprenez cela tout de même ? Et puis il y a d'autres déclarations à faire également..., continua-t-il d'un air gêné.

– Ah ? Je vous écoute.

– Le bétail de Mme Lassalle se trouvait bien dans votre stabulation au bord du Midour ?

– Une partie oui, vingt têtes environ.

– Je pense que vous étiez couvert par une assurance en responsabilité civile ? Vous étiez responsable de ce troupeau logé chez vous...

– Mais il n'était chez moi parce que Mme Lassalle avait eu ses étables démolies par la tempête de décembre dernier ! C'est par charité de voisinage que je logeais ses bêtes !... Tout le monde sait cela sur la commune et vingt personnes viendront témoigner de mes affirmations, son fils même était parfaitement au courant...

– Justement, j'ai une lettre de son fils qui m'est parvenue par Brest-Naval et qui me donne tout pouvoir pour administrer le domaine en son absence et prendre toutes les mesures d'urgence... Je comprends que cela ne vous fasse pas plaisir mais mettez-vous à ma place ?... Que fallait-il faire ? Mme Lassalle morte, vous-même entre la vie et la mort durant plus d'un mois et encore en piteux état, j'ai cru bien faire...

– Mais comme je vous comprends, Ville ! Vous vous êtes considéré un peu comme de la famille...

– Évidemment, ma femme Monique.

– Ce n'est pas votre femme...

– Évidemment, aux yeux de la loi, ce n'est pas ma femme, mais elle est tout de même la sœur de Mme Lassalle... »

Christophe ne répondit rien. À quoi bon ? Les yeux clos, feignant une fatigue soudaine, il préféra subir la suite du monologue que Ville débita en proposant toujours ses bons offices...

« Mais vous-même, monsieur Christophe, qu'allez-vous devenir ? Je comprends très bien que vous n'ayez pas eu encore le temps d'y bien réfléchir... Avec toutes vos souffrances !... Mais je suis là, monsieur Christophe, je suis là... Vous ne m'avez jamais compris, je le sais, vous m'avez même toujours un peu détesté. Mais si, mais si... Et moi, je n'ai jamais agi que pour votre bien, monsieur Christophe. Tenez, en voici une nouvelle preuve ; les jeunes qui vont s'installer chez les Sanchez sont décidés à prendre en fermage les terres de Lassalle... Autant de champs en moins pour vous, hein ? Ce n'est pas un travail intelligent de ma part ça ? Et désintéressé ? De plus, ces jeunes qui sont bourrés de qualités s'entendront sûrement avec vous et vous leur donnerez bien, en fermage, les terres d'Emmanuel ? Hein ? Il vaut mieux, à tout prendre que ce soient des jeunes qui aient cela ? Et ce n'est plus à votre âge, handicapé comme vous êtes, de vous mettre à nouveau aux galères... D'ailleurs votre famille... »

Christophe sursauta.

« Ma famille ?...

– Mais oui, monsieur Christophe, votre famille... Votre femme et votre fils aîné prévenus par mes soins...

– Vous avez fait cela ? Mais de quel droit ?

– Mais pour vous rendre service, monsieur Christophe ! Je suis allé au collège agricole, où professe ce jeune Américain qui reçoit votre jeune femme, j'ai eu son adresse et j'ai pu correspondre avec Mme votre femme... Rassurez-vous, monsieur Christophe, ils savent que vous n'êtes pas en danger et que je ne vous abandonne pas... Oh mais non ! Je ne vous abandonne pas ! La preuve en est que j'ai rempli pour vous vos déclarations de sinistre en triple exemplaire et que, grâce à mes soins, vous allez pouvoir percevoir plus de douze millions de francs d'indemnisation ! Vous pouvez également prétendre à des prêts d'État bonifiés auprès de la caisse régionale du Crédit Agricole. Nous en parlerons plus tard... Peut-être n'en aurez-vous pas besoin ? Je vous conseillerais cependant de les prendre, vous pourrez les replacer à un taux d'intérêt intéressant soit en emprunts d'État ou même, si vous avez confiance, dans ma propre officine... »

Il fouilla dans sa serviette noire, en tira trois liasses, décapuchonna son stylo noir à plume d'or... Christophe signa. Ville était radieux. Il prit congé en lui tapant amicalement sur l'épaule.

« Monsieur Christophe, soyez rassuré, je ne vous abandonne pas. »

La porte refermée, Christophe mit quelques longues minutes à se ressaisir. Tout était parfaitement clair. L'heure de Ville était là. Cette heure tant honnie, tant de fois repoussée, cette heure contre laquelle il s'était tant battu, cette heure qu'il avait toujours refusée pour les autres, il venait de la vivre, pour lui maintenant, dans sa chambre d'hôpital...

Qu'allait-il rester de sa grande chimère du Couloumé après cette heure-là ?

XII

Le printemps fut doux et pluvieux comme tous les printemps de Gascogne. Avec des matins ouatés de brume que le soleil ne parvenait à percer qu'en fin de matinée pour disparaître, à nouveau, très tôt, en fin d'après-midi, derrière un rideau léger de brouillard. Les journées étaient sans vent ; à peine une brise légère d'ouest qui amenait, sans interruption, ses chapelets de nuages.

Derrière les grandes fenêtres de la salle à manger, Christophe restait, des heures entières, à contempler ce paysage, ces champs et ces prairies qui n'en finissaient pas de renaître à la vie. Un peu à son image. Bientôt six mois qu'il avait regagné le Couloumé. Six mois interminables durant lesquels il avait été ballotté entre tous les états d'âme et toutes les souffrances. Les souffrances d'abord. Les terribles souffrances de la rééducation, les séances d'exercices obligatoires qui lui arrachaient des cris de douleur. La longue immobilisation de son épaule et de son bras avait provoqué une ankylose dont il ne parvenait pas à se défaire. Et pourtant la volonté ne lui faisait pas défaut. Il refusait d'être un infirme, un diminué, autant dire, un vieux. Tout, mais pas ça. Et sa jambe ? Sa jambe où l'horrible blessure avait laissé une cicatrice profonde rongeant le muscle et lui enlevant sa force... À tout prendre, c'était mieux que l'amputation. Il avait dû, des semaines durant, marcher avec des cannes anglaises mais, depuis les premiers jours d'avril, il se levait, sans aide aucune, et il marchait, en claudiquant un peu, mais il marchait, seul. Durant ces mois, jour après jour, une seule pensée occupait son esprit : « Que faisaient les autres, sans lui ? » Les autres, ceux qui travaillaient bien sûr ! Ceux qui avaient labouré, disqué, semé, sans lui, ceux qui, maintenant, dans ce printemps qui, peu à peu, s'établissait, hersaient les prairies, liaient la vigne, mettaient l'ammonitre aux blés et guettaient le moindre rayon de soleil pour reprendre les labours du maïs...

... Et il restait là, à tourner dans sa grande salle à manger, comme un ours en cage, ou bien à s'abrutir à regarder la télé, à longueur de journée, à longueur de soirée aussi car il ne parvenait pas à s'endormir. Ses moments de rogne et de colère laissaient parfois la place aux moments, peut-être plus pénibles encore, des pensées et des souvenirs...

Tout avait été si vite durant ces six mois ; si vite... Son retour de Purpan, d'abord aux côtés de Petitbon, car il n'avait pas voulu rentrer en ambulance... Cette magnifique soirée de septembre, l'allée des grands chênes, qu'il n'avait entrevue qu'à travers un regard brouillé de larmes. Cette crise de désespoir qu'il n'avait pu dissimuler, malgré son effort de volonté, pour cette descente de voiture, appuyé sur son ami et soutenu par Mario... Un Mario qui le portait presque et qui lui répétait, la voix tremblante d'émotion mal contenue :

« Ce n'est rien, monsieur Christophe ; ce n'est rien... Laissez-vous faire, appuyez-vous sur moi, n'ayez pas peur, appuyez-vous. »

Oui. Une longue semaine de vrai désespoir et puis, lorsqu'il avait touché le fond de l'abîme, tout d'un coup, dans un sursaut de bête fauve qui refuse le sort du bourreau, la volonté farouche de se battre et d'en sortir... Pour lui d'abord, Christophe, car il ne pouvait pas admettre qu'il puisse vivre comme un homme fini. Il était vivant. Il devait vivre, comme un homme, debout. Même si ce « debout » devait lui arracher des cris et des larmes de souffrance. Pour les autres ensuite, les autres c'est-à-dire, d'abord les siens. Ses enfants, Pascal et Paul, et puis Sylvie.

Ce coup de fouet de la volonté farouche, de la décision de se battre c'était d'eux aussi qu'il était venu. Jamais il n'oublierait cette première rencontre, à leur retour d'Amérique ; quinze jours après son propre retour de l'hôpital. Il avait voulu crâner. Il s'était habillé « jeune » pour les recevoir et, lorsque la voiture avait tourné dans la cour, il s'était raidi sur ses cannes, malgré le tiraillement douloureux de sa jambe et de son épaule, pour se redresser et sourire...

« Papa ! »

Le cri avait jailli de la portière violemment ouverte et Paul s'était jeté sur lui, en larmes avec des hoquets qu'il ne pouvait maîtriser. Sylvie avait suivi et dans son baiser, même dans son regard humide, il y avait une infinie tristesse qui était plus que de la compassion.

« On t'en sortira, papa, on t'en sortira... Pas vrai, maman ? On est là, maintenant, hein ? Pour toi, rien que pour toi... Tu nous fais confiance, hein ? Papa ? Tu es un costaud encore, et on fait tous les jours des miracles, les toubibs font des miracles, papa, dis-toi bien ça...

– Ah ! soupirait Sylvie, en écho, si nous étions en Amérique ! Là-bas, oui, on fait des miracles ! Nous avons vu des accidentés de la route remis sur pied de façon formidable !...

– Hélas, sourit Christophe, nous ne sommes pas en Amérique... Mais je m'en sortirai tout de même... Mais vous, racontez-moi un peu... Voyons, ce voyage ? Ce nouveau pays ? Cet Eldorado... »

Il crânait... Son rire devait être un étrange rire car, à chaque pas, à chaque mouvement, il grimaçait comme un vieux singe... Lorsqu'il put regagner sa chaise, car il refusait tout fauteuil, son front était moite, il tremblait et avait failli perdre connaissance...

Se battre. D'abord récupérer ses forces et sa santé. Dès que Paul et Pascal eurent regagné le lycée et Sylvie son collège, il demanda à Petitbon de l'envoyer en rééducation. Petitbon l'envoya à Bagnères, là, il fut tout à son affaire, son unique affaire : réussir à retrouver sinon sa forme d'avant, du moins sa liberté de mouvement. Durant les longues heures de piscine, il ne pensa qu'au Couloumé. Il savait qu'il ne garderait le Couloumé que s'il retrouvait ses forces, sinon... Sinon ? C'était Ville ! L'heure de Ville.

Ville, qui était déjà venu d'ailleurs, et qui avait investi la place Sanchez-Lassalle. Il n'était pas venu seul ; les nouveaux occupants de la propriété des Sanchez, un jeune couple de migrants, venus de Normandie et très sympathiques, l'accompagnaient. Christophe les accueillit de son mieux car ils faisaient leur visite au maire et, en même temps, au premier voisin. Ils se déclarèrent enchantés et de leur acquisition et du pays qu'ils trouvaient déjà merveilleux. Leur but d'installation était l'élevage.

Il n'était donc pas question pour eux de conserver les vignobles qui étaient voués à l'arrachage dans la semaine suivante. Ils empocheraient les primes octroyées par le gouvernement et transformeraient les terres ainsi récupérées en luzernières. Le lait les avait tentés ; mais non, c'était trop d'esclavage pour un homme seul, de plus les terres, bien qu'accueillantes étaient trop différentes de celles qu'ils avaient laissées dans leur pays natal ; en revanche, ils jugeaient qu'en partageant l'exploitation entre les céréales et l'élevage ils pouvaient acquérir rapidement un bon équilibre et faire face à leurs échéances.

« Avez-vous des enfants ? » interrompit Christophe.

Oui, ils avaient six enfants. La jeune femme avait un peu rougi devant le sourire de Christophe mais elle comprit très vite que ce sourire n'était pas moqueur. Elle était d'ailleurs très fière de sa petite famille dont l'aînée, une fille avait dix ans, et les autres, tous des garçons, se suivaient, régulièrement, jusqu'au dernier qui n'avait, lui, que quatre mois...

« Et vous êtes seuls sur ce domaine de soixante hectares ? Vous êtes jeunes, c'est sûr, et pleins de courage mais, pour faire face, il faut, aussi, le temps de tout faire... Et je ne vous apprends rien, à la terre, il y a des chantiers où les saisons vous bousculent... Il ne me sera plus possible, à moi, comme autrefois de vous aider comme nous le faisions, en bons voisins, avec votre prédécesseur... »

Par pudeur, il fit non un geste d'impuissance mais de regret.

« À moins qu'un jour... »

Ce fut à ce moment précis que Ville intervint dans la conversation. Il était resté, jusqu'à ce moment étrangement muet, se contentant des présentations et laissant faire Geoffroy et Alice Morange (c'étaient leurs noms).

« Justement, monsieur Christophe, je voulais vous demander si vous avez l'intention de garder votre couple de Portugais ?...

– Bien sûr, je garde Mario et Isabelle ! répondit Christophe, tout surpris. Sans eux, je n'aurais même plus la possibilité de garder le Couloumé ! Isabelle m'est nécessaire pour mon ménage, empoté comme je le suis, et Mario assume, à lui seul, tous les travaux de l'exploitation. C'est lui et lui seul qui a labouré, préparé et semé les dix hectares d'Emmanuel, et c'est lui qui a taillé, lié les quatre hectares de vignes...

– Sans compter celles qu'il a pratiquement terminées chez feu ma belle-sœur... » ajouta Ville.

Il tenait absolument que Trinquette ait été sa belle-sœur ! Il ne manquait aucune occasion de l'affirmer et, maintenant, il devait en être tout à fait persuadé.

« Mais, Ville, pourquoi m'avez-vous demandé si je gardais ou non mes Portugais ?...

– Eh, monsieur Christophe, parce que l'exploitation de Lassalle me pose des problèmes, comprenez-vous ? Le marin qui navigue maintenant dans le Pacifique m'a confié la direction des opérations, d'accord, mais c'est bien joli tout ça ! Ce n'est tout de même pas moi qui vais venir faire le gentleman-farmer !

– Vous aviez pourtant des dispositions, autrefois ? plaisanta Christophe.

– Autrefois, peut-être, continua Ville sans paraître voir l'allusion faite au temps lointain où Christophe l'avait découvert comme régisseur au Couloumé... Mais maintenant, j'ai mes affaires, mes occupations multiples, alors j'avais pensé que si Mario et Isabelle vous quittaient, nous les aurions repris tous les deux, à moitié, sur l'exploitation des Morange et sur la mienne.

– Sur celle des Lassalle, rectifia Christophe.

– Oui, bien sûr, celle des Lassalle. En disant "la mienne" je voulais parler de l'exploitation, non de la propriété.

– Écoutez, trancha Christophe, vous savez que je n'ai jamais refusé un coup de main ? Je ne refuse Mario ni à vous ni aux Morange ; même pas mon matériel s'il vous est nécessaire. Mario continuera à s'occuper du bétail de Lassalle, le mien a disparu et je ne le renouvellerai pas. Je réfléchirai à votre proposition, Ville, et peut-être pourrons-nous nous partager les heures de Mario sur les trois exploitations ? Et puis, ajouta-t-il en se levant, avec peine encore, je ne resterai pas toujours impotent comme je suis. Un homme comme moi, de ma trempe, à cinquante ans même sonnés, ce n'est pas la fin tout de même ! »

* *
*

À sa première sortie, par une belle après-midi ensoleillée d'avril, il voulut aller jusqu'à Emmanuel. Sa jambe lui faisait moins mal et les crampes douloureuses qui la parcouraient régulièrement avaient complètement disparu. La rééducation patiente et volontaire qu'il s'était imposée depuis quatre mois, avait porté ses fruits. Il en était de même de l'épaule et du bras qui ne gardaient aucune trace visible de leurs fractures, pourtant multiples. Il n'en était pas de même de la cicatrice au cuir chevelu qui barrait son front jusqu'à l'oreille gauche. Une cicatrice qui prenait, avec les heures de la journée et sous les cheveux devenus rares, toutes les couleurs de l'arc-en-ciel... Aussi, par coquetterie, portait-il maintenant une casquette. Il marcha sans trop de peine, en s'appuyant le moins possible sur sa canne, et il parvint, après de nombreuses haltes, jusqu'au banc de pierre d'Emmanuel où il s'assit, en plein soleil, face aux Pyrénées. Mais ce n'étaient pas les montagnes enneigées qu'il était venu contempler là, non ; c'était sa Terre. Sa Terre et puis, par curiosité, celle des Lafontan, des Sanchez, maintenant des Morange. Pas une curiosité malsaine, non, une curiosité de bon aloi : celle du voisin qui vient voir comment les jeunes se débrouillent et s'ils ont autant de cœur à l'ouvrage qu'ils semblent le prétendre...

Le grand carreau de vignes était déjà arraché, le grand carreau de vignes dont le père Lafontan était autrefois si fier... Autrefois ? c'est-à-dire que cela faisait vingt ans... Vingt ans, déjà. C'est beaucoup et c'est si peu, pensa Christophe... Les vieux ceps et les piquets étaient même entassés, par piles régulières ; dans quelques jours, sans doute, ils prendraient le chemin du hangar ou du bûcher et la charrue ferait son œuvre pour installer la luzernière qui y était prévue... C'est bien, pensa Christophe. Ces jeunes sont prompts à la décision et à l'exécution. Ils ont fait un choix approprié à leurs moyens. Il n'est pas possible à un homme seul de diversifier sa production ; il ne peut plus avoir dans son jeu qu'une bonne carte et encore doit-il bien la jouer.

Cette constatation le réconforta. Il est important à la campagne d'être bien entouré. Il aurait certainement besoin, un jour prochain, de ce garçon courageux et solide et qui sait ? Peut-être aussi de ses conseils... À la terre, l'échange est permanent. Et pas seulement de main-d'œuvre et de matériel, non ; des idées aussi. Autrefois n'était pas seulement le temps des vertus ; il était aussi, hélas, et souvent, le temps des jalousies forcenées, des envies odieuses et des mesquineries de toutes sortes qui prenaient racine dans des bêtises mais qui fâchaient des voisins pour des générations... Ce temps a heureusement disparu, rêvait Christophe sous la caresse du soleil d'avril que le vent d'Espagne lui soufflait au visage, par bouffées tièdes chargées des senteurs de la terre humide.

Il voulut aller jusqu'à l'église mais le cœur lui manqua et, à la pensée de Trinquette et du cimetière, il reprit le chemin du retour... La pensée de Trinquette le ramena à Lassalle et à Ville. Surtout à Ville. Pourquoi ? Il ne pouvait l'expliquer. Non pas que le personnage lui fût devenu, d'un coup, sympathique. Non. Mais il lui sembla que Ville jouait le jeu. Pas ce jeu de combines louches tournant toujours à son intérêt... Peut-être après tout n'avait-il joué ce personnage douteux et interlope que parce qu'il avait été détourné, un jour, de son destin qui était peut-être celui d'un personnage falot, sans doute, mais peut-être pas méprisable... Grâce aux dossiers d'indemnisation rédigés par Ville, Christophe avait touché son dû, une somme très importante qui lui avait permis de faire face aux échéances les plus criardes et qui l'avait mis à l'abri pour quelque temps, le temps de récupérer des forces neuves, et qui sait ? de repartir sur de nouvelles bases, plus appropriées à sa situation présente... Bénéfique même, Ville l'avait été dans la succession de Trinquette... Ville, seul, s'était occupé des dossiers, de recueillir les pouvoirs de Junior, naviguant sur les mers lointaines, de faire face aux urgences des dettes, des factures, des échéances... Bien sûr, Mario avait fait face au travail de tous les jours ; à la nourriture des bêtes qui elles, n'attendent pas... Mais de nos jours, pensait Christophe, la tenue d'une terre ne se mesure plus au seul travail... Aussi indispensable qu'il soit, ce travail est condamné à une fin rapide s'il n'est pas accompagné ou suivi d'une gestion stricte et d'une réflexion permanente. Ville, chargé de toutes les suspicions, de toutes les méfiances, de toutes les haines même, s'était occupé de tout cela. Et même sa solution des Morange, installés chez les Sanchez, n'était-elle pas, après tout, une bonne solution ? Bonne pour le voisinage et bonne pour la commune... Six enfants !... Comment espérer mieux, alors que dans les fermes voisines il n'y avait pas un enfant né ou à naître... Hasard que tout cela ? Peut-être. Il y a des hasards qui sont heureux mais voir uniquement dans ces événements un effet du seul hasard, dans lequel Ville n'aurait eu aucune part, était une injustice que Christophe ne voulait pas commettre.

* *
*

Il ne voulait pas être injuste avec Sylvie, non plus. Depuis son retour et passés les premiers moments de désarroi, il s'était très bien rendu compte que les amours de Sylvie étaient restés en Amérique, pour n'en plus revenir. Désorientée, distraite, presque absente par moments, Sylvie l'était depuis son retour. Christophe avait la pudeur de ne pas le souligner ; il ne faisait aucune réflexion, sa situation physique exigeant déjà de Sylvie bien des moments de patience. À la rentrée d'octobre, Johnny ne revint pas. Ce fut Paul qui, un jour de confidences, expliqua à son père que Johnny était en train de changer de situation et qu'il abandonnait l'enseignement pour se consacrer désormais à la ferme paternelle et aux maïs hybrides.

« Il reviendra certainement aux vacances de Noël, affirma Paul ; nous l'avons invité avec maman et je serais fort étonné si nous n'avions pas un coup de téléphone de sa part aux environs du 20 décembre... »

Il n'y eut pas de coup de téléphone. Les vacances de Noël passèrent sans l'apparition tant attendue...

Christophe en souffrit pour Sylvie ; il la sentait malheureuse. Elle écrivait souvent, souvent pour de rares réponses ; elle jouait ce rôle ingrat et désespérant de la femme qui aime et qui piétine sa fierté de femme dans l'espoir insensé que son amour ne sera pas sans écho... L'amour est un papillon qui ne redeviendra jamais chrysalide. Cette chrysalide de l'amitié amoureuse où Sylvie n'avait jamais su si elle flirtait ou si elle aimait vraiment. Maintenant le papillon se brûlait les ailes à la flamme, la flamme de cet amour, chimère impossible et Sylvie en souffrait.

Johnny revint à Pâques. En coup de vent. Il allait faire du ski en effet, mais pas dans les Pyrénées, dans les Alpes. Et il n'était pas seul ; une magnifique créature blonde, jeune et sportive, de dix ans sa cadette, l'accompagnait. Mais ce n'était plus le Johnny dont la seule présence mettait la joie et la gaieté dans la maison ; le copain toujours un peu fou de Paul et de Pascal. Il revint les bras chargés de cadeaux, certes, avec un nouveau sac de maïs hybrides pour Christophe mais aussi, avec la nouvelle annoncée par Paul, qu'il s'installait dans la ferme paternelle et qu'il épouserait Margret Mac Laine, sa blonde amie, fille unique de la ferme voisine de son papa. On leur fit un déjeuner somptueux auquel ne manquèrent ni le foie d'oie ni l'armagnac, et on sabla le champagne au bonheur du futur couple. La main de Sylvie, choquant son verre avec le leur, trembla imperceptiblement.

Le soir, en regagnant la chambre qu'il s'était aménagée à côté du bureau et qu'il occupait depuis son retour de Purpan, Christophe eut la surprise de trouver le divan en place et la pièce rangée comme autrefois. Il tourna en rond quelques instants, dépité pour, finalement rejoindre Sylvie, seule au salon. Elle leva les yeux de sa lecture.

« Tu reviens dans notre chambre », dit-elle.

Il ne fit pas de commentaires ; il appréhenda seulement le moment où, à son tour, elle viendrait se coucher et qu'il la reverrait, belle et désirable, dans son vêtement de nuit...

* *
*

Le 27 avril, il y eut une lettre de Junior.

Brest-Naval, le 24 avril 1978.

Mon cher parrain,

Me voici de retour depuis une semaine, la tête pleine encore de ces mers merveilleuses que je viens de parcourir... Jamais je n'aurais pu croire que le monde fût si grand et si beau. Mais je n'ai pas oublié ma chère maman, ni toi, ni le drame que vous avez vécu sur le Couloumé durant ces terribles inondations. M. Ville m'avait promis de s'occuper de tout ;

j'espère qu'il a tenu parole. Tu es le seul qui me reste, maintenant, parrain... Après papa, après grand-père, après maman, le seul. Je serai près de toi lundi prochain. Ne te dérange pas pour moi. Je dormirai à la maison. C'est ma maison et maman aurait été heureuse de m'y accueillir.

Je t'embrasse affectueusement.

JUNIOR.

L'homme qui débarqua quelques jours plus tard de la 204 décapotable n'était plus un gamin, en effet. Il embrassa Christophe et ne voulut pas descendre les bagages.

« Viens, parrain, accompagne-moi. Maintenant que me voilà arrivé, j'ai honte et j'ai peur... »

Ils s'engagèrent sur le chemin d'Emmanuel, puis ils prirent, à gauche, l'allée qui menait à Lassalle ; cette allée bordée de thuyas qui conduisait jusqu'au perron de la vieille maison. Christophe se raidit, non contre la douleur mais sous l'assaut des souvenirs qui lui sautaient brusquement au visage... C'est sans trouble pourtant qu'il ouvrit la lourde porte de chêne clair, devant Junior qui portait sa valise... Il se racla la gorge pour ajouter :

« J'ai envoyé Isabelle. Elle t'a fait le ménage, ôté la poussière et elle a fait ta chambre, celle de devant, celle qui donne sur le Couloumé... »

Là, sa voix se brisa, étrangement. Il avait tenu, le plus longtemps possible, mais soudain, dans ces lieux familiers, dans cette grande salle à manger aux meubles rustiques dans laquelle il était si souvent venu, les larmes lui jaillirent des paupières et il baissa la tête, vaincu, comme humilié. Junior posa sa valise et lui entoura les épaules de son bras fort.

« Sois courageux, parrain, je t'en supplie. Si tu n'es pas courageux comment veux-tu que moi je le sois ? Le plus dur reste à faire, encore, pour moi. Il faut bien que ma première visite soit pour elle, là-bas, tu me comprends ? Parrain ? Et je n'osais pas y aller seul. »

Christophe se ressaisit.

« Allons... » dit-il.

En poussant la grille rouillée du cimetière, sa main trembla à nouveau ; Junior suivait. Il portait un magnifique pot de violettes qu'il avait dû acheter à Tarbes et dont le papier d'emballage portait encore l'étiquette dorée du fournisseur. Ils marchèrent, côte à côte, dans la petite allée dont les graviers grossiers crissèrent sous leurs pas. Au haut de l'allée, le petit mur et contre le petit mur, les tombes bien alignées qu'une main pieuse avait nettoyées. Trinquet, Maria, Joseph et...

Ce fut au tour de Junior de s'effondrer. Christophe n'y porta pas attention. Tout tournait dans sa tête, une étrange ronde, une étrange ronde de visages et de souvenirs mêlés... Tous les visages, tous les souvenirs, des plus humains, des plus beaux aux plus douloureux et aux plus cruels. À croire qu'il faille venir devant une tombe, dans un petit cimetière, pour comprendre qu'une vie d'homme c'est beaucoup et ce n'est pas grand-chose. Son moment de désespoir passé, Junior se ressaisit et il entraîna Christophe.

« Viens, parrain. Pardonne-moi de t'avoir fait mal. Mais je n'ai plus que toi qui me comprennes et qui m'aimes... À qui voulais-tu que je demande de m'accompagner ? »

Il voulut bien accepter de dîner au Couloumé. Un dîner durant lequel il fit à Christophe des récits sur son magnifique voyage, sur les pays étranges qu'il avait découverts et aussi sur les perspectives alléchantes de la carrière qui s'ouvrait devant lui. Les terres et le sort de Lassalle ne vinrent jamais dans la conversation. À quoi bon ? Ville était là, maintenant, pour s'en occuper.

XIII

C'ÉTAIT PASCAL qui labourait. On était déjà à la fin de l'été et les grands peupliers d'Italie frémissant de tous leurs longs fuseaux perdaient déjà leurs petites feuilles jaunes et vernissées sous la caresse intermittente du vent d'autan. Une belle soirée de fin d'été, d'un été sec et prolongé mais qui, d'un coup, après les pluies de la dernière semaine, sentait déjà son automne... Un automne qui allait venir vite désormais, un automne qui appellerait les semailles pour lesquelles il fallait vite, vite, labourer.

C'était Pascal qui labourait.

Il avait pris le relais aux commandes du vieux D4, du « vieux con » comme il l'appelait, et il employait ses derniers jours de vacances à lever la grande pièce d'Emmanuel. Colza sur blé. C'était un bon assolement et il fallait faire vite parce que le colza se sème en septembre et qu'en septembre les jours raccourcissent et vont vite, toujours plus vite, l'un après l'autre, vers le crépuscule et la nuit...

Christophe, assis sur son tronc d'ormeau, enfoncé dans la grande haie d'aubépines qui lui servait de niche, bien à l'abri du vent léger, fumait sa cigarette, son visage et toute sa large poitrine offerts au dernier soleil de l'été. Christophe regardait son garçon labourer. Il regardait et il ne voulait voir que cela : les trois sillons de terre rouge, cette terre d'argile lourde et grasse que le chaud soleil ensanglantait de ses derniers feux du soir. Mais ce labour se peuplait de fantômes et il avait beau les chasser, ils revenaient sans cesse devant ses yeux douloureux souvent embués de larmes... Oui, ce labour devant ses yeux attendris, c'étaient les sillons de sa vie, cette vie déjà longue et remplie, faite d'étapes ou de passages comme toutes les vies avec, à chaque étape, à chaque passage, les visages aimés, un instant entrevus, pour disparaître le temps d'un sourire, dans le large sillon retourné par les versoirs... On enterre toujours à la terre. Pas toujours que du blé ou du maïs, mais à côté d'eux ou à cause d'eux, des vies d'hommes qui finissent par se coucher, elles aussi, dans le grand sillon de l'éternité.

C'était Pascal qui labourait.

Au cours de l'été, à l'occasion d'une promenade, après la moisson de la grande pièce du lac, celle même qui était en train de lever, il avait dit à Christophe, brusquement, à son habitude, qu'il avait réfléchi à beaucoup de choses durant son année scolaire, surtout depuis la catastrophe des inondations de l'année passée. Il voulait être véto, bien sûr. Il ferait tous ses efforts pour cela, mais véto, c'était un concours et un concours, c'est une question de chance... Alors ? En même temps que véto, il présenterait le concours d'agro. Les Eaux et Forêts ? Pourquoi pas ? C'était toujours près de la nature et, partant, des animaux, non ? Et puis son père avait bien fait de ne pas affermer les terres d'Emmanuel aux Morange ; et de n'être pas entré dans la société civile agricole que Ville avait constituée avec eux pour l'exploitation des terres de Lassalle... Préserver l'avenir, on ne savait jamais. Paul et maman, d'accord, n'aimaient pas la terre ; ils la détestaient même, ils vivaient la moitié de leur temps libre à la mer et l'autre à la montagne. Lui, il aimait la nature et il aimait la terre...

C'était Pascal qui labourait et tandis que le vieux D4 remontait la pente légère, dans la douceur de ce soir d'été qui tombait, Christophe voyait, dans la fumée bleue d'échappement, le cortège de ses vieilles chimères qui venaient, encore, à sa rencontre.

Table des matières

Dans la même collection

Les textes de la collection Terre de poche nourrissent la mémoire collective à travers des histoires fortes, des récits de voyage, des documents historiques ou des chroniques intimes.

AGUILLON Arlette
La Maîtresse du moulin

ALIA Josette
Le Pensionnat

ANGLADE Jean
Le Pain de Lamirand
Les Mains au dos
L'Ivraie et le Bon Grain
Le Pays oublié
Le Chien du seigneur

AUBARBIER Jean-Luc
Les Démons de sœur Philomène

AUDIDIER Robert
Les Sentiers de traverse

BATUT Maryse
Les Monvalan

BESSON André
La Grotte aux loups

BICHELBERGER Roger
Les Années buissonnières

BORDES Gilbert
Le Chat derrière la vitre

BOUCHET Maurice
Les Souliers ferrés

BOUDOU Josette
Le Printemps d'Antonia
Les Grillons du fournil

BOURGEADE Justin
Tintinou, paysan

BOUSSUGE Micheline
Adieu lou païs
La Maison d'Anaïs

BOUTET Gérard
La Belle Ouvrage
Les Forestiers
Nos grands-mères aux fourneaux
Mémoires de femmes
Métiers insolites
Saisons paysannes

BRIAND Charles
La Batteuse
Le Seigneur de Farguevieille

CABROL Laurent
L'Enfant de la Montagne noire

Les Disparues
de la Saint-Jean
Le Crime de la Noël

CALLEROT Geneviève
Les Cinq Filles
du Grand-Barrail

CAPPEAU Marie Nicole
Le blé germe en hiver
La Mule blanche
Chantemerle

CASTELAIN Anne-Marie
Le Loup des marais

CHALEIL Léonce
Léonce,
la mémoire du village

CHAMOUX Simone
La Passe-Vogue

CHANTELAUZE Jean-Louis
Clémentine

CHAUSSIDIÈRE Patrick
Pauvre Bougre

CHAUVIGNÉ Jean
Le Secret de Marie

CLÉMENT-MAINARD Michelle
La Fourche à loup
La Foire aux mules

COATMEUR Jean-François
Des croix sur la mer

COMBE Rose
Le Mile des Garret

CORNAILLE Didier
Les Gens du pays
Le vent des libertés
soulevait la terre
Le Forgeron d'Éden

COSMOS Jean
La Dictée

DECK Olivier
La Neige éternelle
L'Auberge des Charmilles
Les Rumeurs du Gave

DIMITRIADIS Dicta
Le Nid de la hulotte

DODANE Michel
Les Enfants de la Vouivre
Les Herbes noires (Les
*Enfants de la Vouivre**)*
La Malédiction des
Mouthier (Les Enfants
*de la Vouivre***)*

DOURIAUX Hugues
La Saison des vendanges
(Les Gens de la Paulée)*
Le Bois des Auriottes
*(Les Gens de la Paulée**)*

DUFOUR Hortense
Le Bois des abeilles
La Fille du saulnier
Ce que l'océan ne dit pas

DUPUY Daniel
Les Quatre Jeudis

DUTRONC Robert
La Maison des Chailloux

ÉVRARD René
et VIELZEUF Aimé
Comme le scorpion sous la lauze

EXBRAYAT Charles
Rachel et ses amours

FABRE François
et RICHARD Jean
La Bête du Gévaudan

FABRE Jean-Luc
L'Été des Fontanilles

FEUILLERAT André
La Clef des champs

FOURNIER LA TOURAILLE Jean-Pierre
Le Troisième Prétendant

FRONTENAC Yvette
L'Étoile rousse
La Soupe des autres

GAMARRA Pierre
Le Maître d'école

GARDI François
L'Atelier du vannier

GENEVOIX Maurice
Le Jardin dans l'île

GÉRAUD Roger
Le Pré derrière la grange

GIMBERT Yveline
L'Ombre des chênes

GLEIZE Georges-Patrick
La Vie en plus
Le Forgeron de la liberté
Un brin d'espérance
Le Sentier des pastelliers
Le Destin de Marthe Rivière

GOURGAUD Joseph
La Vallée des forges

GREMBERT Francis
Le Dernier Regain

GRIFFON Robert
Le Dernier Forgeron
Le Bedeau de la République

HEURTÉ Yves
Le Pas du loup

JAILLER Isabelle
La Ferme des hautes terres

JEURY Michel
La Classe du brevet
Le Crêt de Fonbelle

JUDENNE Roger
La Maison d'en face
Drôle de moisson

JULIEN Henri
La Bâtisse aux amandiers

LABORIE Christian
Le Chemin des larmes
L'Arbre à pain

LARDREAU Suzanne
Orgueilleuse

LAURENT Jean-Paul
La Ferme aux loups
L'Autre Montagne

LAVAL Henri
Le Chemin des souvenirs

LEMAIRE Philippe
Le Chemin de poussière

LE ROY Eugène
Jacquou le Croquant

LIMOUZIN René
Les Cèpes de la colère

LOUTY Pierre
Léonard, le dernier coupeur de ronces
Les Fiancés de la Briance

MALAVAL Jean-Paul
Les Encriers de porcelaine
La Rosée blanche

MALROUX Antonin
La Dernière Estive
Le Soleil de Monédière

MAMÈRE Noël
Les Forçats de la mer (Gens de Garonne)*
*Le Combat des humbles (Gens de Garonne**)*

MARCON Christian
Le Refus

MAURY Martial
Le Secret des Restiac

MAXIMY (DE) Hubert
Le Bâtard du Bois noir

MAXIMY (DE) René
Le Puits aux corbeaux

MAZEAU Jacques
Mensonges
La Ferme d'en bas
La Rumeur du soir
La Dénonciation
Le Retour de Jean
Le Pré aux corbeaux

MOUCHEL Jean
La Robe bleue d'Hélène
Le Fils d'Hélène

NÉDELLEC Gérard
L'École de monsieur Paul

NIGREMONT Georges
Jeantou le maçon creusois

NIQUET Gilberte-Louise
Le Destin des Vanbergh
Les Enfants du beffroi

PALET (DE) Marie
Le Sentier aride
La Tondue
L'Enfant oublié
Retour à la terre
Amandine

PERRÈVE Paul
Les Galoches rouges
La Burle

PEYRAMAURE Michel
Le Bonheur des Charmettes
Le Château de la chimère
Les Flammes du paradis

POURRAT Henri
et L'OLAGNE Jean
Sur la colline ronde

PÉLISSIER Patrice
L'Ange et le Loup

PINCE Jacques
Les Blouses grises

PLUCHARD Mireille
Le Petit Bâtard

PRORIOL René
Antoinette

PUIJALON Bernadette
Le Moulin des retrouvailles

QUEREILLAHC Jean-Louis
La Moiss-batt (Trois Sillons de terre rouge)*
*Rouge est ma terre (Trois Sillons de terre rouge**)*

RABUTEAU Pascal
Les Faveurs de Sophie

REY Georges
Le Bal des sabots
La Montagne aux sabots

RIBES Georges
Les Gens de la vallée

ROSSET Jean
Les Porteurs de terre

ROUANET Marie
Nous les filles
Quatre Temps du silence

ROUANET Marie
et JURQUET Henri
Apollonie

ROUIL Jacques
Les Rustres

ROUQUET Jean
L'Enfant de la Borie

SAND George
La Mare au Diable

SELO Joël
Les Vieux Démons

SORDELLI Jean-Claude
Le mal rôde

SOURY André
Le Pain blanc

SOYEZ Jean-Marc
La Tuile à loups
Au café de l'Église
Les Galoches de Julia

STEVENSON Robert Louis
Voyages avec un âne dans les Cévennes

TAMAIN Louis
L'Encre violette
Le Temps de l'école

THIROLLE Jérôme
Les Doigts d'or d'Élise

TISSERAND Pierre
L'Arbre au pendu

TOUPET Armand
La Bouzoute

VALETTE Paule
La Meule éclatée
Les Jours derrière la montagne

VAN DER MEERSCH Maxence
L'Empreinte du dieu

VENTRE Julien
Julien, berger des collines
Julien des collines

VERDIER Henri
Les Lentilles vertes

VERRIER Michel
Là où les chèvres sont pires que les loups
La Taille de la Saint-Vincent
Les Vignes du bout du monde
La Ferme des Pitaval
Le Mystère de Millepertuis
Le chien qui faisait peur au diable

VIGOULETTE Daniel
Les Ombres du Léman

VINCENT Claude
Les Roses de l'hiver

VITTÉ Louis-Olivier
La Servante
L'Enfant de la rivière
La Vallée des illusions